大河平野

——黄河滩区乡村振兴纪实

孟中文 著

青岛出版社

图书在版编目(CIP)数据

大河平野:黄河滩区乡村振兴纪实/孟中文著.—青岛:
青岛出版社,2020.7
ISBN 978-7-5552-8547-2

Ⅰ.①大… Ⅱ.①孟… Ⅲ.①纪实文学—作品集—中国—当代
Ⅳ.①I25

中国版本图书馆 CIP 数据核字(2019)第 197772 号

书　　名	**大河平野——黄河滩区乡村振兴纪实**	
作　　者	孟中文	
策划单位	菏泽市文学艺术界联合会	
总 策 划	田继雷	
出版发行	青岛出版社(青岛市海尔路 182 号,266061)	
本社网址	http://www.qdpub.com	
策划编辑	张性阳	
责任编辑	宋来鹏	
封面设计	张　晓	
照　　排	青岛新华出版照排有限公司	
印　　刷	青岛国彩印刷股份有限公司	
出版日期	2020 年 7 月第 1 版　2020 年 7 月第 1 次印刷	
开　　本	16 开(710mm×1000mm)	
印　　张	19.25	
字　　数	300 千	
印　　数	1—30000	
书　　号	ISBN 978-7-5552-8547-2	
定　　价	68.00 元	

编校印装质量、盗版监督服务电话　4006532017　0532-68068638

目 录

引　文　家住黄河滩 / 1

第一章　云山苍苍，河水泱泱 / 1

千里平野 / 3

泱泱亘古河 / 5

洪水方割，千年治理 / 7

堤防，堤防 / 10

说不尽的故道情殇 / 18

归故，归故 / 22

伤痕累累的曹州 / 26

第二章　见证者 / 31

黄河的小名叫"滚河" / 33

四梁八柱屋 / 37

东明的"活地图" / 39

黄河岸边抗旱忙 / 42

险情就是命令 / 46

滩区搬迁曾有时 / 49

第三章　黄河滩区大迁建 / 53

滔滔洪水千古情 / 55

一石激起千层浪 / 57

费尽周折选新址 / 67

道不完的"清表" / 77

好大一个台 / 84

问君还需几步走 / 93

辅路修建莫小觑 / 101

塔吊林立建新村 / 107

天堂的感觉 / 114

机器隆隆复耕忙 / 124

为民情怀暖人心 / 129

第四章　第一书记在乡村 / 139

挂帅的"穆桂英" / 141

经典的"第一书记喊你回家" / 143

充满温情的一封信 / 147

点亮回家的路，安放悬着的心 / 150

"归雁"在腾飞 / 154

项目拓宽扶贫路 / 161

扶起文化自信／166

值得点赞的党建工作／172

从"梨园"到田园／181

"郓半夏"的复兴／187

"急公好义"又起航／194

爱在传递／199

从博士到村官／204

一家两代来扶贫／210

绕不过去的人和事／212

中流砥柱"70后"／217

不舍离去／219

第五章　迎着太阳出发／221

风雨踏歌行／223

你是天边那道虹／241

福禄绵延／256

万木葱茏又逢春／267

站在大地上思考／280

后　记／295

引 文

家住黄河滩

黄河滩区的人沉稳大气，洪水发于门前而面不改色。

黄河滩区的人坚韧乐观，遭遇"五年三决口，百年一改道"，大水把庄稼淹没了，把牲畜冲走了，把房屋冲塌了，等大水退去，不悲戚不落泪，照样在太阳下和泥修屋，照样在田间扬着鞭儿耕田……

黄河滩区的人见过世面，汛期大水就在脚下奔腾，却依然在岸上坦然地割草放羊、赶集上店；有人到集市上卖的正是此时从黄河里捕捞的鲤鱼……

黄河滩区的人机智勇敢，男孩八九岁就会撑船、避洪……

没去黄河滩区深入采访前，我总有疑问——他们常说"三年两决口，五年三决口"的，为什么一代又一代，从大禹治水开始，几千年来黄河滩区总是住着那么多人呢？为什么他们不搬迁呢？历史上曾有过多次大移民，为什么有些人还专门迁徙到滩区呢？像东明、鄄城滩区的人，大都是明朝洪武年间从山西洪洞县移民过来的。

原来，黄河滩区广袤千里，土地肥沃，那里的很多田地根本不用上肥料。平时大家说的"三年两决口"，决的是防御大堤内的生产堤，老百姓叫作"漫滩"。因为黄河是地上河，每到汛期，河水肆意流淌，到处漫延，而每漫一次滩，土地就"增肥"一次，种啥长啥，甚至"插根竹筷都能发出芽来"。在滩里，他们每年光收一季小麦就够吃一年的！哪年不漫滩，侥幸收了秋庄稼，更是大囤满、小仓流，五谷丰登。

以前滩区人说："如果三年不漫滩，狗都能娶上媳妇！"所以，他们祖祖辈辈依水而居，虽然有伤痛、有损失，但依然愿意生活在滩里，愿意面对大水冲倒篱笆墙的危险……

改革开放前，大家基本是靠地吃饭，靠农耕生活，滩区一点儿也不比滩外差！这种自给自足的日子让滩区人感到温暖、舒适。但是，随着改革开放的逐年加快深入，随着信息时代的到来，滩区人还守着几亩滩地过日子，就只能吃饱穿暖却没有余钱花。尤其近十几年来，小浪底水利枢纽工程实行综合引水调水，滩区再没发过大水、漫过滩，导致滩区的田地也要上肥料……滩区人依然延续过去那种一茬小麦、一茬大豆或玉米的方式搞种植，再勤劳、再能吃苦也很难致富！

滩区人的思想观念落后了，无法跟上时代的步伐了！

滩区人的生活水平渐渐被落在后边。光棍汉子逐年增多，尤其老弱病残群体，开始挣扎在贫困线上！

滩区男孩找媳妇，女孩照样先问家里有没有"一动不动"。这里的"一动"是指车辆，"不动"是指楼房……这"一动不动"，滩外的很多家庭会有，而滩区的人家很少有。据粗略统计，目前滩内平均每个村庄比滩外多三四个大龄光棍汉……

针对这种情况，特别是在2003年河南省兰考县谷营乡的控导工程因连降大暴雨导致3次大决口却难以堵复，造成山东省东明县一带黄河发大水后，国家开始重点关注滩区人民的生活、居住和发展条件，同时给予了一系列倾斜政策。水利部黄河水利委员会还拨款做过一次近滩居民搬迁——滩区居民离水面近的不足 1 公里，远的有六七公里。那次搬迁，仅东明县就盖了 6 个新村，迁出 19 个村庄，合计约 21460 人。

后来，习近平总书记讲道："在全面建设小康社会进程中，不能让一人掉队！"山东省委、省政府学习了习总书记在打赢脱贫攻坚战三年行动的重要批示后，强调指出："要深入贯彻精准扶贫、精准脱贫基本方略，紧盯'黄河滩'，聚焦'沂蒙山'，锁定'老病残'，层层压实责任，尽锐出战、凝聚合力，坚决打好打赢脱贫攻坚战……"

山东省委、省政府自 2016 年初起每年从全省抽派出近万名干部到乡村、到滩区开展"抓党建促脱贫"工作，助力"精准扶贫"。2016 年 11 月，山东省委、省政府又成立了"黄河滩区脱贫迁建工作专项小组"，计划于 2020 年彻底解决滩区居民的防洪安全和安居问题。

黄河滩区迎来了史无前例的大迁建，迎来了千载难逢的发展机遇！

在滩区大迁建中，山东省有 9 个市 25 个县（市、区）782 个自然村沿连黄河，滩区面积达 1700 多平方公里，涉及居住人口 60 多万，其中 42 万人还没彻底摆脱洪水威胁。仅菏泽市就有东明县、牡丹区、鄄城县、郓城县 4 个县区，涉及 16 个乡镇 207 个村庄，形成 13 处滩区；滩区面积达 504.8 平方公里，滩内耕地面积达 61.7 万亩；居民约达 14.8 万人，基本是全省滩区人口的 1/4。

东明县作为"黄河入鲁第一县"，更是"万里黄河山东第一大滩"，菏泽市的滩区就地建设"村台"搬迁主要集中在这里。

春风送暖，党的春风在滩区吹拂！

滩区人民也热血沸腾、奋发图强，每天都以昂扬的姿态向着新生活出发……

滩区正发生着天翻地覆的变化!

在滩区人民开启新征程、迈向美好生活的进程中,有省派第一书记、市派第一书记的功劳,有基层党员干部的锐意进取和默默付出,更有质朴勤劳、勇敢坚韧的滩区人民的聪明才智和扬帆搏击!为此,我用将近一年的时间深入滩区采访,全面细致、多角度、广视野地记述了"黄河滩区大迁建",写了省派第一书记在乡村助力精准扶贫的事迹,同时记述了一批有头脑、有胆略、有情怀、有大爱的滩区致富带头人。我想通过这些文字,让大家了解中国共产党在决胜全面建成小康社会进程中的伟大成就,了解在精准扶贫和乡村振兴过程中发生的勇于担当、乐于奉献的新故事,以及人民群众的新变化、新风貌和城乡建设的新气象……

第一章

云山苍苍，河水泱泱

千里平野

对于黄河，可以说我们基本都不陌生，毕竟她是我们的母亲河，毕竟我们从小学就开始接触相关文字。此前，我也曾在春冬两季以游览的方式到过黄河岸边，也曾感叹她的博大、宽广和波涛汹涌，也曾像第一次看到大海、看到草原那样激动、兴奋和震撼过，但直到2018年首秋（阴历七月），我顶着炎炎烈日第一次深入黄河滩腹地采访时，才真真切切地感受到，以往蜻蜓点水一样的认知是多么粗浅，多么流于表象。如今我驱车行驶在黄河大堤上，放眼望去，一边是一望无际的大平原，一边是浩波万里……

在这个季节，连村庄都掩映在浓得化不开的墨绿之中。近了再看，一条宽阔的大河蜿蜒而过，两边是一片片一方方苗壮的五谷和挂满果实的树木。它们就像威武雄壮、精神抖擞的仪仗队，"刷刷"地从眼前列队而过。这种丰收在望的平原景象，任谁看了都会不由自主地亢奋起来，心潮随之澎湃……难怪历朝历代水患不断，就是驱不走历经灾难的百姓。原来黄河两岸的滩地是如此广袤肥沃，滋养、孕育着万物生灵。这些景象彻彻底底颠覆了以往我对黄河滩的想象。

黄河大桥

"黄河奔流向东方，河流万里长。水又急，浪又高，奔腾叫啸如虎狼。开河渠，筑堤防，河东千里成平壤……"忽然，田野深处传来忽隐忽现的歌谣。这是一个中年汉子的声音。很显然，他在一边劳作一边高歌。这让我想起《诗经·秦风·蒹葭》中的诗句："蒹葭苍苍，白露为霜。所谓伊人，在水一方。……蒹葭凄凄，白露未晞。所谓伊人，在水之湄……"这首深情婉约的古诗歌，在我第一次听到时也是以歌曲的方式直抵我的内心。当然，打动我的还有那优美的旋律和丰富的内涵。试想，在秋意浓浓的黄河岸边，在午后或在夕阳西下的黄昏，看着随风摆动的芦苇，想着心爱的人儿，那是一种怎样的空灵意境，又是一种怎样的充满张力、实虚相间的画面？有人考证，《蒹葭》中的"水"指甘肃天水一带的河流，是黄河的最大支流。

类似的画面和意境在《诗经·小雅·白华》中也有："滮池北流，

浸彼稻田。啸歌伤怀，念彼硕人……"其意思是："滮河之水缓缓地向北流啊，浸润得稻田绿油油。我长啸高歌伤心不已，是因为思念心上的人……"这里的"滮池"指的就是黄河流域的滮池，在今天的陕西省咸阳市西南，是中国最早的灌溉工程。可见，早在3000多年前，就已有百姓在黄河两岸生根发芽、建立家园。他们在一望无垠的黄河岸边，在潮湿温润的滩地上，除了"日出而作，日落而息"，还不断追求精神生活，憧憬着美好的爱情。

泱泱亘古河

"河"字在秦汉以前基本上是黄河的专用字，而"黄"字形容的是水的颜色。《尔雅》载："河出昆仑虚，色白。所渠并千七百一川，色黄。"据考，"黄河"一词最早出现在先秦之后，先秦以前皆以"河"来指黄河。有专家考证：早在160多万年前，青藏高原在猛烈的抬升运动中跃出地面，之后山崩地裂，地质构造在断裂起伏中呈脉冲式变化，于是古湖泊湖水下泄，形成泱泱巨川，在万溪汇聚、汹涌奔腾的过程中构成一条大河，穿越峡谷，就成为今天的黄河。

黄河是中国第二长河，全长约为5464公里，流域面积约为75.2万平方公里，也是世界第五长河（世界第一长河是尼罗河；第二是亚马孙河；第三是长江，长江也是亚洲第一长河；第四是密西西比河）。黄河自西向东分别流经青海、四川、甘肃、宁夏、内蒙古、陕西、山西、河南、山东等9个省和自治区，最后流入渤海。黄河流经黄土高原时挟带了大量的泥沙，因此黄河水素有"一碗河水半碗沙"之说。这些泥沙在常年的汹涌奔流中沉淀滞蓄下来，尤其是在黄河下游河道、河槽两侧淤积出广阔的滩地。这些滩地土质松软、潮湿、肥沃，易于开垦耕种，而且黄河流域气候温和，四季分明，适于生活和发展农牧业，于是当地的先民开始依水而居。

文献中记载："垦殖于滩上，修筑民埝以自卫，远者距水数里，近者仅数百步。"可见，当时人们已在水边开垦荒滩种植庄稼，有时候为了保护田产，还自发地修筑堤坝。这些堤坝远的离水面几里地，近的也就几百步。

考古学家在陕西省蓝田县发现的"蓝田人"（旧石器时代早期的直立人）进一步证明了华夏祖先曾在黄河流域繁衍生息。4000多年前，黄河流域形成了一些氏族部落，其中以炎帝、黄帝两大部落最为强大。后来，黄帝成为部落联盟首领，融合其他部族，形成了我们的"华夏族"。因此，现在世界各地的华夏儿女把黄河流域认作中华民族的摇篮，视黄河为"四渎之宗"，并视黄土地为自己的"根"。

殷都地处当时的黄河流域，其遗存的大量甲骨文说明黄河流域开创了中国文字记载的先河。中国历史上的"七大古都"，在黄河流域和近邻黄河地区的就有安阳、西安、洛阳、开封4处。位于黄河南岸的开封在古时称为"汴梁"。春秋时期魏惠王曾迁都于此，后来北宋又在这里建都。东周迁都洛阳以后，东汉、魏、隋、唐、后梁、后周等朝代也曾在洛阳建都，洛阳因此被誉为"九朝古都"。中国古代的"四大发明"——造纸术、活字印刷术、指南针、火药，也都产生在黄河流域……这些都是中华民族弥足珍贵的文明遗产，是我们的骄傲，更诠释了黄河历史的悠久。

洪水方割， 千年治理

《尚书·尧典》中载："汤汤洪水方割，荡荡怀山襄陵，浩浩滔天。"其意思是："汹涌的洪水造成了巨大的灾害，浩浩荡荡地包围了高山，淹没了丘陵，简直都要盖过天下了。"

黄河虽然孕育了华夏文明，但也有摧残万物生灵的时候。面对肆虐的洪水，人们为了安居乐业，开始了艰难的治水工程，于是出现了大禹治水的故事。《尚书·禹贡》中记载，禹之导河，"浮于积石，至于龙门、西河"。《秦边纪略》写道："盖黄河入中国，始于河州，禹之导河积石是也。"大禹治水的精神就这样作为一种文化基因流淌在中华民族的血液里。几千年来，伴随着黄河的决溢改道，治理黄河、防洪御患成为历代王朝的大事。

春秋战国时期，黄河下游已普遍修筑堤防。公元前651年，"春秋五霸"之一的齐桓公曾"会诸侯于葵丘"，提出"无曲防"的禁令，试图解决诸侯国之间修筑堤防的纠纷。

西汉时期，政府专设"河堤使者"或"河堤谒者"等官职，沿河郡县长官都有防守河堤的职责，专职防守河堤的人数高达几千。《汉书·沟洫志》记载："濒河十郡，治堤岁费且万万。……至淇水口（今河南省滑县西南），乃有金堤，高一丈（约合今天3.3米）。自是东，地稍下，堤稍高，至遮害亭，高四五丈……"可见，当时的黄河已经成为"地上河"，河防工程、治理投资已达到相当大的规模和数额。

北宋建都开封后，因黄河水患严重，统治阶级对治河非常重视，设置了权限较大的"都水监"专管治河。这一时期，沿河的地方官员也大都重视河事；特别是王安石主持开展的机械浚河和引黄、引汴发展淤灌等工程，在治黄技术上有了不少创新和突破。

明代以后，随着经济的发展和黄河决溢的加重，朝廷不得不对治河更为重视，治河机构遂逐渐完备。例如：明代以工部为主管，"总理河道"直接负责，后来"总理河道"又加上提督军务职衔，可以直接指挥军队。沿河各省巡抚以下地方官吏也都负有治河职责。只是由于几代皇帝的不作为，虽然中央加强了对下游河务的统一管理，但洪水泛滥次数仍然较多。

清代设置的"河道总督"权限更大，直接受命于朝廷。清康熙年间还出现了靳辅这样的治河名臣。靳辅治河期间，不但对黄河水患进行了全面勘察，还提出了对三大河流综合整治的详细方案，同时不断坚固堤坝，一度使漕运无阻。只是到了清末，战乱不断，国政衰败，治河也就陷入停滞状态。

纵观治河历史，在中华人民共和国成立以前，所谓的"治河"实际上只局限于黄河下游，而且主要是被动地防御洪灾。但是，在悠久的治河历史中，人们留下了卷帙浩繁的文献典籍，为世界所罕见。作为珍贵的文化遗产，这些典籍值得我们进一步研究借鉴。

1949年中华人民共和国成立后，治黄史册书写了新的篇章。党和国家领导人都非常关心治黄事业。1952年10月，毛泽东主席第一次离京外出巡视，首先就是视察黄河，并发出"要把黄河的事情办好"的伟大号召。后来，他又多次听取治黄工作汇报，对治黄工作做了重要指示。1964年，毛泽东主席虽然已是70多岁高龄，还一再提出要徒步策马，上溯黄河源，进行实地考察。周恩来总理更是直接领导治黄工作：从1949年前的"反蒋治黄"斗争到编制《黄河综合利用规划技术经济报告》和建设三门峡工程，再到领导 1958 年的抗洪斗争等，所有治黄工作的重大决策几乎都是由周总理亲自主持做出的。

为了搞好黄河的治理与开发，1950 年 1 月 25 日，中央人民政府决定将黄河水利委员会（简称"黄委会"，1949 年 6 月在中共解放区成立，是水利部在黄河流域的派出机构，为水利部直属的事业单位，行政级别为副部级，行使所在流域的行政主管职责）改为流域性机构，统一领导和管理黄河的治理与开发，并直接管理黄河下游河南、山东两省的河防建设和防汛工作。

为了全面了解黄河河情、科学治理，早在 20 世纪 50 年代初期，黄委会和有关部门就组织开展了大规模的勘测工作和科学考察，搜集和整理了大量基础资料。1954 年初，国家成立黄河规划委员会，聘请苏联专家组，调集国内有关专家，集中力量，着手编制黄河治理开发规划。1954 年 10 月底，委员会曾提出《黄河综合利用规划技术经济报告》，经中共中央政治局和国务院审议通过，决定提交全国人民代表大会审查批准。1955 年 7 月 30 日，第一届全国人民代表大会第二次会议通过了《关于根治黄河水害和开发黄河水利的综合规划的决议》，批准了规划的原则和基本内容，并责成有关部门按时完成黄河治理开发的第一期工程。

与历史上众多的治黄方略相比，《黄河综合利用规划技术经济报告》的特点是：1. 统筹考虑全流域的治理与开发；2. 突出综合利用的原则；3. 对水和沙都要加以控制和利用。该规划明确指出："我们对于黄河所应采取的方针，不是把水和泥沙送走，而是要对水和泥沙加以控制、加以利用。"

1984 年，经国务院批准，国家计划委员会（现国家发展改革委员会）下达了《修订黄河治理开发规划任务书》，要求对黄河治理开发规划进行一次系统的修订，进一步推进黄河的治理与开发。此后，黄河水利委员会会同国务院有关部门和流域内各省区相继开展了各项规划研究工作，为治黄事业的发展绘制了一幅新的蓝图。

2009年4月，小浪底水利枢纽工程顺利通过竣工验收。小浪底工程投运以来，有效地控制了黄河洪水，基本解除了黄河下游凌汛的威胁，减缓了下游河道的淤积，使花园口的防洪标准由60年一遇提高到千年一遇。小浪底水利枢纽位于三门峡下游，在河南省洛阳市以北40公里的黄河干流上，坝址控制流域面积约为69.4万平方公里，约占黄河流域面积的92.3%。坝址南岸为河南省孟津县小浪底村，北岸为济源市蓼坞村，是黄河中游最后一段峡谷的出口。

堤防，堤防

"千丈之堤以蝼蚁之穴溃"出自《韩非子·喻老》。韩非子约生活于公元前280年至公元前233年，是战国时期韩国新郑（今河南省新郑）人。可见，在春秋战国时期，黄河的堤防已成规模。

《史记·河渠书》中有记载："渠就，用注填阏之水，溉泽卤之地四万余顷，收皆亩一钟。于是，关中为沃野，无凶年。秦以富强，卒并诸侯。"这里的"渠"是指战国时期的郑国渠。由此推出，当时人们不仅筑堤防水、治水，还利用水资源进行农田灌溉。那么，历朝历代的人们为了安居是怎样利用智慧修筑堤防的呢？这些堤防对于后代的贡献是什么呢？

《管子·度地篇》有相关记载，用现在的话语可表述为："修堤的时间以春天三月最好，因为这时土料较干，易于修得坚实。其他季节，夏季农忙劳力紧，秋季多雨土料湿，冬季土料冻结修堤不实。"《管子》中的记载足以证明：早在先秦时期，我国对黄河防护大堤的修建方法已有相当的研究。

秦朝统一六国后，战国时期被各国分割的黄河开始得到统一治理，阻碍水流的工程和妨碍交通的关卡被逐一拆除，使整个堤防有了连接。《史记·秦始皇本纪》中记载："决通川防，夷去险阻。"后来，还有不少关于"秦堤"的传说。例如：河南濮阳有"秦始皇跑马修金堤"之说。明代文武兼备的名臣、治河专家万恭在《治水筌蹄》中载道："秦时，堤防兼以驰道。"万恭一生奔波于大河南北，对水利研究颇深。他在书中的记载反映了秦始皇在治理黄河、修建堤防方面的成就。另外，据《汉书》记载，秦始皇所修的驰道两旁皆植青松。由此可推测出，秦始皇不仅修建黄河大堤，将大堤兼作驰道，还在两旁栽上了松柏……

到了西汉和东汉早期，黄河决口的记载明显增多，人们对大堤的修建也更加频繁。这一时期，从今天的河南浚县至山东高唐再至河北的吴桥皆有堤防。清代的《大清一统志》直接称这些堤防为"汉堤"。汉朝的河工技术进步很快。在堵口方面，人们曾使用打桩填堵法；在河堤防护上，人们在临河的一侧用石头垒砌石堤。这一时期，探索治河方略的人越来越多。当时黄河频繁决溢，灾患严重。西汉绥和二年，即公元前7年，朝廷征集治河方案时，贾让应诏上书，提出"治河三策"。其上策主张不与水争地，"徙冀州之民当水冲者，决黎阳遮害亭，放河使北入海"。这是针对当时黄河已成悬河的形势提出的人工改道、避高趋下的方案。贾让认为，实行这一方案虽然要付出重大代价——"败坏城郭、田庐、冢墓以万数"，但可以使"河定民安，千载无患"。可以说这是千年大计。中策主张开渠引水，达到分洪、灌溉和发展航运等目的。他认为这一方案虽然不能一劳永逸，但是可兴利除害，维持数百年。他又认为，如果只是保守旧堤，年年修补，则劳费无穷——这乃是最下策。

贾让在上书以前曾研究了前人的治河历史，并亲自到黄河下游东郡一带进行实地调查研究。他的3个策略详细、具体地分析了黄河堤防的形成、发展及弊端，提出综合利用黄河水利资源，论证开渠分水有三利（低地放淤肥田、改旱地为稻田、通漕运），不开则有三害（民常忙于救灾、土地盐碱沼泽化、决溢为害）。

"治河三策"的提出是第一次有人对治理黄河进行全面的方案论证，而且较完整地概括了西汉治黄的基本主张和措施，也是首次明确提出在黄河下游设置滞洪区，并强调滞洪区的作用是"使秋水多，得有所休息"。

值得赞赏的是，贾让考虑得比较全面，在论证规划方案时还提出了经济补偿——主张筹划治河工费用于安置改道造成的移民。这也体现了他的为民情怀。贾让的"治河三策"对后世治河产生了重要影响，是古代治河思想方面的重要遗产之一。

到了五代、北宋时期，黄河护堤已经有了双重堤防，并按险要与否分为"向着""退背"两类，每类又分为三等。《宋朝厢军研究》记载：河清兵（包括捍江兵、开江兵、堰军）——是厢军中规模最大的一支水利专业兵种。河清兵主要分布在黄河中下游的堤埽处，职责是负责黄河防汛、抢险及与埽岸、堤防等相关的水利工程建设。同时，汴河沿线也分布着河清兵，承担汴河的堤防维护和河道疏浚工役。河清兵的设立改变了汉唐以来主要用民力进行水利建设和水患防治的做法，反映了当时政府对黄河堤防的重视。

明代时，堤防工程的施工、管理和防护技术都达到了相当高的水平。人们把堤防分为遥堤、缕堤、格堤、月堤4种，并按照各堤的作用，因地制宜地进行修建。明代也出现了很多治河专家。他们在前人经验的基础上有所创新，给后来的治河者开启了新的思路。其中，当时负责总理河道的著名学者刘天和提出了"治河六柳法"，受到后人的推崇。

刘天和（1479—1546），字养和，号松石，湖广麻城（今湖北省麻城市麻城县）人。他所提出的"治河六柳法"是指用卧柳、低柳、编柳、深柳、漫柳、高柳6种栽植柳树的方法策略来修建河堤。"卧柳"法是指在初春修筑堤坝时栽种柳树。修筑时每加一层土，就在堤内外铺上一层手指粗细的柳条，每隔一尺一枝，每枝埋于地下二尺，露出地面仅二寸，使之深深扎根于堤中，从堤根到堤顶，不中断。"低柳"法是于初春时节在堤内外普遍补栽柳树。补栽的柳树也如手指一样粗细，树距也是一尺，下埋二尺，上露二寸。其他4种方法也是利用柳树来护堤、固堤。

刘天和的"治河六柳法"既得之于他多年治河经验的总结，又得之于他的多次实地考察。有次视察河道，刘天和看到临河之地有一个四方土堆，在河水的冲击下岿然不动，就询问当地老人。老人讲那里原来是一户人家的住宅园圃，周围栽了很多柳树，后来树虽伐去，但树根尚在，盘根错节，所以未被冲毁。刘天和听后铭记于心，后来又通过观察，发现在洪波急流中有数株柳树屹立，直到大水退去亦无多大损伤。刘天和受到启发，就有了后来的"六柳"之法。

明朝后来的治河专家潘季驯（1521—1595）在自己的《两河管见》和《河防一览》中对刘氏治河记载道："百泉会流，千舰飞挽，岁漕四百万石如期到京，中外神之。"他说，刘氏治河，在短短 3 个月就对堤防修筑、植柳防洪、民夫调拨等方面有独特见解，堪称奇迹。

到了清代，修堤技术又进一步发展，特别强调"五宜二忌"。"五宜"：一审势时宜选择高地修堤，以节省土方，且堤线要顺直；二取土宜远，要在临河距堤二十丈以外取土，土塘之间要留土格；三"坯头宜薄"，坯头薄了易于硪实；四"硪工宜密"；五"验水宜严"，硪实以后以铁锥穿孔，依据灌水的多少来确定是否合格。"二忌"：忌隆冬施工；忌盛夏施工。

从明代隆庆年间到清代乾隆前期的近 200 年间，是黄河下游堤防建设的一个高潮期。这一时期，传统的河工理论日益完备，传统河工技术高度成熟和普及。潘季驯就曾提出"以河治河，以水攻沙"。这是指利用水沙关系的自然规律以及水流本身的力量来刷深河槽，减少淤积，增大河床的容蓄能力，从而达到防洪保运的目的。清朝还有"蓄清刷浑"和"淤滩固堤"的方法。

新中国成立后几十年来，国家对堤防工程投资很大，黄河下游可以说年年修堤、固堤。

提起堤防建设，不少老人很兴奋，因为在他们的印象里，修堤过程虽然很累，但也是一段快乐时光。在山东郓城采访时，侯咽集镇赵营村的宋兰生老人就讲了自己年轻时参加修堤的经历。

老人曾当过 30 多年的村支书，说那时一般避开汛期，趁农闲季节修堤，也就是收了秋，种上麦，土地还未结冰前，或者春暖了，河开了，冻化了，但还没到农忙的时候。

我对老人说："小时候倒听说过挖河打堤，也见过一些农民带着行李、铁锹、锅碗瓢盆等行走在路上的情景，就是没见过具体怎么干。"

他说："干的时候都是先分队，一个大队修多少米预先分好，大队再分组，每个小组各有任务。例如：有的负责从黄河滩挖土，有的负责拉土上堤，有的负责拉石灰，有的打夯，有的起锅造饭……那时候大家都喊着号子比着干，队与队之间比进度、比质量，所以年年基本是提前完成……"

"听说修堤要打夯，还要唱夯歌，一般由扶木柄的人领唱，一是为了齐心协力，统一指挥，统一步调；二是为了活跃气氛，找点乐子，减缓疲劳，享受劳动的快乐。是这样吗?"我问。

"是的。20世纪七八十年代，但凡集体干活，都好喊号子或者唱歌。例如打夯，领号的唱：'同志们呀，要打了呀，心里做好准备啦。'大家和：'准备好了呀，哟嗬嗨嗨哟嗬嗨……'"

老支书接着又说："还有的夯歌是情歌。领号的唱：'说个花儿哟!''鸡娃落在麦囤上哟!'大家和：'原是饱（宝）鸡花哟! 嗬哟，嗬嗬哟!'领号的唱：'寡妇房里恸哭声哟!'大家和：'原是为男（渭南）花哟! 嗬哟，嗬嗬哟……'"老支书讲得绘声绘色，有时候干脆哼唱起来。

"很有意思，把一些大家熟悉的地名——宝鸡、渭南等包含在里边，看似很俗，但充满智慧和快乐，还让大家学到了一些地理知识。"

"是啊，还表现出劳动人民的吃苦耐劳和乐观主义精神。"

"这样想来，工地上热闹得很哩。"

"是啊，挖土的也唱，一般是组长领唱。如果看着其他组快赶上了，领头的会即兴编唱：'同志们呀，加把劲呀! 扭头看看赶上了呀!'众人回应：'加把劲呀，哟嗬嗨，俺不甘落后呀……'"老支书强调。

听老支书这样讲，我能想象在一望无际的大平原上，在崎岖蜿蜒的大堤上，红旗迎风招展，一群群壮劳力喊着号子，唱着歌谣，你追我赶地挖土修堤，那实在是激动人心的场面！

"民间智慧不得了，在劳动中又创造了艺术。"我说。

"嗯嗯，艺术来源于劳动，来源于生活。据我了解，夯歌作为非物质文化遗产，作为民俗艺术，也像戏曲一样分流派，如高山调、花丘调、平原调、湖乡调四大流派。高山调以高腔见长，行腔高亢有力，富有

修堤防打硪

山地特色，深受人们喜爱；花丘调一般以方言作衬词，把地方戏曲中的花腔揉进号子，具有当地语音特色，行韵高亢，圆润丰满；平原调有的粗犷高亢，有的平静秀丽，大都内容丰富，曲调婉转自如；湖乡调在结构上更加完整，引进了戏曲的演唱风格，在澧州夯歌中最具现代色彩……"

"您老对这还有研究？"

"谈不上研究，因为一辈子在基层，无论是盖房还是修堤都唱夯歌，与夯把头多有交流。前几年有央视记者来采访。他们在搞这种民俗专题研究，让我介绍了一些会夯歌的老人，所以我了解一些类似的东西。"

"这十几年是不是听不到夯歌声了？"

"现在大堤都是用机器、用石头砌的标准化堤防，即便修缮也不用人工了。现在百姓可享福了，其他娱乐方式也多……"

我深有同感。近些年，由于国家对黄河的科学治理，黄河十几年来从没发过大水，就连东明县号称"豆腐腰"的堤防段也早已不再是"豆腐腰"，而是和其他地方一样坚固；加上黄河其他干支流防洪水库的配合，如今防洪能力大大提高。例如：1982—2003年，洪水多次漫延，而且持续时间很长，但黄河中下游堤防无一处决口。

不得不说的是，在几个月的采访中我了解到，菏泽市依连黄河的区域有4个。东明县作为黄河入鲁第一县，也是黄河入鲁第一大滩。黄河从焦园乡的辛庄村进入，于菜园集镇的黄庄村流出，滩区面积约达317平方公里——老百姓通常将其分为东滩、西滩、南滩和北滩，堤防建设共有76公里。东明县是山东省滩区面积最大的一个县。

紧邻东明县的是牡丹区。黄河从牡丹区的李村镇刘庄村进入，于李村镇西高寨村流出。也就是说，牡丹区就一个乡镇有滩区田地，是4个县区中滩地最少的——滩区面积约为19.14平方公里，黄河大堤长约14.893公里。之后黄河进入鄄城县界。在鄄城县，黄河的上界是临濮镇大刘屯村，下界是左营乡中义村，滩区面积共有约132.60平方公里，大堤长约52.139公里。接着，黄河从鄄城县进入郓城县。在郓城县，黄河从张鲁集门庄村进入，于黄集镇的仲潭村流出，滩区面积约为34.53平方公里，堤防总长约为28.07公里。在菏泽市，黄河大堤伴随着蜿蜿蜒蜒的黄河，也是绵延不断。

说不尽的故道情殇

滔滔黄河向东流，说不尽的惊涛往事，诉不尽的故道情殇。

民间有黄河"百年一改道"的说法。几千年来，黄河有过多少次大决口、大改道，百姓就有过多少次不堪回首的灾难。如果说每年汛期黄河河涨漫滩是小事，百姓可以见怪不怪、泰然处之，那么黄河每一次决口改道都会造成房倒屋塌、饿殍满地，百姓都会经历流离失所、无家可归的悲苦。

2018年9月的一天，我走在山东曹县的"黄河故道"里，站在硕果累累的果树前，想象着清朝康熙年间这里还是大水漫漫。那时黄河两岸推车的、挑担的、走亲戚的……你来我往，熙熙攘攘。有月的夜晚，依稀可见杂草深处的野兔、刺猬在蠕动，还能听到那不断传来的鸡鸣狗吠……

而今，曾在两岸之间摆渡的木船早已被艄公的孙儿扛回家，成为灶膛里的一把火。那燃烧后的灰烬作为肥料撒在田里，或许成就了今天的某一棵树……沧海桑田，轮回变迁，如今我脚下是丰腴的土地，人们在充满希望的田野上劳作着。水来水去，洪过洪往，一切已成为历史。

在新石器时代，因两岸未筑堤防，黄河河道很不稳定，不断出现改道现象。大禹治水后形成的"禹河故道"在相当长的时期里是稳定的。后来禹的儿子启继承帝位，远古的"禅让制"从此变成"家天下"，部落之间也开始了长期的厮杀征战，统治者对黄河日渐疏于治理。到了春秋战国时期，黄河产生了严重的淤积，由大禹治水初期的低洼河道逐步向"地上河"转变。这一时期，不断抬高的水位使黄河经常发生满溢或溃决，特别是北面的淤高不断增加，使河道有了持续向南迁移的趋势。为了抵御汹涌的洪水，各诸侯国开始在自己的领地内大量修筑堤防。这一时期就发生了史上第一次大改道。经过这次改道，黄河整个河道向东南平移了100多公里，水流一直延续到西汉末年，史学家称之为"春秋西汉河道"。

历史上，黄河基本上是在禹河故道以南演变，一共发生了1960多次决口，其中有28次大迁徙、9次特大迁徙。

9次特大迁徙包括周宿胥口河徙、新莽魏郡改道、北宋澶州横陇改道、庆历八年（1048）澶州商胡改道、南宋建炎二年（1128）杜充决河改道、南宋蒙古军决黄河寸金淀改道、明洪武至嘉靖年间改道、清咸丰铜瓦厢改道及1938年郑州花园口决堤。在这9次特大迁徙中，因大堤年久失修或天降大暴雨导致的有5次，通常称之为"自然灾害"；因战争策略防御阻敌导致的有3次；因私心私欲导致的有1次，即"新莽魏郡改道"。

"新莽"时期实际上就是王莽执政阶段。史学家以"正统"的观念认为，王莽虽然表面上谦恭俭让、礼贤下士，实际上却是沽名钓誉之徒。西汉末年，在汉哀帝早亡、皇权旁落的情况下，王莽乘机窃取大权，于公元8年代汉建立新政权，史称"王莽改制"。

公元11年，黄河决口。这次决口是汉代历史上最著名的一次——魏郡元城（今河北大名）决口。决口后，黄河在西汉河道的基础上继续向东南方向摆动100多公里，夺漯水而入海。在《汉书·王莽传》中，东汉史学家班固曾记载，此决口地点在王莽的老家元城县。不知出于什么原因，这次王莽并未下令进行堵水复堤，而是任由黄河肆意奔流。就这样，西汉故道从濮阳以东变成枯河，后人称已经干枯的这一段河流为"王莽河"。

东汉永平十二年（69）的夏天，王景奉刘秀之诏，和王吴共同主持黄河综合治理活动。王景依靠数十万人的力量，一方面修筑从濮阳城南到渤海的千余里大堤，另一方面整治了汴渠渠道，新建了汴渠水门，终于使多年的决溢灾害得到平息，出现了此后800年黄河不曾改道的平安现象。

"清咸丰铜瓦厢改道"在正史上记载得很简单。《清史稿·河渠志·黄河》中载："咸丰元年闰八月，决丰北下汛三堡，大溜全掣，正河断流。"同治时期的《徐州府志·河防考·黄河》中记述为："咸丰元年八月，河水漫决砀山北岸之三堡，泛溢沛县，淹没栖山沛县城。"到了光绪时期，记载虽然详细了些，但仍让人看不出此次大决口的真实情景。《续修丰县志·纪事类》记载为："咸丰元年八月十九日，河决砀山之蟠龙集。集届砀北，逾集里许，即入丰境。决口据上游，县城适当其冲。幸集中坊肆栉比，溜壅而东而渐北，遂经华山、栖山入沛县之微山湖。余流旁溢，逆泛浸淫，及县城之东。于是（丰）县之东、南、北举为泽国。"

这些记载都避重就轻，好像这是一次不甚厉害的自然灾害。其实，河政腐败，上下官吏串通舞弊，自乾隆中后期就十分严重了。例如，陆嵩在《闻河决丰北口》一诗中写道："专制一道彼何人？清泚铜池兴方发。频闻报险怒不解，将弁遭呵那敢说！"其意思是：情况已经十分危急了，河役和百姓都纷纷向上反映，可治河官员不但不去实地察看，反而雷霆震怒，迫使报险者闭嘴噤声。

对于这次决口的后果，黄钧宰在《王子冬游彭城》一文中记述道：

"昨日桃宿北行而后，适遇灾民东下之时，乱发残衣，飞扬道路，余肢断体，零落沟渠。犬吮血以相争，鸟啄睛而不去。呜呼！伤已！"可见因腐败导致的这次大决口已到了惨不忍睹的地步。

1938 年 6 月的郑州花园口决堤又称"花园口事件""花园口惨案"，是中国抗战史上与文夕大火（长沙大火）、重庆防空洞惨案并称的三大惨案之一，也是因私心和阻敌战略导致的一次大决口、大改道。

1938 年 4 月，李宗仁指挥的台儿庄战役大捷后，蒋介石对战局的判断从"抗战三日即亡国"论一下子转变成了速胜论。他计划借李宗仁指挥的随枣战役、台儿庄战役等胜利的余威，和日军在徐州决战，于是匆忙把 20 多万大军调到徐州。日军则认为这是消灭国民党军队主力的最好机会，便在 5 月初迅速集结 30 多万人向徐州夹击。日军在徐州的包围圈将要形成时，蒋介石发现被包围在徐州十分危险，便又决定放弃徐州。就这样，所谓的徐州会战刚开始就失败了。这次溃败也严重影响了全国各地军队对战局的看法。更出乎蒋介石意料的是，日军的第 14 师团约 2 万人强渡了黄河。为了阻止日军，蒋介石决定孤注一掷，扒开黄河大堤，抵御日军。他命令程潜抓紧掘堤，并告诫他："要打破一切顾虑，坚决去干，克竟全功。"就这样，郑州花园口大堤被强行掘开，洪水如脱缰的野马奔泻而下。

《豫省灾况纪实》载："黄泛区居民因事前毫无闻知，猝不及防，堤防骤溃，洪流踵至；财物田庐，悉付流水。当时澎湃动地，呼号震天，其悲骇惨痛之状，实有未忍溯想。"

应该说，黄河的每一次决口改道都有其特殊的历史背景和政治背景，隐藏着不易发现的深意。像郑州花园口这次决堤，表面上看是蒋介石为了御敌，但仔细想想，他和他的部队如果没有私心，一心为国为民英勇奋战的话，又何至于节节败退甚至不战而退？真是道不完的洪患惊悸，说不尽的故道情殇。

归故，归故

　　相关历史资料记载：花园口决堤后，河水从 1938 年开始汹涌改道南行，及至 1945 年 8 月日本无条件投降后，蒋介石拟对黄河进行治理。他这样做，一是为了弥补曾经的过失，挽回人心，让"豫、皖、苏 3 省 44 个县市"几百万流离失所的百姓有家可归；二是想发动内战，"以水代兵"来对付中国共产党。经过内部周密计划，蒋介石于 1946 年 2 月 6 日在上海以举行记者招待会的形式提出"黄河归故"。这一方针的提出，得到当时的联合国善后救济总署（下称"联总"）的支持。联总当即表示将给予堵口复堤工程经济、技术等援助（对于中国在抗战过程中的其他损失也给予补偿）。有了这种支持，国民党立刻展开紧锣密鼓的前期准备，2 月中旬就成立了"黄河堵口复堤工程局"，由国民党政府黄河水利委员会委员长赵守钰兼任局长，著名水利专家陶述曾任总工程师，美国籍水利专家塔德被聘任为"联总和堵口复堤工程局"顾问。于是，国民党政府向中共中央提出了"黄河归故"问题，要求位于黄河下游的中共管辖区予以配合。

　　当时，中共领导人十分清楚国民党政府提出"黄河归故"的目的，知道归故一旦实施，首先遭到威胁的就是"黄河故道"两岸以及冀鲁豫解放区和山东渤海解放区人民的生命财产安全——自黄河在 1938 年改道后，原故道河水很少，所以两岸百姓开始从岸上迁到这条长 600 余公里、宽约 6 公里的黄河河床上生活。几年来，百姓们在河床上辛勤劳作，努力耕种，很快把贫瘠、荒凉的河道变成了一块块良田。蒋介石提出"黄河归故"之时，河床上已有 1700 多个村庄、40 多万百姓。如果给黄河水让道，这些百姓的搬迁和安置将是很大的问题，也是很大的工程。解放区当时担负不起这种庞大的开支。

另外，由于黄河改道和抗日战争爆发，黄河大堤备受日伪军的糟蹋，加之风雨的自然剥蚀，大堤已经被损坏得像豆腐渣，不堪任何风浪。如果"黄河归故"，首先就要好好修复大堤，这也是一大笔款项。然而，从当时的河南考城以下至山东垦利的黄河大堤，除了齐河县至济南间的 60 多公里在国民党防区之内，其余的几乎全在冀鲁豫解放区。当时的解放区政府根本承受不起这样沉重的负担。

更重要的是，抗战期间，故道两岸人民在中国共产党的领导下，经过浴血奋战，创建了冀鲁豫和渤海两大抗日根据地。一旦黄河水归故，这两大坚实的堡垒、后盾就等同于一分为二，在军事上将给今后的发展造成巨大的不利。然而，"黄河归故"计划毕竟是蒋介石以"拯救豫皖苏黄泛区人民"的名义提出来的，如果中共中央不同意，国民党就会趁机大做文章，离间中国共产党与黄泛区人民的关系，诋毁共产党人的声誉；而且，中共中央如果不同意，还有可能使黄河、淮河、长江三大水系搅在一起，致使中国这块最为富庶的地区日益沙化、碱化，贻害无穷……

中共领导人任何时候都是从大局出发，都是切实从人民的利益出发。经过慎重考虑，中共领导人通知国民党政府表示同意。接着，黄河下游的解放区政府也成立了治黄机构，以配合"黄河归故"工程的进行。谁知国民党政府有自己的打算和战略规划，一厢情愿地想抓紧时间堵复，并希望在当年的 6 月份，也就是汛期到来前完成工程。在 1946

年 3 月 1 日"花园口堵口工程开工典礼"举办后，国民党政府第二天就在上游抢先开工堵口。这使中共领导人很忧虑。中共领导人致电国民党政府，指出：中国共产党同意堵塞花园口决堤口门，但必须保证下游黄河故道人民的生命财产安全。

针对此，3 月 7 日晋冀鲁豫边区政府在《冀鲁豫日报》发表文章，进一步表明态度："在堵口复堤之前，必须精细勘察、妥善修补堤坝与修理河道，更须照顾堤内人民损失，予以充分安置救济，方不致因黄河水之骤至而演出天痛人怨之惨剧。唯以治河工程浩大，需要人力、财力与技术之处甚多，而冀鲁豫连年天灾人祸，民穷财困无以复加，急需善后救济总署拨付巨款使冀鲁豫边区得以配合……"

3 月 15 日，《冀鲁豫日报》再次发表文章，抗议"黄委会堵口不复堤"。同时，中共领导人严肃而诚恳地对国民党相关负责人赵守钰说："先复堤，后堵口。这是中国共产党在'黄河归故'中所坚持的基本原则，也是国共两党在这个问题上能够合作的基础。如果无视这一点，是无法向黄河下游人民交代的，也无法向国人和世界人民交代……我们都不应该忘记 1938 年花园口决堤事件，决不能让历史悲剧重演！"

在这种压力下，4 月 7 日，国民党政府黄河水利委员会代表、中共（冀鲁豫解放区派出）代表、联总代表、国民党政府行政院善后救济总署（习惯称为"行总"）代表云集河南开封，进行了"黄河归故"的第一次谈判，并达成《开封协议》。

这次协议主要规定了"堵口、复堤同时进行，花园口合龙的具体日期，公路交通的恢复，公粮的运输、发放以及河床内百姓迁移的安置、救济等"事项。虽然协议没完全按照中共方提出的"先复堤，后堵口"执行，但中共方在时间上，在修堤费用和技术、百姓搬迁和安置上取得了巨大胜利。因为协议提出了大堤修复的实地勘察问题，所以在 4 月 8 日至 15 日，有关代表在中共代表的陪同下来到冀鲁豫解放区和渤海解放区，并在菏泽达成第二次协议，史称《菏泽协议》。

这次协议主要规定："复堤、浚河、裁弯取直、整理险工等工程完成后再行合龙放水"；"新建村由黄委会呈请行政院每人发给 10 万元（法币）迁移费"。协议还规定了施工机构、交通、币制等事项。

然而，蒋介石为了使"黄河归故"与他的内战计划相配合，不但在物资上十分应付，还提前了放水时间。他下令："花园口口门务于 6 月底前合龙，放水回归故道。"这种做法当然遭到解放区政府的反对。于是，5 月 18 日，解放区政府争取到第三次谈判。各方达成协议，即《南京协议》。其要义是："下游急要复堤工程，包括险工及局部整理河槽"应"尽先完成"；"下游河道以内居民迁移救济问题"应"从速核定办理"；"堵口工程继续进行"应"以不使下游发生水害为原则"。

《南京协议》签订之后，从 5 月 26 日开始，冀鲁豫解放区组织 23 万多名民工，渤海解放区组织 20 多万民工，开始了中华民族治黄史上蔚为壮观的复堤工程。

到 7 月初，两个解放区已完成土方 1230 万立方米，第一期复堤工程大部分完成，地方政府和人民为复堤已用去工程款约 80 亿元。国民党政府虽许诺拨给一定的工程款项，但迟迟未能送至工地；按照协议，须有一定数量的面粉送至菏泽，实际上仅运来一小部分……

7 月 12 日，冀鲁豫行署派人再赴开封举行会谈，并严正声明："如果国民党方面和联总一意孤行，解放区将采取必要的行动，自卫自救，在河道内打一道拦河横堤，不让河水东流……"

有道是人算不如天算。虽然国民党政府想提前堵口，让"黄河归故"，但 6 月下旬黄河水暴涨，致使花园口无法堵复。不仅如此，国民党政府前期的许多堵复工程也遭到严重冲损。这给解放区政府带来优势。于是，中共领导人抓住时机，争取到第四次谈判。

这次高规格的谈判在上海进行，达成的协议史称《上海协议》。《上海协议》是最后一次谈判的成果，解放区政府的目的是给解放区人民争取到最大利益。例如，协议中有两条规定："行总应将面粉 8600 吨付给中共管辖下各区黄河工程之工人，其中 1/3 左右交给渤海解放区，此外均送往鲁西之菏泽。""因黄河堵口而受损失之人民，应受救济及善后扶助。被迫迁离旧河床之人民，无论彼此，系在中共地区或在国民党地区均应一律平等。"这次协议的签订不仅为解放区争取了赶修堤防工程的时间，而且争得了大量物资与费用。

1946 年 12 月 15 日，花园口口门基本堵复，27 日通过开挖引河，使部分黄河水流回故道。1947 年 3 月中旬，花园口口门合龙，黄河水全部流回故道。5 月底，花园口堵复工程全部竣工。

伤痕累累的曹州

人们常用"三十年河东，三十年河西"来形容人事沧桑、盛衰兴替，感叹世事变化无常。这句谚语的出处实际上与历史上黄河屡次改道相关。因为黄河"善淤、善决、善徙"，河道不固定，所以民间有"三年两决口，百年一改道"的说法。例如：某个村庄本来在黄河的东面，若干年后，因河水改道，一下子变成在黄河的西面。

我的故乡山东菏泽（古称"曹州"）的许多滩区村庄，因为紧邻黄河，也经历着"三十年河东，三十年河西"的流转，而每一次转变都意味着一次家园残破、妻离子散、遍野哀号……

《史记·河渠书》载，西汉时期，公元前132年黄河在今河南濮阳附近的瓠子决口，发生了第二次大徙，并第一次流经菏泽。对于这次决口改道，书中这样写道："东南注巨野，通于淮、泗。"也就是说，黄河之水奔向东南方向，流入菏泽的巨野，然后流入淮河和泗水（泗水别名"清水"，源出今山东泗水县东50里陪尾山）。黄委会在《河南武陟至河北馆陶黄河故道考察报告》中也记录道：瓠子决口在今濮阳西南刘堤口一带，尚有遗留潭坑，百姓称'黄龙潭'。当时大河由西来，在此陡折向北，于转弯处冲破南堤，溃水经濮县（范县濮城）、鄄城、郓城、巨野南入大野泽（在巨野东北），经泗水、淮河注入黄海。

这次水流迁徙到公元前109年才被堵住，行河长达23年之久。其带来的灾难在《史记·平准书》中有记载："是时，山东（指崤山以东）被河灾，及岁不登数年，人或相食，方一二千里。"也就是说，当时方圆千里受灾，甚至到了人吃人的地步。

黄河第二次流经菏泽是1019年，也是黄河第七次大徙。《宋史·河渠志》记载："天禧三年六月乙未夜，……岸摧七百步，漫溢州城，历澶、濮（今鄄城）、曹（今菏泽市）、郓，注梁山泊。"这次决口虽然于1020年2月就被堵复，但4个月后又决口，灾情比上一次更甚，到1027年10月才被堵住。

黄河第三次流经菏泽是1128年。这是黄河第十二次大徙。造成这次改道的原因是南宋东京留守杜充在浚县扒河。杜充何许人也？他是两宋的大臣，字公美，相州（今河南安阳）人。杜充当时位居宰相。在金兵第二次伐宋攻破开封前夕，他镇守大名府，自诩"帅臣不得坐运筹帷幄，当以冒矢石为事"，好像自己是韩信再世，不但运筹帷幄，还能亲自带兵上阵。事实上，当金国完颜宗望的东路大军一来，他就惊慌失措，唯一的对策是下令开决黄河大堤。然而，他的对策不但没阻止金兵，反而淹死 20 万以上的百姓。《宋史·高宗本纪》载："是冬，杜充决黄河，自泗入淮，以阻金兵。"金朝执政后，因只顾军事行动，决口一直未堵，使决河行水 40 年，到 1168 年第十三次大改道方止。

金大定八年（1168）河南滑县李固渡决口，是黄河第十三次大徙，也是第四次流经菏泽。《金史·河渠志》载："六月，河决李固渡，水溃曹州城，分流于单州之境。"另据《黄河变迁史》一书考证，金大定八年李固渡决口后，黄河流势南移，在李固渡分两支，主流由口门向东南经东明、定陶、曹县、单县直下徐州入淮河，另一股仍循"北流"故道流向魏（大名）、冀、乾宁（青县）。"北流"断流、梁山泊干涸都发生在这一时期。

1344 年的曹县白茅堤决口是黄河第十七次大徙，也是第五次流经菏泽。《元史·河渠志》载："五月，大雨二十余日，黄河暴溢，水平地深二丈许，北决白茅堤。六月，又北决金堤……水势北侵安山，沿入会通、运河。"这次决河行水 7 年，导致百姓流离失所。

到了 1391 年，原武黑洋山决口。这是黄河第十八次大徙，也是第六次流经菏泽。《明史·河渠志》载："四月，河北暴溢，决原武黑洋山，东经开封城北五里，又东南由陈州、项城、太和、颍州、颍上，东至寿州正阳镇，全入于淮，而贾鲁河故道遂淤。又由旧曹州、郓城两河口漫东平（今梁山境内）之安山，元会通河（运河）亦淤。"决口后，黄河分成 3 股：主流向南由颍河流入淮河，后人称之为"大黄河"；另一支循故道东流，由徐州以南入淮河，水量很少，被称为"小黄河"；

还有一支由曹州、郓城漫安山入会通河。20年后，工部尚书宋书礼疏浚会通河，才恢复了主河东流的局面。

需要强调的是，自公元25年至1949年之间，黄河决口达1960多次，大的迁徙改道有28次。在这28次里面，流经菏泽的就有12次，几乎占了一半！更让人心寒的是，在菏泽经历的12次灾难里，发生在明朝的就占了6次。

明朝时期，由于统治阶级荒于时政，不肯治理疏浚黄河，从洪武二十四年（1391）至正德四年（1509）的118年里，黄河下游的河南与山东菏泽一带发生的大的决口就有24次。

1416年，即明永乐十四年，开封决口，是黄河第十九次大徙，也是第七次流经菏泽。

1448年，即明正统十三年，陈留、新乡决口，是黄河第二十次大徙，也是第八次流经菏泽。

1489年，即明弘治二年，开封及封丘金龙口决口，是黄河第二十一次大徙，也是第九次流经菏泽。

1509年，即明正德四年，曹县梁靖等处决口，是黄河第二十二次大徙，也是第十次流经菏泽。

1558年，即明嘉靖三十七年，曹县新集决口，是黄河第二十四次大徙，也是第十一次流经菏泽。

到了明代后期，民族英雄于谦任兵部右侍郎兼都察院金都御史，巡抚山西、河南时，为了治理黄河，曾多次召集民工修复加固堤岸，同时大量栽种树木，以固堤基，而且每隔5里就设置一个窝铺，派专人驻守巡视。后来，他又命令沿黄各交通要道加高路基、广植榆槐，每隔三五里就挖一口水井，井边盖上草亭。这样既可以通过水井观察黄河渗透情况，又能使行人乘凉饮水……

于谦治理黄河以后，在相当长的历史时期内，河南、菏泽一带没再发生较大的决口。到 1855 年，即清咸丰五年，由于清政府腐败无能，时局动荡不安，兰阳（今河南兰考）铜瓦厢发生了大决口。这是黄河第二十五次大徙，也是第十二次流经菏泽。

这次改道结束了黄河数百年夺淮入海的局面，溃水由封丘、兰仪（兰考境）、长垣东下，漫淹菏泽全区，至张秋（今阳谷县张秋镇）横穿运河夺大清河入海。兰阳铜瓦厢的黄河水在菏泽区域内漫流 20 年，南北流动百余里，使菏泽境内成了黄泛区。至 1875 年山东巡抚丁宝桢重修南岸障东堤，黄河才受两岸堤防束范，形成了现在的河道。

这就是多灾多难的菏泽与黄河的关系！可敬的是，历经坎坷的菏泽人在每一次洪水肆虐、田园庐舍荡然无存后，都顽强地站了起来，并望着日月砥砺前行。这就是菏泽人的精神！在这种精神的支撑下，菏泽不仅日趋壮大，还绘就了今天美丽、文明的大菏泽画卷！

第二章

见证者

黄河的小名叫 "滚河"

为了抒写黄河，我曾专门采访了几个"掉河村"的耄耋之人。

走在"掉河村"的路上，听鄄城县左营乡党委的宣传委员赵伟谈到自己在黄河滩区成长的经历，我一下子想起"水漫金山"的情景，恍惚间犹如自己正置身于大水中……

"掉河村"，顾名思义就是村庄掉进了河水里。20 世纪 80 年代前，每到汛期，滩区的村庄都有"掉"进水里的危险，1949 年前情况更为严重。

赵宣委的老家王鸭子村就是"掉河村"之一。此村庄最近处离黄河仅几十米远，以前每到汛期河涨时，一夜之间水漫过房台，在村子里汪洋恣肆是经常的事，那时候看上去不是水在村中，而是村在水中，整个村子就像掉在黄河里似的。

我想象不出"掉河村"的人是怎样一次次从湿漉漉的日子里爬起来继续生活的，他们的眼睛里是否有流不完的泪水？我甚至想，将要见到的黄有田老人看到我们会不会哭？

但我对滩区百姓的判断总有那么多失误！

刚到胡同口，我们就听到收音机里传来山东棒子的唱腔，93岁的黄有田老人正在院子里听戏。见到我们，他乐呵呵地站起来说："先到屋里喝点水吧。"这个瘦瘦的老人脸上并没有我想象的沧桑，眼里也满是笑意，他的幸福指数看上去比我们还高。

老人身体很好，平时连感冒都很少有，而且眼不花，头发也未全白，只是有点儿驼背和耳聋，但思维清晰，说话清楚流畅，平时还能赶集上店……

我直奔主题地说起洪水，问他村子掉进黄河时的心情。没想到老人听后"扑哧"笑起来，笑得假牙一颤一颤的，笑得我有点发蒙。后来他说："我生在这里长在这里快一百年了，黄河没你们传得那样可怕！"

"'三年两决口，百年一改道'，损失那么大，常常威胁到人的生命财产安全，还不可怕吗？"我有点儿惊讶于老人的淡定，反问道。

"三年两次决的是生产堤，不是你们说的防护大堤。我们滩里，除了最外边的防护大堤，一般里边还有'二堤、三堤'，即生产堤。河水有时候连生产堤也漫不过，这叫'漫滩'；有时候漫过一道生产堤，也不能叫发大水！只有沿着防护大堤行洪，才算发大水。漫滩只毁点儿庄稼，毁不到人和房屋。再说了，黄河养育了我们，就像母亲一样发点儿脾气也不为过……"

老人不愧一辈子生活在黄河滩里，经历多、见识广，说话和心态就是不一样，在他眼里，光毁点儿庄稼竟然不叫"大水"，水进村了还说没事，而且口气里满是"护短"。

"'漫滩'是啥意思？我还是第一次听说。您老解释一下好吗？"

这次老人又"扑哧"笑了。我的问题在他看来可能很幼稚。这时他邻居接过话茬说："因为黄河是地上河，每年汛期河水肆意流淌，到处漫延，哪年河涨得厉害，把滩区的庄稼都'漫'了、淹没了，就叫'漫滩'呗。"

我不会游泳，天生畏水，想想那情景就怕，何况我还听说黄河漫滩时水比汽车跑得都快，于是小声感叹："每隔一两年就漫一次滩，也够可怕的！"

没想到有些耳背的老人仍然听见了。他说："漫滩是常事，有啥好怕的？每漫一次滩，田地就肥沃一次，第二年种庄稼便高产得多，以前滩地根本不用上肥料！哪年秋庄稼不被漫，我们大囤满小仓流的……"老人脸上洋溢着豁达、乐观、知足。接着他又说："黄河作为'滚河'，今年向这滚，明年向那滚，风水轮流转，就看她想赏给哪边的人饭吃了……"

老人这次说出的"滚河"二字，我也是初次听到，仍然有点儿懵懂，还想让他解释，却又不好意思，便疑惑地小声重复了一句："'滚河'？"这时赵宣委看出我的意思，主动解释道："黄河是一条巨龙，在前进中身体来回摆动——就是水头流向不固定，一会儿向左流，一会儿向右流，也就形成了九九八十一道弯……百姓是从种庄稼的角度称她为'滚河'的。打个比方：今年汛期，左营这段水头向左边流动、漫滩，那右边的庄稼就没事；如果向右边流动、漫滩，左边的庄稼便没事；但被漫的一方百姓捞不着种地，心里肯定很遗憾，就会感伤地说：'唉！今年的土地都滚到那边去了，但愿明年能滚回来……'"

旁边一个胖胖的大嫂接着说："'滚河'是老百姓给黄河起的小名。

自古有'滩地不用交公粮'的说法，实在是滩地说能种就能种，说被漫就没有了，全看黄河这年向哪边滚动。因为是'滚河'，以前就常出现两岸百姓争地的现象，有时甚至打起架来。不过近些年两边都修了拦水大坝，没这种现象了……"

关于争地，我一下子想起了《汉书·地理志》中的记载——汉朝治河专家贾让在"治河三则"中提到黄河的"游荡"，也就是现在百姓说的"滚动"，还提到百姓在堤内修堤，也就是现在说的二堤、三堤，以前为的是阻止河水滚动，为的是争地，现在为的是少淹庄稼。

黄有田老人还告诉我，他3岁就跟着父亲撑船撒网，7岁自己就会划桨，对水亲近得很，一天不到黄河岸边走走看看，心里就空落落的。所以，他对黄河的了解、依恋，是别人比不了的，更是滩外人理解不了的。

他的邻居还举了一个例子："1993年发大水时，水已经漫到院子里了，他和另一个老人还淡定地在树下走五子棋。水在院子里已经一尺深了，他们正好下完，然后伸伸懒腰，驾起自家的小船不慌不忙地向远处划去……"听了这些，我不由得肃然起敬，而且理解老人为什么说漫滩不叫大水了。

老人最后很自豪地说："我从来都不认为滩里比滩外差，就是近些年有点儿落后了。不过现在又好了，国家这么关心我们、爱护我们，惠民政策这么多，用不了3年，仍比滩外强……"老人最后的表情很神气，就像一个孩子，把我们几个都逗笑了。

老人说的倒是实话，现在滩区的路和学校确实比较好，如今又有了"黄河滩区大搬迁"，滩里的人无论是异地搬迁，还是就地建设村台搬迁，生活质量都会一下子明显提高……

四梁八柱屋

87岁的孙齐善老人是郓城县苏阁乡孙楼村人。他19岁到东明县水利局工作，20年后又调回郓城县，曾任该县河务局副局长，退休后一直在家乡养老。他中等个头，白皙、干净、和气，虽然是将近90岁的人了，腰板仍然挺直，说话总是面带笑容。他讲道："上班后的第二个星期，我首次到黄河滩区检查工作，看到老百姓住的都是'四梁八柱屋'，家家无院墙……"

"啥是四梁八柱屋？"我打断老人的话，问道。

"四梁八柱屋就是用几个砖垛子和篱笆墙建起来的房子。你也知道，一间房屋起码有四个屋角，一个屋角要垒一个砖垛子支撑。砖垛子之间的墙面，下面也是一米左右的砖墙，但上面就全是用篱笆和泥糊成的。如果盖三间屋，正好是八个砖垛子，称为'八柱'。'四梁'呢？以前的房屋窄，房顶一般是用四根梁橡架起来的，梁橡上边是用高粱秸或芦苇编成的箔，箔上边是一层厚厚的麦秸，麦秸上边再糊一层泥巴，这样一个房顶就做好了。老百姓称这样的房子为四梁八柱屋。"

"名字倒好听，归根结底还是因为穷。说实话，我还真没见过这样的房子呢。我小时候见到的一般都是砖的，即便不是砖的，墙也不是篱笆墙，而是厚厚的土墙。"我说。

"穷是一方面，另一方面也体现了百姓的智慧。他们长期在水边生活，自有应付洪水的方法。"

"体现智慧?"我疑惑地重复了一句。

"滩区号称'五年三水'或'三年两水',这样的房子即便大水来了,一般损失的也只是篱笆墙。等大水退去后,老百姓还用原来的砖垛子,只是重新用高粱秸编篱笆糊泥修墙就行了。"

"为什么家家无院墙呢?"

"当然是因为穷了,也为了减少发水后的损失……"

嗯,有道理。一家一个房台,台上只盖三五间四梁八柱屋,其他啥都没有。在我们老家那一带,即便垒不起院墙的家庭,也会修一圈篱笆墙,毕竟中国人讲究含蓄文明!滩区人早些年修不起好院墙,如果修院墙,被大水冲了反而是浪费,索性不要!

"他们的牲畜和家禽怎么办?满大街跑吗?"

"能喂养起大牲畜的很少,家家养一头猪或者一只羊什么的,然后就是几只鸡、鸭、鹅和一条看家狗。鸭、鹅都好水,也是择优而选。那时候他们大多没厨房,在堂屋前边支口锅,每到吃饭的时候,鸡、鸭、鹅、狗围着饭桌乱叫唤……"

"那多不文明,多不卫生呀!"我很感慨。

"是啊,生活条件受限,没办法。像咱们这一带,再穷的人家也有院墙和厨房。所谓一方水土养一方人。"

"说一千道一万,还是一个穷字。您看现在,滩区怎么家家都有院墙,都讲究了呢?"

"嗯,归根结底是一个穷字。穷到无法讲究,只能凑合。用现在年轻人的说法就叫'只能活着,而不是生活'……"老人赞同我的观点,一边点头一边评点。

"不过现在好了，国家投入这么大，倾斜政策又多，生活条件、医疗条件、上学环境等堪比县城，属于后来居上……"老人接着强调。

是的，我深有体会。现在滩区人渐渐与外界接触多了，沟通多了，思路也活络起来，做生意的、搞经济作物种植的逐渐增多，他们的生活有了质的飞跃……

东明的 "活地图"

在采访期间，大家一再强调让我见见"活地图"。这个被尊为"东明活地图"的老人就是史月恒，一位有阅历、有见识、有思想的退休干部。

2018 年 12 月初的一天，我有幸见到了他。

老人虽然 80 多岁了，但身体健康硬朗，腰不弯背不驼，看上去依然魁梧高大，而且面色红润，精神饱满，说起话来中气十足。提到他的日常生活，老人说："我每天除了骑着三轮车转十几公里锻炼身体，还坚持读书看报，有时还写点儿散文、回忆录什么的；夏天，我还自己用手洗衣服……"老人的语气洋溢着自豪、满足和幸福。

在与老人谈话的几个小时里，一提起黄河他就兴奋，就滔滔不绝；谈到开心处，他还爽朗地笑上一阵。老人从上午 9 点一直与我谈到 12 点，阿姨催吃饭的时候，我都有点儿累了，站起来捶捶腰，他看上去却没一丝疲惫感，还笑着说："年轻人得注意锻炼身体，尤其你这伏案工作的，更要加强，不能掉以轻心。我像你这般年龄，一天到晚在黄河岸边骑着自行车考察情况，从没感觉累过，也没这里疼那里疼过……"

"您不坐车去啊？"

"那时候单位倒有一辆吉普车，我很少用，到黄河滩里考察，还是骑自行车方便。话又说回来，骑自行车也容易和百姓打交道，没距离感呀……"

我点头称是，并暗暗佩服。

这就是老一代人的工作作风。我父亲也一辈子在乡镇工作，记忆中也总是骑着自行车去村里，从没坐过车。他们从村里、田间地头一路走过，一路亲切地和百姓拉呱，到了中午就在百姓家吃饭，饭后放下一张粮票……这是父亲曾经给我提到过的。我问史月恒老人是不是这样。他说："太对了。那时候还兴粮票，我兜里从来没断过，天天预备着。"

在史月恒老人家里，有一件偶然的小事进一步验证了老人的工作作风。那天大约10点，胡同里传来"收破烂"的吆喝声，阿姨便把那人喊到家里来，说配房里有一堆废品要处理。阿姨也是个善良人，当过称、装车等一切收拾妥当后，对那人说："天怪冷的，给你倒杯热水再走吧。"

收废品的便说："谢谢您，我自己倒吧。"就这样，收废品的人跟着阿姨来到堂屋里。一进门，看到史月恒老人，他愣了愣，说："您是史书记吧？原来这是史书记的家呀。"与我谈兴正浓的老人停下来，开始打量眼前的中年人。

"史书记，我是焦园乡辛庄村的，我叫辛强，俺爹叫存粮……"

"哎呦，你就是强子啊，多年不见了，你父母可好？"老人一下子兴奋起来，站起来握住辛强的手。

"我爹娘都很好，还常常念叨您呢，上个月就嘱咐我，让我打听打听您在哪里住，想过来看看您，还想给您送点儿过冬的大白菜。今年的白菜长得可好了……"

"我在他们家里吃过饭，那时他才 10 岁左右。辛庄村不大，当时也就 300 多人，他家在村东头，他爹长得五大三粗，可壮实了，当时家里还有个 80 多岁的奶奶……"老人提起辛庄的事如数家珍，向我介绍道。

"我奶奶有肺气肿病，一到冬天就犯病，俺爹说多亏您给的药方，还有那 5 块钱的抓药钱，那 5 块钱相当于现在的 1000 多元呢……"辛强显得很激动，有点儿他乡遇故知的味道。

"方子和钱的事我早忘了。请问，住在庄西头的新运大哥还健在吗？"

常言道："施惠勿念，受恩莫忘。"老人记忆力那么强，如今故意把话题岔开，这也正好验证了这句话。

后来阿姨告诉我，他们家经常会遇到这种情况。有时候老人去买菜，买着买着就被认出来，接着就会送来一些地瓜、玉米、韭菜等粮食和蔬菜。老人虽然二十几岁就当上了副乡长、县公安局副局长等，但从来没一点儿官架子，所以老百姓到现在还想着他。

这话我信。史月恒老人心里有百姓，百姓心里也就装着他。望着可亲可敬的老人，这一刻我突然明白他为什么被称为东明的"活地图"了。当初他在乡里工作，一天到晚在乡村、在黄河滩考察，以至于那里的黄河有几道弯，弯弯是个啥情况，有多少条路，哪条路怎么走，哪个村庄有多少人，人们生活得啥样，他都了如指掌……

黄河岸边抗旱忙

史月恒老人还告诉我："东明作为滩区大县，县里有专门的抗旱防汛指挥部。不管是在水利局任局长，还是当分管水利的副县长时，我基本都兼着指挥部的职务，也就是担负着抗旱、防汛双重任务。所以，每年5月下旬，我就开始坚守在黄河大堤上。那时，堤上每隔几百米就有一间堤防屋，也叫堤防办公室，大家吃住都在里边……"

说防汛我理解，但听到抗旱我有点儿惊讶，就问："在黄河岸边还要抗旱吗？守着大水？"

"抗旱还是一大任务呢，而且有几年特别严重。"

"为什么呀？"

提起黄河滩的生活，我和大多数人一样首先想到的是"大水漫漫、激浪险滩、抗洪抢险、汪洋一片"，没想到老人谈起他的"十八年风雨水利路"时，竟然说"抗旱"是一项非常重要的工作。他曾经大力发展开发地下水的井灌工程，坚持"以井保丰收，以河补水源"的基本农田水利建设原则，而且县政府有专门的抗旱打井办公室。后来又陆续进行"开发利用黄河水沙资源，扩大引黄灌溉面积"工作，并相继在每个乡镇建设了引黄闸、引黄干渠等配套设施……

在我的潜意识里，黄河就在滩区百姓的房前屋后，百姓天天怕的应该是大水，怎么还能守着黄河水旱死庄稼呢？

老人说："东明滩区是山东省最大的滩区，涉及11个乡镇239个自然村的 16.44 万人，总面积约为 284 平方公里。它的地形、地貌、土壤、气候、作物都受黄河的制约与影响。这段河道淤、积、宽、浅、乱，而且河势摆动、漫滩频繁，形成了大小不同的冲积扇，也就是唇高、滩低、堤根洼的地形。这种地形，离水边越近的地方，地势越高，离水边越远的地方，地势越低。这样的地势，有时一场大雨就可能汪洋一片，造成涝灾；而干旱的时候，想引黄河水灌溉农田却十分难。用老百姓的话说：黄河是有脾气的，该流的时候不向庄稼地里流，不该流的时候堵都堵不住……"

我听得一头雾水，还是有点儿理解不了。按说人往高处走，水往低处流，庄稼就在不远处，建个水渠不就可以了吗？我把疑问说出来，老人说："哪有那么简单？滩区五年两三次漫滩，一般的水渠，一次漫滩就给平复了；而且，水有水头，浪有浪头，水头不向庄稼地里引领，当然旱了。"

"有点儿玄乎。"我开玩笑说。

"不是玄乎，真是这样。你想想，平时我们看天，秋天里会发现大雁列队飞翔，一会儿一字形，一会儿人字形，那是有个'领头雁'；看地，发现草原上的羊群也有个领头的，叫'领头羊'。同样的道理，黄河水也有'水头'……自然界包罗万象，奇怪得很呢！万事万物都有其内在原因。虽说水往低处流，但同样地势低，一个浪头打过来，有时候水偏偏不往百姓想的地方流……"老人讲得既生动又形象，我听着有趣，也慢慢明白了一些干旱的原因。

老人继续说："黄河滩区在 20 世纪 70 年代，曾一度'上不归天，下不属地'。当时黄河河务部门管堤坝防洪的建设，内河水务部门管大堤外的水利建设，滩区好像没娘的孩子，被人遗忘了。20 世纪 80 年代后，这些情况才引起省、地区领导的重视，政府重新制定了新的倾斜政策，采取了一些应急措施——打过井，也建过流动提灌站。这些措施曾一度发挥了很好的作用。但是，好景不长，往往一场大水就把它们全部冲没……"

"常言道大水无情，这种无情在滩区表现得真是淋漓尽致。"我不由得感叹。

老人点点头，接着说："其实滩区有不少自然优势，如果充分发挥、保护好，可以促进农业生产全面发展。但是，实行农业生产责任制后，由于没有解决统一管理问题，加之国家投资减少，农田水利建设发展迟缓；而原有水利工程又年久失修，有的还受到大水破坏。例如：1986年遇到大旱，南滩和西滩的小麦几乎绝产，老滩小麦平均亩产只有几十公斤。我把这种情况反映上去，受到上级领导的重视；而且 1988 年中央也有决定，就是'用国家土地开发建设基金安排滩区水利建设'。于是，东明县成立了滩区水利建设办公室，并提出了'统一规划，旱涝并治，改善条件，强化基础'的方针，确立了走'控导工程建闸门，深沟远引，发展小机群，分散提灌；因地制宜，宜引则建渠引之，宜井则打井保丰收，宜站则建设灌溉站'的长远发展规划……"老人讲得头头是道，我听后感佩不已。

"水利综合建设从 1989 年冬季就拉开了序幕，这是滩区水利基本建设的一个里程碑。那年 4 月份，政府先在西滩堡城、北滩冷寨各建一座引黄闸。其中堡城闸引水流量为 6 立方米/秒，冷寨闸引水流量为 5 立方米/秒；接着其他滩区也相继建了闸……3 年后，每个乡镇都有了自己的引水渠和引水闸，使农田基本做到了涝能排、旱能浇。到了1991年，滩区的夏粮总产量达到338.92万公斤，比1985—1987年3年夏粮平均产量增加171.42万公斤……"老人说到这里很兴奋，也很自豪。我一边感叹他的记忆力，一边感佩他的务实精神和奋斗情怀。

老人情绪高涨，滔滔不绝。他还说："永远忘不了1989年11月修渠的场面。为充分发挥引黄闸的作用，我们相继在滩区规划干渠建设。例如：西滩南北干渠长达12.5公里，北滩东西干渠长达10.2公里……这些干渠动土量较大，是几年来任务最大、战线最长、施工难度最大的农田水利基本建设工程。仅靠滩区乡镇的百姓完不成，因此调动了滩外乡镇的民工来会战。于是，8个乡镇的4万民工在11月份'挥戈上阵'……红旗飘飘，一排排，一片片，百姓干劲十足，群情激昂。他们挥锹装土，拉车上堤，还有地排车、翻斗车，你来我往，穿梭往返……"老人提及过往，两眼放光，我也被他绘声绘色的讲述所感染。

"如今将近30年过去，实践证明，该工程的规划是科学的、合理的，到现在百姓仍然用着，其工程质量也是经得起考验的。此举得到了滩区人民的广泛认可。"老人最后强调。

"引黄河水造福滩区人民，您老功不可没。"

"是党中央的政策好，是上级的决策好，我只是见证者、实施者……"老人谦虚地笑着说。

险情就是命令

史月恒老人自 20 岁开始在黄河滩区的焦园乡工作，1975 年 5 月到东明县水利局任局长，在这个位置上一干就是十八年，用他自己的话说，是"十八年风雨水利路"；再后来当东明县副县长，分管的仍然是水利，直至退休。如今，80 多岁的他还经常到黄河边上转一转。

老人说："东明河段拐弯多，险工多，河势来回摆动十分频繁，造成河道淤积严重，形成整个河面宽、浅、乱现象，曾一度是有名的'豆腐腰'地段，所以每年从 5 月份就开始防汛，布置任务，工作人员进驻大堤查看、了解河情。尤其 1982 年的那次洪水，让我终生难忘……"

老人的讲述如下：

1982 年 7 月 9 日开始，伊河、洛河、沁河和三门峡以下黄河干流区间普降大到暴雨，局部地区特大暴雨。由于降雨面积大，时间长，形成了伊河、洛河、沁河等并涨的局面，这给黄河防汛抗洪工作出了大难题。7 月 28 日夜，郑州黄河防汛总指挥部来电，要求连夜围堵谢寨越堤闸。正是二伏天气，炎炎的烈日下高粱正在晒红米，玉米正起劲地吐着天缨，豆花也不甘落后地盛开着，可以说整个滩区一派丰收在望的景象。然而，多天的大暴雨使黄河水猛涨，洪峰一个接一个打来……

到了 8 月 2 日 2 时 5 分，黑石关站出现洪峰流量 4040 立方米/秒；2 日 6 时，干流小浪底站出现洪峰流量 8500 立方米/秒；两峰相遇，花园口站出现洪峰流量 15300 立方米/秒，洪峰水位为 93.97 米……这次洪峰流量虽小于 1958 年，但洪峰水位却高出 1958 年 1.14 米。东明县老君堂等控导工程部分堤坝漫溢，险情越逼越近……

为了固守护滩工程，防止洪水漫滩，东明县委、县政府领导昼夜战斗在护滩工程第一线。在这种严峻的形势下，为了适应防洪需要，领导还果断做出决定，在谢寨闸管所建立前线防汛指挥部，抽调精干力量，昼夜值班。同时按照防汛预案，专门组织班子负责动员群众向滩外转移……

即便如此，一场意想不到的险情还是发生了。

8 月 5 日夜，长兴集乡北辛庄南边，由于风大浪高，护滩工程决口，冲开近 200 米宽的缺口。洪水像脱缰的野马，奔腾咆哮，铺天盖地席卷而来，如黄烟般瞬间吞没了良田，冲击着堤坝……

接着，西滩的北生产堤决口，南滩也全部进水。北滩生产堤虽然没有溃决，但它对下游来说，已经形成了最大威胁。山东省政府决定由解放军限定时间实施爆破，以缓解对下游的威胁和压力。整个滩区已经一片汪洋，水深 2～3 米，临黄大堤全部偎堤行洪……

洪水疯狂地冲击着坝岸，坝基的坍塌使人胆战心惊。抢险队员抛石捆枕，天天汗流浃背，昼夜不停地进行抢护。一根根木桩打下去，一条条绳索拉起来，铁丝笼、柳石枕随着抢险队员的口号声滚滚落下……工地上人来车往，拉石料和土的拖拉机、大卡车、小三轮一辆挨着一辆，有些路段甚至用上了地排车，可谓全民皆兵！

那些日子，为保护大堤安全，县直机关单位 70% 的工作人员上阵，当地乡镇书记、部门一把手都向县委立下军令状，保证做到："黄河防汛，事关全局，人人有责，人在堤存。"

民兵、机关干部职工加上济南军区的官兵，将近 3 万人守护在大堤上。县委书记、县长更是一直守在指挥部。

8 月里，骄阳似火，抢险队员们推着过吨的柳石枕和铁丝笼一刻不停地往下抛。晚上不顾闷热和蚊虫叮咬，照样采取抛石固根、推枕护船、修做篓箱等措施进行护堤。就这样，经过两天两夜的抢护，原来被冲击的提坝才基本脱险……

这次洪水面积大、时间长，所以损失也较惨重——756 个行政村全部进水，12.8 万人被困，

抗洪抢险

3 人不幸被淹死，20 余万亩秋庄稼全被淹没，房屋倒塌 3000 余间，损失粮食达 2000 万公斤，电信交通、水利设施等均遭到严重破坏；特别是长兴集乡北护滩工程的决口，使杨庄村的 3000 亩良田一夜之间变为高低不平的沙滩……

那时候，史月恒老人作为县防汛指挥部负责人，更是一天 24 小时和大家待在一起。他白天指挥和参与护滩工程，夜晚沿堤检查，有时候商讨抗洪意见到天明。

他说，那 20 多天里，他没洗过脸，没刮过胡子，带的衣服轮番穿，件件脏得不能看，整个人也瘦了一圈……后来脱离险情回家，家属说他看上去像个要饭的，身上的臭味老远就能闻见……

"常言道：'水火无情，水情大于军情。'这些平常人们惯用的形容词，只有身临其境才能体会到那种紧急和危险，那真是生死攸关的一场战斗！"想起往事，老人至今心有余悸，感慨万千。

接着他又说："后来我提起这次抗洪，不少人问我一天拿多少钱。我听了很生气！"老人沉下脸来，不无感伤。

"是啊，怎能用钱来衡量呢？这不是钱的事，这是一种使命、一种大义！"我也跟着感叹。

"对啊！我告诉他们，每人每天原来的工资多少就是多少，我们在险情面前，只有特殊任务，没有特殊待遇！他们接下来就说，这不是玩命吗？"

"您老怎么回答？"

"我说这不是玩命，这是责任、是义务、是精神！"老人给我讲的时候还很激动。他的情绪也感染了我。是啊，当国家和人民需要时，能不计个人得失，把国家和人民的利益放在第一位，把个人安危置之度外，是一种英勇、一种情怀，更是一种大爱。

滩区搬迁曾有时

说起滩区的搬迁，1998 年就曾有过。那次是 1996 年发洪水以后，水利部黄河水利委员会于 1998 年提出来的，于是在东明县和鄄城县都推行了试点。在鄄城县旧城镇政府不远的新村，我在采访中认识的张志强，就是那时从滩区搬出来的。他现在已不种地，而是在镇街上开了两间羊肉汤馆，小日子过得富足而安稳。

有一次我在他店里吃饭，他说："滩里还是相对封闭些，人的思想不活跃、不开放，有吃有喝，能老婆孩子热炕头就很满足了；而且，有钱就花，没有长远规划。不像滩外人，吃饱喝足后还想着怎样致富，想着怎样提高生活品质，追求精神生活……"

邻桌一个精明干练的人接着他的话茬说："改善黄河滩区百姓的生存生活环境，提高百姓的生活质量，新中国成立后国家和政府一直在努力；尤其改革开放后，曾用过不同的方式和政策，关键是看百姓对新事物的接受能力。像1998年那次试点搬出来的百姓，前几年还有人回老村种地，或者两边跑，近两年这种情况没有了吧？大多数像你这样做起了生意……"听他对政策的理解和认识，我感觉他像是政府部门的工作人员，一问，果然是鄄城县扶贫办的。

1998年的那次试点搬迁，采取的是异地搬迁，即从堤内搬到堤外。那次，无论是东明县还是鄄城县，基本都是给每家每户盖好一处三分三的院落，让老百姓拎包入住。当时老百姓也很高兴地搬了，但接下来也出现了一些问题，就是"新村"除了村庄是本村的，周围其他一切都是外村的，用百姓的话说："从家里提出来一包垃圾，一扔就扔到外村人地盘上了。"刚入住时，他们还有种背井离乡感和被孤立感。

话又说回来，百姓的日常生活问题又何止排污和扔垃圾？多着呢！时间一长就出现了种种不便和矛盾。有的堤外的家离滩区耕地很远，甚至好几公里。像东明县长兴集的百姓，家虽然搬到河东的堤外，但村子在河西还有几百亩地呢，那些地在河南省长垣县附近。那时老百姓的生活还没现在富裕，交通工具多是自行车和地排车，不像现在有机动三轮车、四轮车等。

下地干活当然要拿不少农具，骑自行车很不方便，拉地排车又太慢。离耕地远的，中午回来吃饭吧，时间都耽误在路上了；不回来吧，天天带点儿干粮和水也不是常法。渐渐地，搬出来的不少老百姓又收拾收拾回老村了，也有人在堤内堤外两个家来回跑。那时候老百姓的思想观念还不怎么开放，做生意的少，都把地看成命根子，不像现在，把地租出去的较多。好在那次是试点，有的老村并没及时进行复耕。后来政府相关人员见老百姓这样，也没再说复耕……总之，政府还是从百姓的利益出发，为百姓的利益考虑。

鉴于 1998 年的试点经验，这次滩区大搬迁充分征求民意，切实从百姓的实际和长远出发，然后决定是就地搬迁还是异地搬迁。像东明县，实行的是就地建设村台搬迁。鄄城县有异地搬迁，也有就地搬迁，方法比较灵活。

第三章

黄河滩区大迁建

滔滔洪水千古情

从盘古开天辟地起,黄河在以其宽厚博大滋养着万物的同时,也会以独具的狂暴肆虐之性,以滔天巨浪的威力吞噬一代又一代人的希望,毁坏一片又一片美丽家园。治理黄河当然也就成为千百年来一代又一代人的心愿。大禹治水的精神,作为一种文化基因,就这样流淌在中华民族的血液里……

新中国成立后,尤其是近几十年来,国家花了大量人力、物力、财力,在黄河上中下游开展了不同程度的治理和开发,形成了"上拦下排、两岸分滞、蓄泄兼筹"的防洪工程体系,建成了三门峡等干支流防洪水库和北金堤、东平湖等平原蓄水滞洪工程,同时加高、加固了下游两岸堤防,完善了一系列工程防洪措施,扭转了历史上黄河频繁决口改道的险恶局面,保障了黄河、淮河、海河广大平原地区百姓的生命财产安全和社会稳定发展。特别是近20年来,黄河中下游彻底改变了"三年两决口"的局面。

2018 年 8 月，我到东明、鄄城两县黄河滩区采访时，鄄城县左营乡副乡长、宣传委员赵伟告诉我，鄄城县一带从 1996 年以来未曾发过大水，虽然这期间有过河涨，但均未造成人员、财产损失。东明县长兴集乡的党委书记薛岗山说，东明县虽然是"黄河入鲁第一县"，号称"万里黄河山东第一大滩"，尤其是焦园乡和本乡，属于滩区乡镇，但在 2003 年以后，百姓也没经受过洪水之灾……

即便如此，习近平总书记还是不放心，还是时刻关心着滩区人民，牵挂着他们的冷暖和衣食住行，并希望他们能和经济发达地区的百姓一样尽快过上安稳的好日子。而山东省委、省政府学习了习总书记在打赢脱贫攻坚战三年行动的重要批示后，强调指出："要深入贯彻精准扶贫、精准脱贫基本方略，紧盯'黄河滩'，聚焦'沂蒙山'，锁定'老病残'，层层压实责任，尽锐出战、凝聚合力，坚决打好打赢脱贫攻坚战……"

根据习总书记的指示精神，山东省委、省政府早在 2016 年 11 月就成立了"黄河滩区脱贫迁建工作专项小组"，计划 2020 年彻底解决滩区居民的防洪安全和安居问题，并一再强调："滩区居民的防洪安全和安居问题，是各级党委政府的政治责任、历史责任、感情责任，决不能让滩区群众在全面建成小康社会进程中掉队！"

菏泽市沿连黄河的 4 个县区——东明县、牡丹区、鄄城县和郓城县，2016 年 12 月份就开始行动起来，市里还专门成立了"滩区迁建督导小组"。

需要说明的是，山东省有 9 个市 25 个县（市、区）782 个自然村沿连黄河，滩区面积达 1700 多平方公里，涉及居住人口 60 多万。其中，菏泽 4 个县区涉及 16 个乡镇 207 个村庄，形成 13 处滩区，滩区面积达 504.8 平方公里，滩内耕地面积达 61.7 万亩，居民达 14.8 万人，基本是全省滩区人口的 1/4。所以，中共菏泽市委、市政府及 4 个县区的领导在抓好落实上，在一步步的推进中，可以说用了"洪荒之力"。

新时代新征程，为黄河滩区百姓建设新家园，圆百姓千百年来未圆的安居梦，是山东省的一项民生工程，也是历史上前所未有的浩大工程。不深入生活，不进行实地考察，实在无法了解这是一种怎样的浩大和牵一发而动全身的工程体系，在工作实施中又是怎样的复杂、烦琐和艰辛。就让我们一起走进滩区，走进基层，把视野转向滩区乡镇的干部和百姓，转向滩区的村庄和田间地头……

一石激起千层浪

滩区迁建的消息一经传出，可谓一石激起千层浪，百姓一下子激动起来，活跃起来，甚至有点儿不相信；接着不断有人直接把电话打到乡镇党委书记办公室，进行询问、验证。证明消息确凿后，大街小巷、床头灶间、家里家外谈论的都是搬迁、分配，谈论的都是"家园梦"。为了让大家尽快正确地领会上级精神，避免因闲谈议论走入误区，鄄城县左营乡管区书记王保平说："我们乡把任务分到各个管区，管区分成组，每组七八个人，一家一户地上门进行宣传、解释，同时发放'明白纸'，把党的惠民政策一条一条都写在上面……"王书记脸色呈健康的古铜色，一看就是经常风吹日晒所致。接着，他一脸深沉，强调说："我们整个左营乡一共有 38000 亩滩区土地，需要搬迁的有 2771 户，将近 10000 人。当时正是三九严寒季节，北风呼呼地刮着……"

可以想象，这个中年汉子带着他们片区的工作人员，是怎样穿着厚厚的棉衣，在鲁西南林寒涧肃的乡村开展工作的。

鲁西南的冬季到处光秃秃、硬邦邦的，只要在大街小巷走一圈，风一会儿就把鼻子耳朵吹得通红。但是，"百年大计"重于一切，在义务和责任的推动下，他们不停地搓着手、跺着脚，一家一户地敲门，分发明白纸，从早到晚……

就这样耐心地进行了几个月的上门"问答"服务，百姓的思想基本统一了。同时，他们利用这个时间核实了百姓的户籍、人口和今后选房意向等。

"一开始百姓有多少愿意搬的，多少不愿意搬的？"我问。

王书记笑着说："百分之七十多拍手叫好，尤其是年轻人，巴不得今天有了政策明天就搬呢。"

这和我在其他滩区听到的基本一致。采访中我曾不止一次听到那些年轻人的想法。他们说："早在这'晴天一身土，雨天一身泥'的地方待够了，离开滩区多好！滩外交通便利，离镇政府又近，随便做点儿什么生意都比在这儿强！"

说实话，迁建消息刚确定时，那些在家门口做小本生意的还患得患失，想着搬到新村后生意怎么办？会不会黄了？但是，他们想着想着就眉开眼笑了。例如：原来那些在家绑笤帚、编筐子、磨香油、做豆腐、开杂货店的，因为目前生活的自然村小，大多是几百人，小的也就二三百人，在家门口养不住生意，赚不了多少钱，往往还要走街串巷、赶集上店吆喝着卖。尤其是开小杂货店的，不能流动，只能守株待兔，一年下来也就挣个零花钱。如果搬到新村就不同了，新村是几个自然村合到一起的，一般是3000人左右，大的约5000人，在家门口做生意就像以前赶大集似的，免去许多走街串巷的劳累。如今的小杂货店到时候就可以发展成大商场……

没娶上媳妇的大龄青年心里也开始盘算、憧憬起来。大家知道滩内相对封闭，思想观念落后，以前都靠地吃饭，差距还小点儿，近几年不行了，小日子渐渐落在后边，所以男孩儿找媳妇没有滩外容易；尤其近几年，女孩首先就问对方家里有没有"一动不动"。这里的"一动"是指车辆（包括电轿），"不动"是指楼房。在滩区，家里有"一动不动"的很少。滩外，尤其在镇政府附近的，一半以上的家庭有"一动不动"。如果搬迁的话，他们起码不愁楼房的事了，新村都是标准化小区，和城里的楼房一样……

还有，搬迁后再不用为建房台操心了。在滩区，凡是家里有男孩的，最愁建房台、建房。他们说，哪个人一辈子不盖三次房子？拉土建房台是一代又一代人、一家又一家人最大的精神与物资消耗。很多人家孩子一出生就开始操心房台的事，开始利用每一点儿空闲时间拉土垫宅基。在为期几个月的采访中，我发现村里的房台都很高，有的6米多。他们说村村都这样，房台平均高度是4.8米，有的比防御大堤都高。我也曾问过村里的人："近些年已经不发大水了，为什么家家还建这么高的房台？"

一个高高胖胖的大嫂亮着嗓门答："近些年是没发大水，可谁知道大水什么时候发？难道等大水来了再建不成？何况村里人有攀比心理，房台高是一种人多和家底厚实的象征。"这是个大大咧咧、心直口快的人。

"这位大嫂说话就像歌手飙高音一样。"和我同去的小王偷偷对我说。我忍不住笑了起来。

通过大嫂的话，我感觉建房台已经是他们的一大心病，已经在心里形成了阴影。

的确，在滩里生活，没有远虑必有近忧；何况千百年来，代代如此，家家如此，已经成为一种风气。以前这里有"三年建台，三年盖房，三年还账"的说法。据了解，现在建一个房台三年都不止，因为土地都被承包了，不能随便拉土了，要么买土，要么从黄河里抽沙澄淤来慢慢垫，需要投入的时间、精力、财力更大……如今有了大搬迁，国家来替他们操心，有儿待娶妻的家庭心里当然欢喜。

　　不少年龄大点的人还告诉我，每年5月至10月的防汛期，他们都心惊胆战的。洪水无情啊！摊上一次洪灾，整个家庭元气大伤，几年恢复不了。仅是财产损失还轻些，那些遭受人员伤亡的家庭，那种生离死别的痛苦，往往令几代人心悸。例如：1950年夏天，安徽、河南交界地区突降大暴雨，连续下了半个多月，引发了大洪水。洪水沿淮河河道迅猛而下，到达淮北地区时，很快淹没滩区……由于洪水来得突然，许多百姓来不及逃避而被淹死；还有的在逃生中爬到树上，被洪水冲来的毒蛇也爬到了树上，人蛇共处一树，一些农民被毒蛇咬死……

　　这是永久的伤痛记忆！

　　即便2003年那次洪灾，东明县的老百姓也感觉不堪回首。那年汛期（9月），黄河流域的降水量突然增大，而且又非常集中，造成河水暴涨。大河奔涌，洪峰气势汹汹，接二连三不断袭来。由于河南省兰考县谷营乡蔡集的控导工程三次大决口难以堵复，凶猛的洪水如千万猛兽直压东明县滩区……一夜之间，135个村庄被洪水围困，20万亩丰收在望的庄稼被冲毁，灾难又一次降临。据统计，这次虽然没有人员伤亡，但老百姓的4233间房屋倒塌，24540间房屋成了危房，牛、马、羊及其他畜禽尸体随水漂流，百姓的粮食、御寒的棉衣、棉被被洪水卷走……

这些，村里人都还记得清清楚楚。所以，一直到现在，地势洼的村庄几乎家家备有小船。当洪水袭来时，他们首先把小船搬出来，想的是怎样逃命。如今国家下大力气为百姓重建家园，他们心里怎会不高兴呢？我在鄄城县旧城镇采访时，时任"县派第一书记"的刘传乔告诉我："旧城镇仅仅建4个村台，国家就拨款2.1亿元，之后，省、市、县各级政府还要下拨修路、建幼儿园、建小学等配套项目的资金，数额同样可观……"可见，重建的投入之大，史无前例！

俗话说："一事难称百人意。"再好的事也会触及一部分人的利益，人们也都有个思想认识和转变的过程，毕竟"滩区大迁建"会牵扯出很多细节和琐事，会牵扯出许多利益分配问题，老百姓担心不公平。

细说起来，那些不同意的，一是老人，二是日子过得富的人。老人苦日子过惯了，穷家难舍。采访时我看到这些老人的房子多是七窟窿八漏风的，有的早就成了危房，哪里还经得起一场大水？他们对我说："这房子能撑到自己死就行，在滩区盖一次房不容易，不可能再翻盖了。要说离开，哪里能舍得？毕竟祖祖辈辈都生活在这里，屋里的盆盆罐罐等旧东西，都是自己从年轻时一点一点操持起来的，用了多年，有感情了，虽不值钱，上面却留有自己的气息……"我理解，人都是有感情的，尤其老年人，虽然知道很多东西不中用了，该淘汰了，临了临了就是舍不得。

陪我同去的李进士堂镇政府宣传委员王昌勇说："还有一种原因，这些老人都经历了多次水灾，胆量大了。尤其近20年来，鄄城县这边没有过洪患，他们认为政府治理黄河越来越有力度，以后也可能不发大水了，存有侥幸心理，不愿意离开。当然，人一老心就懒了，加上依恋故土，越发不想挪窝了，毕竟搬家是一件很操心的事。"我点头表示认同。将心比心，老人们心里纠结是难免的。

再就是日子过得富的，尤其是盖上两层楼的这部分人，感觉搬迁房没现在的院子大，不如现在宽敞，放东西不方便。同时，他们的内心有诸多不舍，毕竟两层楼不是那么容易建起来的，有的甚至是穷其一生的积蓄，从一砖一瓦、一泥一沙开始，倾尽了自己的心血，如今要舍弃，心里实在不甘。

我在鄄城县李进士堂镇碰到一个叫李东来的中年人。这个黄河滩里的汉子身材细瘦，有点儿龟背，亮亮的眼睛含着一丝倔强和忧郁。据了解，他有两个女儿，如今父母身体还硬朗，可以说是有福的了。听说从明白纸发下来后，他就闹情绪，还对家人说："我就不搬，死也要死在这里。"家人知道他要强、犟，也不敢多说。由于存在这种情况，我倒想见见他，于是村主任带我到了他家。他家的房子的确气派，不仅在镇里首屈一指，应该说在整个县里的农村中也数一数二。坦诚地讲，这样的房子搁在我身上也舍不得，也心疼。

我故意不去触碰搬迁话题，只是有一搭没一搭地与他闲聊。后来他说："农村还有重男轻女思想。我只有两个女儿，村里人常常私下里喊我'老绝户头'。村里人在一些喜忧事上都好找儿女双全的人，我就是有心去帮忙，人家还不愿意呢，说'老绝户'不吉利，所以我心里总感觉比别人矮一头，有种被嫌弃、被排斥的感觉，就赌气要把日子过好，过到人家前头去。前两年去北京做'高馍'生意，俺两口一年下来净挣十几万，后来就盖了这座小洋楼。大妹子你看，我这装修，还有院子里的小花园，以及里边的花花草草，哪一样不上档次，哪一样不是从外地买的稀罕货？如今说迁就迁，我心里怎能舍得？"他领着我一边在院里转悠，一边诉说。

"大哥，我理解，不过我感觉你的症结还在老思想旧观念上。你在北京做生意，也算见过世面的人，难道不知道现在城里人都喜欢闺女吗？即便是农村也知道'两个闺女享大福，两个儿子苦楚楚'。假设你有两个儿子，光这一座小洋楼怎么行？还要盖一处是不是？这还不算聘礼钱呢；加上聘礼钱，你这一辈子不光给儿子付出了？年龄大了还要看孙子，你想想还有自我吗？如今你们摊上党的好政策，不在一边偷笑，还自找气生！话又说回来，今后有钱了，你在北京或者其他城市买楼房住，岂不是更体面，更能长志气，更能让那些喊你'老绝户头'的羡慕？"说到这里，本来愁眉苦脸的李大哥看了我一眼，若有所思，然后用期待的眼神告诉我，让我继续说下去。

于是我又说："你们村迁建后的楼房每平方米均价不是1100多元吗？因是"滩区脱贫迁建"，国家不是还给你们每人28400元的补贴吗？你一家6口人，要个120平方米左右的三居室，不是还能赚几万吗？话又说回来，你的小洋楼扒后，砖、楼板、窗户等，都还可以卖钱，虽然便宜点儿，也能卖个几万吧？这样里外算下来，国家这是白白送你一套楼房又赠给你几万啊。你在北京做生意也知道，北京的房子一平方米多少钱？不说北京，就说菏泽市或省城济南，一平方米又是多少钱？你不想想，自己作为'同期搬迁户'沾了'滩区居民'多大光啊！有多少滩外的百姓嫉妒、羡慕呢，甚至有人提出：像你们这些过得好的，不能享受优惠政策！大哥，你在北京做生意怎么做傻了呢？"

我最后两句话说得可能有点儿重。本来侧身看远方的他忽地转过身来，皱着眉头眨巴着眼睛，带着三分思考看着我。我不明白他要干什么，心里犯嘀咕，同时有点儿后悔自己没留口德。不过我正说到兴头上，有些控制不住，继续说："你要真长志气，就把两个闺女培养出来，读完大学读硕士，读完硕士读博士，然后让闺女留在大城市发展，你和嫂子今后也在大城市生活，不比在农村攀比有儿没儿强！"

说完这些，我更加后悔，感觉萍水相逢，一面之交，不该这样数落他。就在我不知如何是好的时候，他开口了："大妹子，经你这样一说，我心里一下子亮堂了。这么多天，没谁从这个角度算账，更没谁这样劝我、开导我。你不仅会写作，还会这样算经济账！谢谢了。"他长长地吐了一口气，眉头随之舒展，接着又说："你说得对，我就是要好好培养闺女，让她们将来都有出息，都不一般！让他们三个儿子也赶不上我一个闺女……"我被他最后一句逗笑了，要强的人啥时候都不服输！不过我明白他为什么说最后一句话，因为农村在重男轻女思想的影响下，有"九个好闺女不如一个瘸腿儿"的说法，即好闺女再多，最后也是瘸腿儿给摔盆打幡。大哥就是冲着这句话来的。

见丈夫舒展了眉眼，一旁的妻子也高兴起来。她亲热地拉住我的手，说："哎呀，我的心可放下来了。这些天他一直钻牛角尖，一个劲地说'刚在村里扬眉吐气抬了抬头，又要扒了'，光往伤心处想。他是个好胜心强的人，我真怕他憋出病来，谢谢你，大妹子！"接着又连说几遍："留下吃饭，大妹子，吃完饭再走……"

我开玩笑地说："这次就不吃饭了，有机会到北京去吃你们的高馍。高馍也算咱这一带的特色，是地域性标志。到时候你们可别装作不认识我啊。何况今天我也不是专门来做你们思想工作的，这不是赶巧了嘛，正好来采访。"

从李大哥家里出来，镇里的领导还告诉我，也有一开始哭哭啼啼，过了一段时间又急着想搬迁的百姓。旧城镇滩区的"豆腐二"赵新起就是这样。他家是"豆腐世家"，到他这里已经是第四代了。他沿用的仍然是传统工艺，就是用澄清的黄河水泡豆子，用手推石磨磨豆子，用大铁锅熬汁水……但是，多年来老两口每天只做几十斤，自己村里能消化20多斤，剩下的需要走街串巷在滩区里吆喝着卖……做豆腐比较累，也不怎么赚钱，所以两个儿子都出去打工了，不愿意继承这门手艺。

搬迁政策一下来，赵新起一开始愁肠百结，本就花白的头上又多出几缕银丝。他想着以后在楼上不如现在宽敞，也不如现在方便，老两口都已60多岁，上上下下的可能弄不动了，经营了四代的豆腐生意可能到他这就断了，想着想着就有些老泪汪汪，天天饭也吃不香，觉也睡不好。

乡镇干部到百姓家里做工作。

多年的豆腐生意虽然没让他怎么发家，但让他衣食无忧地养了两男两女4个娃，让他积攒了一些钱，建了两个房台，盖了两处院落，为两个儿子娶上了媳妇，而且一点儿欠债没有。他还不满足吗？他已经很满足了!

镇干部第一次上门了解情况时，他"咔咔"拍打着豆腐箱，扬着嘴角带着几分嘲笑地说："俺可没你们那样怕水，俺8岁就会撑船，每天不到黄河边上站站，心里就空落落的。你不问问，村里谁家没有小船？大水涨到屋门口的时候，我们撑着小船走就可以了……"

镇干部听了，不急不躁地问："人走了，财产呢？地里的庄稼呢？我记得1996年那次洪水，虽然是有史以来损失最小的一次，不也颗粒无收吗？你们逃命回来不也得吃老本吗？国家考虑的是百年大计，你考虑的呢？"

赵新起狠狠地挖镇干部一眼，蔫蔫地蹲在一边抽烟，但心里不服气，疙瘩仍然没解开。谁知几天以后，他再见到镇上的人时，竟然眉开眼笑地走向前问："同志，工作进行得怎样了？咱们啥时候能搬呢？"

"是不是想通了？"

"俺早就想通了，俺希望越快越好哩。"

原来，是他在广州打工的大儿子得知消息后打来电话，说："爹啊，我终于盼到这一天了，咱终于可以离开闭塞的滩区了。等搬到镇政府旁边的新村后，我就不外出打工了，咱爷俩租两间门面房，要把豆腐生意做大，要增加豆皮、豆花、豆干、豆腐乳、臭豆腐……"最后儿子强调："您不知道广东这边思想多开放，思路多开阔……我计划好了，今后咱做豆腐仍然采用传统工艺。现在城里人生活好了，'吃货'们可喜欢传统工艺制作的食物了……"

费尽周折选新址

谈起新村的选址，可谓周周折折，令乡镇干部们大伤脑筋。鄄城县时任文联主席陈云峰儒雅干练，多才多艺，平时读书很多，又喜欢写诗填词，当我们说起新村选址事宜时，他脱口而出："问君周折有几许？恰似搬迁选新址。"他这样一抒情，经常跟我一起去采访的"80后"张伊晗也来了兴致，说："我听基层干部讲新村选址细节，一下子就想到纳兰性德在《浣溪沙·残雪凝辉冷画屏》中的意境：'残雪凝辉冷画屏，落梅横笛已三更，更无人处月胧明……'"他投入的吟诵把我们几个逗笑了。他以为我们笑他书生黏酸，又解释说："你们想啊，多少个月亮升起的时刻，乡镇干部们满身疲惫地行走在或深秋或初冬的乡村小路上，偶尔的狗叫越发显出夜的沉寂，而月光透过斑驳的树叶洒在他们肩上，使那被拉长的身影看上去多了几分孤独……"看他认真的样子，我们不由得为他鼓掌。张伊晗聪明善良、肯干认学，反应又快，比较有想象力，是个性情中人，很讨我们喜欢。

的确，在新村选址方面，乡镇干部在与老百姓的对接中，吃了很多苦，经历了许多周折，感受了许多委屈，他们身在其中的愁绪和心境，正如小张表达的那样。

前期的政策宣传、民意测验、户口了解、选房意向等工作大家都晓得了，接下来就该选址了。选完址就是"清表"，也有的地方叫"清障"——把土地表面的一切障碍物清除掉。清完了呢？异地搬迁的就可以打地基搞建设了，就地建村台的就要先"淤"村台。这里我们先说选址。

一个 2000 多人或 5000 多人的新村到底建在哪里好？这是一个大问题，也是家家户户都关心的问题。

现在的行政村一般是由三至五个自然村组成，自然村之间相距一二公里是正常的。如果是就地建设村台搬迁，新村在选址上肯定会折中平衡，考虑大家共同的利益。新址一般会选在几个自然村中间，像东明的焦园乡一共要建 10 个村台，每个村台在选址时，一是考虑在交通要道的旁边，这样利于今后的发展；二是尽量离大家都相对近些，这样搬迁的时候大家都方便；三是尽量占用盐碱地或村头荒地，减少先拆百姓房子的动作……

如果是异地搬迁的，即从堤内搬到堤外，老百姓一般说"我们是从堤西搬到堤东"，或者说"从堤北搬到堤南"。之所以有东西南北的不同，是因为"黄河九曲十八弯"。例如：黄河在东明北一带的走向还是正南正北，到了鄄城李进士堂镇，也不过几十公里的距离，就已经是东西走向了。而在鄄城旧城镇，黄河正好是拐弯处……所以，他们的说法里也包含着诸多黄河的信息与知识。

不管堤南、堤北，还是堤东、堤西，异地搬迁的话，新址一般建在乡镇政府驻地附近。乡镇政府驻地交通相对便利，四通八达，还有集市，有商业一条街，有学校、医院、小型企业等，利于村民就业和长久发展。

通过多天的了解，我发现，选址牵扯出的一个核心问题就是占地——占地面积以及占哪些村的地。

新村大的方位定了，选多大面积呢？仅这一问题就够费脑筋的。这一项工作，镇政府曾多次与村委会分析研究和做民意测验，后来又找群众代表商讨，好多天都定不下来。或许有人会说："有那么复杂吗？你说得有点玄乎。算算多少人口，算算人均面积，不就出来了吗？"还真没夸大其词，真没那么简单。起初，我也曾感觉是简单事，但听他们一说，才知道不亲自在那里工作，还真体悟不到其间的复杂与烦琐。例如：在鄄城3个滩区乡镇，由于外出做生意的较多，生意人在外地长了见识，开阔了眼界，平时都不怎么种地，都希望尽快实行"土地流转，集约化经营，机械化作业"。这些人喜欢住楼，感觉楼房干净，所以想着新村都盖成楼房。而东明滩区居民思想相对保守，走出去的人少，现在大多数依然靠土地过日子，又不种植经济作物，基本上都是一茬麦一茬玉米，就都想着新村还是一家一个院落，哪怕小一点，因为要堆放农具、粮食等。

试想，同样的选址，楼房和院落占地面积能一样吗？另外，还不能只考虑住，还有一些相应的配套设施——幼儿园、小学、商店、村委会场所、乡村大舞台等，以及要从50年、100年的长远发展规划考虑，从经济、文化等角度考虑，也得多留出一些发展空间。在鄄城，除了这些，乡镇有关领导还告诉我，新村在占地上还留出了自建空间。"自建空间"是什么意思？就是原来在老村有房子有院落的，因为参军、上大学等原因户口已经不在本村了，不能享受滩区搬迁优惠政策的，就多给留出来一点地，让他们自己今后在新村旁边建房。毕竟人家还是村里人，家人还都在村里，有些大学生还要返乡创业，难道不考虑他们的住处？而国家政策的补偿，又只限于本地户口……你们说复杂不复杂，烦琐不烦琐？

根据政策和需要，最后鄄城的新村大都是盖楼房，东明长兴集乡、焦园乡一带属于就地搬迁，他们计划还是一家一个院落，并制定出了详细规定——以三口之家为标准，建排房，房子面积为每人 35 平方米。除了房屋面积外，每家每户的院落占地大小为 0.26 亩左右。可能有人会问，人多了呢？要是五口之家、六口之家，甚至更多的呢？那就向上盖成楼房，两层不行三层，而院落大小基本不变。

看到这里大家会说，根据总人口、人均面积、相配套的基本设施，然后再多出一些机动的面积，一个村台或者一个异地搬迁新村需要多少地就算出来了。非也，没这么简单。生活总是丰富多彩的，计划总没有变化快，凡事总会有想象不到的地方，总会有出其不意的地方。例如：有的百姓提出来，儿子大了，快结婚了，原来的三口之家很快会变成四口之家，按照三口人分面积不行！

只要百姓提出来，就得商量办法，就得有相应的措施，何况这是实情。对于这个问题，鄄城是不管男孩女孩，只要年满 15 周岁的，就可以单独要一套楼房。东明呢？除了规定的每人 35 个平方米，男孩年满 18 岁的多给一个人的。另外，日子过得富裕的、结婚怀孕的等，有特殊情况想多要点的，在限购的情况下，也会特殊情况特殊对待……

细心的人或许会发现，一口人的呢？政府也考虑到了。凡是年龄大的孤寡老人，愿意进养老院的，政府立马给安排。有一定劳动能力不愿意去的呢？鄄城县是在小区前边专门盖了小楼作为周转房，而且考虑到他们的年龄渐渐大了，上下不方便，专门建的二层楼。这些都是每人一室一厨一卫，合计 26 个平方米左右。东明呢？愿意挂靠到兄弟侄儿等亲人那里的，自由组合去填表；不愿意的，也会建一批周转房。

接着就该丈量土地，继续下一步了吧？

没那么容易，问题又出来了。例如：东明长兴集乡是就地建村台，村台选在几个自然村的中间，但土地不一定是几个自然村共有的。定的地方，可能只占两三个村的地，也可能只占一个自然村的地，而另外一个或者两个自然村一点也没占。即便占一些，村与村之间占地面积也不平均。即便平均，也有好孬地之分——有的是村头荒，有的是盐碱地，有的是上好地等。土地是生命所依，何况这里的老百姓大都是以农作物为主，一辈又一辈人把土地看成了命根子。在这里，哪片地肥沃，旱涝保丰收，哪片是盐碱地，不容易长庄稼，他们都了如指掌。

占地不均匀牵扯到整个自然村的利益，村支书那里做不了主，得让老百姓说话。这样，乡政府就得进行土地置换。像东明长兴集乡、焦园乡一带，同样是滩区，村庄都在黄河以东，但河西滩区还有地，光长兴集这一个乡，就有五六万亩在河西。河西的地意味着什么？首先是"孬地"，庄稼每年的收成差着数呢。另外就是路途远，下地干活不方便，仅这一条老百姓就特别在乎，谁要被置换到河西，心里肯定不舒服。第三就是河西的地南邻兰考，西邻长垣，北邻濮阳，搭界的已经不是山东人了，是河南人。和外省人打交道，有地边地沿等纠纷就难解决，哪有河东乡里乡亲的容易相处？何况地连着地，庄稼挨着庄稼，施肥、耕种、收割什么的，哪有不擦不碰的道理？有矛盾在所难免，所以河西的地大家都不愿意要。但最后不愿意要也得要，不然怎么推进下一步的工作？

"不愿意要也得要"说起来硬气、简单、粗暴，但真正做起来不能和老百姓玩硬的！那怎么缓解百姓的情绪？怎么改变他们的认识，让他们愿意接受呢？这就有了曲折，有了学问，有了故事。

不管在东明还是鄄城，采访时乡镇领导都说，土地置换是大事，是难事！上边千条线，下边一根针，再大再难的事乡镇干部也躲不过去，也得一点一点地想办法。最后他们决定，凡是副科级以上的干部，每人带领十几个人承包一个村，然后分组分户去做工作。

乡镇干部到村里做工作。

领了任务，他们每天天一亮就到村里去，一家一户地解释。毕竟牵扯到整个村里的土地，村民都不愿先出头露面，生怕自己答应后落别人的责备、抱怨，所以等乡镇干部"当当当"敲门时，就装作家里没人，故意不开门。有的人好容易让乡镇干部堵在门口了，却连连说："俺有急事，有急事等着呢……"慌慌忙忙躲开了。

还有的说："人家怎么我怎么，你先做人家的工作去吧，他们同意了我就同意……"凡此种种，让人哭笑不得，而又无可奈何。

工作不好推进，也得想办法推进。有的就先找村干部、党员带头。

鄄城左营乡和李进士堂镇因为是异地搬迁，也就是从堤北搬到堤南，这就牵扯到新村所有占地都要置换到滩区去。滩区地最大的问题就是远，意味着村民下地干活有的要跑几公里地。虽然现在家家都有机动三轮车、四轮车什么的，路也都是柏油路，但滩外人还是不情不愿的，不少人情绪激动地说："俺不换，那么远的路，中午回来吃饭吧，来回折腾两趟就不用干活了。不回来吧，天天带点凉干粮下地也不是个法，何况不是一天两天，也不是一月两月……"

乡镇干部会说："以后都是土地流转、集约化经营，不用一家一户种地了，都是机械作业……"

百姓不听那一套，直直地怼过来："别扯那么远了，那种事还没影呢，什么时候进行还说不定呢，目前我们不得自己种吗？俺就看眼前，看不了那么远……"几句话噎得乡镇干部只眨巴眼却无话可说。

软钉子碰了一次又一次，没办法，只得换角度。反正工作停在那里不行，得尽快推进。于是乡镇干部再上门时，就对那些持反对意见的说："你不能光想自己，也得换位思考，你想想滩区人的不容易，想想国家政策，何况一亩滩外地能置换一亩半滩内地，你们不吃亏！"这话能戳中要害，能让老百姓找到平衡点，对方想想，果真不吭声了。

做通了滩外人的工作，滩内百姓又不干了，嘟嘟囔囔地很多怨言。不少妇女甩脸子说："俺滩区地也肥着呢，凭啥他们的一亩换俺一亩半？俺不同意！也忒狠了点！"

好在很多乡镇干部也是本乡人，有的就在附近村里住，比较了解当地的风土人情，就劝："这种置换比例是有根据的。民间早就有这种方法，已经保持很多年了，可以说新中国成立后一直是这种置换法，你们家的老人也知道，不信可以多打听打听……"

需要补充的是，东明这边的置换比例是一亩置换一亩三分。不管是哪种比例，都是按照当地的习俗，本着让两边都接受，本着不出矛盾，本着让工作顺利进行。

鄄城左营乡的管区书记王保平一提到置换，感慨良多，告诉我："置换地的那一个多月，正是 2017 年春寒料峭时，我常常在地里吃饭。"

"吃饭的时间总得留出来吧？"我有点不相信。

"不能留，说好的事得抓紧时间干完，不然一顿饭的工夫就可能出问题。有些百姓的情绪像六月的天，说变就变，所以我们一看哪家答应了，赶快趁热到田间丈量土地，量完当场签字画押。那些日子常常让人把包子和开水送到地里，我们边吃边干……何况不少百姓是刀子嘴豆腐心，见我们风里来雨里去的，有时连口热水也喝不上，嘴里嚼着包子，手里拿着纸、笔、测量器等，态度反而缓和了，事情就好办了。"

王书记还说："最后有两家因没换成理想的地，僵持在那里，为了推进工作，不影响大局，我向他们写了保证书，同时让村委签了字，答应他们明年继续置换，而没换成的这一年，一亩 800 元的赔偿费，也是我支付的……"王书记说到这里脸上没有埋怨，反而有几多骄傲感、成就感。我被他的工作激情所打动，感觉窗外的阳光一下子明媚了许多。

"怎么还要你垫付呢？乡镇不能帮着解决吗？"

"镇上没这方面的开支，上边也没这方面的政策，是我自己变通的。常言道'人上一百形形色色'，与百姓打交道啥情况都可能遇到，意料之外的事很多，财务制度不可能面面俱到……"

"那这笔钱最后怎么处理？"

"我们下村工作有生活补助，反正也不是大额，谁都有自掏腰包的时候……"

精诚所至，金石为开。好在大部分百姓是通情达理的、善良的，他们看着乡镇干部和村干部那么辛苦，那么不容易，渐渐也都同意了。最后个别坚决不同意的，也不是针对乡镇工作人员。长兴集乡的薛岗山书记说过一个例子，一个管区书记就遇到一种有家族矛盾的，已经是多年的积怨了，仍想利用这个机会拿捏村干部一把。管区书记一开始不知道内情，就一趟一趟到家里做工作，结果就是不同意，死活不同意！管区书记也是个要强的人，工作一向出色，就和村民犟上了。你们几家不同意是吧？那好，我天天泡在村里，天天和你们磨，不信你们不同意！可是管区书记家里有个特殊情况——同样生活在农村的老母亲，查出了癌症晚期，正躺在县城一家医院里，先前他只在医院陪了两天，接下来就领了任务，如今其他干部都基本完成了，他的工作搁浅在这里。老母亲虽然有其他姊妹照看着，虽然亲人们都很理解他，让他工作告个段落再去陪护，但母亲的病不能等，他也想尽尽孝心……

在村里和那几家硬磨的时候，他每次看到村里的老人，都会想起自己的母亲，有时候想着想着就流下泪来。一天傍晚，他被拒之门外后，就苦闷地到村头小卖店买了一瓶酒、一包五香花生米和几根香肠，坐在一棵树下喝起来。正是"月上柳梢头，人约黄昏后"的时刻，他却没有那份浪漫和情调，不仅仅是烦恼，可以说是愁肠百结。就这样，喝着喝着消瘦的脸颊上就淌了一行泪。他一边伤心一边喝着，也不知道什么时候，其中一家为难他的爷们走到他跟前，"兑"上一瓶酒，"兑"上一包烧牛肉，与他一起喝起来。醉眼蒙眬中，对方不知不觉说了实话："伙计，我告诉你，不是你工作不行，也不是故意为难你，是我们之间上辈子的恩怨，到现在解不开，争的是一口气……"

"那就赶快解开呀！从根上解决……害得我拖全乡的后腿，害得我伤心流泪喝闷酒，这次我一定帮你们调和了！"有道是人逢知己千杯少，两个人本来已经醉眼蒙眬了，但听到实话，他激灵一下清醒了许多，心里痛快了许多。终于找到原因了呀，下一步问题就好解决了。

"冤家宜'结'不宜'解'，几十年了，想解开谈何容易？"对方说。

　　"不容易也得解，这事包在我身上！"他一拍胸口把话撂那了。

　　酒后的话那人没当真，他却牢牢地记在心里。第二天一早他就找村干部谈话，村干部那边一开始还抹不开面，端着，于是他黑脸红脸来回唱，软话硬话轮流说，最后村干部同意了。他心里很高兴，转身又到村民家里谈，慢慢两边都有了和解的意思。接下来，他把几家人都叫到党员干部活动中心。他专门选这么一个地方，为的是能严肃起来说事。之前，他一再强调，这几家年龄最大的、相当于族长的人一定不能缺席。

　　人都到齐了，他不讲大道理，就问："疙瘩解不开，争执到现在，僵持到现在，你们两边都得啥好处了？"

　　一开始大家都低着头不吭声，他再问："得啥好处了？给我分享分享，让我也长长见识。"

　　其中一个小声嘀咕："好处？嘁！啥好处没得到，就落了一肚子气，落了个冤家路窄，落了几个仇人，有时候路都被堵死了……"

　　"哦，我以为你们都得'荆州'（这里用了三国的典故）了呢！原来没有任何好处啊，净是负能量啊，那么这口气争的还有啥意义？何况上辈子的那个关键人物已经去世了！你们也懂得冤家宜解不宜结，多一个朋友多一条路，多一个敌人多一堵墙，乡里乡亲的，抬头不见低头见，解开了你好我好大家都好，解不开图啥？我就问问图啥？"说到最后，他有些激动，嗓门大起来。但这些话一说出口，几家人竟愣怔了，面面相觑。这样相互看着看着，竟然都"扑哧"笑了出来。真是一语惊醒梦中人，道理很简单，都是多年小心眼造成的！大家都知道是为他们好，都感觉自己傻，都感觉这疙瘩得赶快解，这恩怨得赶快消除……

76

于是他趁机说："不管因为什么，不管原来谁对谁错，村干部毕竟是党员干部，要高姿态，要有心胸，要大气，要先说声对不起，先向前握手言和。"他指指党旗说。

一笑泯恩仇，就这样，上辈子的恩怨在他的撮合下烟消云散了。

最后他故意黑着脸说："迁建本来是千年不遇的大好事，本来是为你们好，还让我一趟趟地上门，还给我弄了这一出，亏你们吃了那么多年的饭，尤其当村干部的，得罚，得请我喝酒……"

其实大家也知道他牵挂着老母亲，没心情喝酒，但为了进一步和解，为了好人做到底，就专门用此法巩固巩固。于是几家人坐在一起，在他的带动下，热热闹闹几杯酒下去，问题全都解决了。

道不完的 "清表"

在整个迁建前期，"清表"之于选址，可以说有过之而无不及，同样是让乡镇干部和村干部挠头的一项工作。

"清表"中，事无巨细、大大小小、点点面面，村民都会找到他们问这问那，评头论足，左右攀比……总之，都想在赔偿过程中不吃亏，多得点，多要点。有的百姓认为，和公家打交道不沾白不沾，沾了也白沾，个别的甚至和干部明说："反正是国家的钱，让俺吃亏干啥。"但国家的钱怎么花，一条一条都是有明文规定的，不能谁强硬谁霸道谁就多沾。

其实，乡镇干部也知道，他们说的"吃亏"，是不按照他们的要求补偿就算吃亏。采访中提到这事，管区的干部们都一脸苦笑。

负责赔偿的干部说："一言难尽！总之太烦琐、太复杂了。小到一棵树，大到一座房屋和一座养殖场，一家一户的虽然各自不同，但都得一一算出来，复核了，再发下去……每天都加班到很晚。有的百姓白天和左邻右舍联合着提要求，到了晚上又抛开邻居想单独和指挥部的人协商。有的本来就知道自己的要求不合理，还专门趁晚上到指挥部'叽叽喳喳'不走。天天是接不完的电话，解释不完的问题……"

　　的确，既然是"清表"，土地上肯定是有附着物的，而百姓的地，上面有搞种植的，有搞养殖的，还有盖房子的……不一而足。单说搞种植的，种树木和小麦、大豆、玉米等庄稼，赔偿额是不一样的，即便是树木，又分果树和榆树、梧桐树等一般树木……凡此种种，老百姓往往弄不清细节，却大而化之地攀比谁谁家包赔补偿得多，为什么自己家的少。既然提出来了，就得一一解释、说明，不然他们就说不公平，反反复复拧着脖子不走。

　　在农村60岁以上的不识字的人很多，这些人在领会精神上比较慢，常常说几遍还不懂，照旧懵懵懂懂反复询问。对新科技的东西更是不接受。长兴集乡就碰到一些令人哭笑不得的事——迁建前期赔偿一般发放现金，到了后期，为了严谨，也为了规避一些腐败现象，上级规定不能现金兑现，要求一律打到银行卡上。一开始让老百姓拿着身份证去农商银行办卡，有个70多岁的不识字的村民不相信，非要现金。工作人员解释几遍都不行，后来村干部解释也不信。他的意思是：只要不给现金，就认为其他方式是欺骗，就认为赔偿钱没了。他还带着气愤加委屈颤巍巍地说："前些日子能行，发着发着怎么说不行就不行了？我不信！你们这是欺负我人老不中用！我告诉你们，我就要现金！不给就去上访，难道还没地方说理了？"他唾沫四溅，越说越激动。

老人的 3 个闺女出嫁了，家里没其他人帮着解释，但他这一闹，其他几个老人也跟着起疑，聚在一起议论纷纷。一些老百姓有盲从的毛病，他们这一嘀咕一反对，影响面越来越大。

乡镇干部很为难——给他现金吧，是违规；不给吧，又解决不了问题。为了顾全大局，也为了让他尽快相信，最后乡镇干部和颜悦色地说："我们给您写保证书怎么样？如果办了卡，到时候卡上没有钱，我们自己掏腰包给您……"

对方想了想，说："我老眼昏花认不准人，你们一走，我老胳膊老腿的去哪找你们？要是写保证书的话，得让村干部担保，也按上手印。"

"行，就按照您老说的办。"村干部当场拿起笔来写。这属于突发事件，预先没准备，写完保证书一时找不到印泥，而那个老人又不相信没有手印的保证书，拒不接受！手印对他来说才是最重要的。在这种情况下，村干部一激动就把自己的手指头咬破，按上了……

还有的老人，明明赔偿款已经到他们账上了，因为自己没去银行核实，一听别人说已经下来了，就问工作人员："俺的为啥没下来……"

说起来一般农作物赔偿算省心的，如果地里有蔬菜大棚或在搞养殖，就有些麻烦，毕竟牵扯到的不仅仅是拆大棚、养殖场等，还牵扯到他们曾经跟大商场、蔬菜批发商、肉制品加工厂、大饭店等签有合同，一旦拆除或选址重建，等于暂断供应，属于违约，会有一系列的连锁反应。遇到这种情况，鄄城县凡是异地迁建的，大部分先按兵不动——该养的继续养，该种的继续种，等居民搬迁完了，乡镇会按照新城镇发展规划，把他们统一挪到"田园综合体"去。这期间真是非迁不可的，就按照规划，先划出一个区域，给他们补偿，让他们先建好，再搬过去，中间不间断种植和养殖，而搬后的扯电线、挖排水沟等配套基础设施建设，乡镇会帮他们一一处理好。

左营乡的赵宣委和李进士堂镇的王宣委都说，迁建政策一下来，考虑到今后的长远发展，他们曾到临沂市沂水县考察过，下一步准备采用那边成熟的"田园综合体"模式——集"生态农业、旅游观光、休闲娱乐"于一体的建设。在搬迁的同时已经规划出了地块，许多项目和公司正在洽谈中，例如：山东艺术学院计划在左营乡建设培训基地，已经签了相关合同……

东明因为多是"就地迁建"，比异地迁建多出一个"建村台"环节，对搞规模种植、养殖的村民，乡镇工作人员会积极配合百姓与合同方联系，进行解释、商量、洽谈。例如：长兴集乡有一家养殖场，它的合同单位要求找到新货源才同意这边停货、解除合同，不然整个肉制品加工厂要停业。这是个拥有100多个职工的厂家，停业也会出现一系列的连带问题。针对这种情况，薛岗山书记先是了解详情，接着连夜召开会议，商量与之相关的问题；第二天就派出4个干部，分开任务，各抓一项，共同帮助他们解决合同纠纷、赔偿数额、新货源选择等一系列问题。为此，百姓和对应的厂家都很感动。采访时薛书记说："在迁建过程中，难免会遇到这样那样的事，难免会有老百姓不理解、不认同、不明白的情况，但作为管理部门，遇山开山也好，遇水架桥也好，那只是方式方法问题，有一条不变的，就是要有一颗真诚的心，有一腔为民情怀，能想百姓之所想，做百姓之所做……"

正是本着一心为民的宗旨，在"清表"过程中，东明有一个乡镇的村台牵扯到30户人家先搬迁，一开始上边研究的方案是：30户或租赁或投亲靠友。百姓一听头摇得像拨浪鼓，连连说："投亲靠友？不行！金窝银窝不如自己的穷窝！寄人篱下就是吃山珍海味也不香，也不如在自己家吃窝头咸菜，何况不是三天五天，也不是三个月五个月，村台这才刚刚'清表'，离建好远着呢——沉淀、打地基、盖房、装修、分房都需要时间呀，少说也得两年，这办法万万不行……"

投亲靠友这条路堵死了，那就租赁吧，政府每年给 3000 元的安置费。这个方案也有一部分人不同意。虽然农村房子相对宽绰，但都是一家一个院，能租出去的闲置院落不多。即便有些空院落，也难免在租住期间发生很多意想不到的事——娶媳妇啦、嫁闺女啦、生孩子啦，甚至有老人离开人世的情况……这里有个习俗，就是忌讳外人在家里生孩子，说那样破坏风水，更忌讳别人家的老人死在自己院子里，说那样就成了凶宅……所以，那些怀孕的人租不到房子，年龄大的老人也租不到。这些说起来好像是迷信，但一辈又一辈人沿袭下来，百姓有这种认识已经千百年了，根深蒂固，岂是一时半会儿能扭转的？改变不了观念就换方案，工作总不能搁浅。于是乡镇领导又给上级反映，经过多次研究，最后的解决办法是，给这些人家先找地方盖简易房，仍然是一家一个院落。

"清表"中最难的是迁坟。

中华民族自从有了文字文明开始，皇家贵族就讲究死后的事，就讲究墓地风水对后代人的影响。其他的不说，从西安的兵马俑就可知道秦始皇墓讲究到了极致，这种讲究一直延续到清朝。清东陵、清西陵皆是例子。"上行下效"，既然从皇家贵族开始就这样张扬，这样讲究，老百姓当然会跟着学，所以墓地文化、阴宅风水说已经深入老百姓血液里了。这对当下的"清表"工作，增加的难度不言自明。

在这项工作的推进过程中，那些家族"香火"旺的，一辈一辈比较长寿的，辈辈都出"能人"的……他们相信是祖坟冒青烟，是风水好，都不愿意迁。

一开始，乡镇领导也想让村干部、党员起模范带头作用，有不少村干部、党员也愿意率先垂范，但迁祖坟毕竟是一个家族的大事，如果是个大家族，如果爷爷奶奶、叔叔大爷、堂兄弟等一大家子好几十口人，即便其中有一两个党员想签字，也不敢硬来，不敢自作主张。何况迁坟也不是一两个人能办的事，总不能签完字就偷偷摸摸起坑迁走吧？即便迁，也得先选好地方啊！何况以当地的风俗，迁坟是家族的头等大事，要择吉日吉时，要把老亲少眷都请来，要放鞭炮举行祭拜仪式，不管怎么说，也有自己心灵的一份安慰……

因为我省的迁建政策是 2016 年 11 月下达的，工作开展以来，推进到"清表"时，正好在 2017 年春节前后。腊月二十三是"小年"，是中华民族的传统节日，这一天要送"灶神"，还要请"祖宗"回家过年。请祖宗的时候，一个家族的男性都要到坟上敬烟酒、叩拜、放鞭炮，做得很隆重，请来后要过完正月十五，等十六早上才送走……为了避开这些日子，把工作赶在前面，左营乡的王保平书记说："那段时间，我们小组都是住在大队部，很多时候凌晨才睡，有时候一边吃着方便面一边和村委商量事，有好几次不知不觉就商量了通宵。"最后王书记还笑着说："凭着一股劲，靠着一口气，那时候一天天的也不感觉困，就是两眼发涩。"

而东明长兴集乡的 8 号试点村台，发动这项工作的时间是刚刚过了 2017 年正月十五。在老百姓的传统观念里，不出正月，就等于还没过完年，即便那些同意迁坟的，一般也想在清明节那三天进行，不会同意在正月里。俗话说："挖人家的祖坟，断人家的财路，是最要不得的事。"这思想工作如果做不通，乡干部也不能硬来，不然会激化矛盾。

为了顺利推动工作，乡领导又要分组分户上门解释、对接，又要合理安排赔偿问题。宣委李绍旺说："我去做工作时，有老人和孩子的人家，不是带着一箱奶，就是带着点心去，有道是'开口不打笑脸人'，多打亲情牌，事情就好办得多。"

干部们通过上门做工作，摸底、了解情况，最后决定以 8 号村台为试点，划出一片地来建造公墓。如果有村民不愿意去公墓，想把坟迁到自己的责任田里，而责任田又在河西滩区的人家，乡政府和村委将帮其置换一块河东的地……

就这样，公墓地块很快就划了出来，而且政府许诺帮忙置换地，甚至可以签订置换协议书。这两种解决办法一经公示，大多百姓松了一口气，频频点头表示同意。有个别不同意的，说按照当地风俗不满 3 年的坟算新坟，不能迁，迁了不好。乡镇干部就问："怎样不好？有没有弥补方法？有的话请说出来。"村民支支吾吾，说不出个道理，最后只是耷拉着脑袋反复强调："就是不好，反正不好，听老人说迁了不好！"乡镇干部无声地笑笑，转身走了。能说出个所以然来的，可以帮着解决；说不出个道理来，还在那里梗着脖子絮叨的，政府也不可能一味迁就，必须限定时间迁。限定时间不迁的，没有赔偿费……

这里要说明的是，东明百姓迁坟补贴是按照坟头计算，即一个坟头多少钱；鄄城是按照人数计算。总之，根据当地风俗，老百姓怎样易于接受怎么做。工作可谓细致具体，也充分彰显了以民为本、立足于百姓、服务于百姓的宗旨。

好大一个台

提起"村台"，大家想到的可能是农村的大戏台，或城里进行各种演出的大舞台，任凭你有多么丰富的想象力，都不会想出一个能容纳三五个自然村、2000 或 5000 多人居住的村台有多大！而且这个台上除了百姓的住房，还要有学校、商店、医院、菜市场以及党员干部学习、大妈大嫂跳广场舞、大爷大哥进行体育锻炼等需要的综合活动中心，还要有小胡同大街道，以及预留今后 50 年到 100 年的发展空间……怎么样？想象力受到挑战了吧？

说实话，我第一次听到"村台"这个词，是在我们单位主席的办公室里。当时主席对我说："作家要充满感情地书写人民、讴歌时代，如今滩区迁建是史无前例的浩大民生工程，东明、鄄城、牡丹区的村台正在建设中，给你个深入生活的机会怎样？"

我当然愿意！文学工作者深入基层、深入生活，拜人民群众为师，是最基本的职责、义务和社会担当，也应是一种工作常态，我求之不得呢。但主席说到"村台"，我仍然一脸懵懂，以为自己听错了，之前虽然知道本市的迁建工作正在紧锣密鼓地进行着，而且投入之大、要求之高空前绝后，却实在不知道"村台"指什么。我的思维有点短路，茫然地看看窗外的炎炎烈日，小声反问："村台？"

"对啊，有的村台基本建设好了，去晚了就失去很多细节观察，你会遗憾的，要抓紧时间去……"主席没发现我不理解"村台"，补充道。

就这样，我于 2018 年 7 月中旬相继走进东明县和鄄城县黄河滩区，对滩区大迁建进行跟踪采访。

第一次去东明长兴集乡的路上，我没有掩盖自己的无知，在车上对其他人说："我对'村台'没一点概念，我的想象力有点枯竭，现在真恨不得一下就看到它。"

"孟老师，你不会和'蒜薹'联系在一起吧？"同去的东明县委宣传部干事刘圆熙如此接话。她是一个青春飞扬的女孩，人也干练、活泼、细致，我一下子被她的幽默逗笑了。

虽然车上有两个人去过、见过，他们却故意不告诉我、不启发我，任由我想象；直到走到村台上，我彻底被震撼住！

大家可以这样想象：只要是"台"，肯定是有高度的，何况这个台是为了防洪用，高度肯定不能低了，肯定是以科学考察、论证和多年的抗洪经验为依据的。我去的时候，东明一共需要建 24 个村台，焦园乡和长兴集乡各占 10 个，都已建好了三分之一。鄄城要建 4 个，已建好 2 个……在这些村台中，大的占地 1100 亩左右，小的占地 500～800 亩不等。这样说也许你仍然没有一个形象概念，那就告诉你，鄄城县旧城镇最大的一个村台东西长 1200 米左右，南北宽 800 米左右，高 6.5 米左右……

怎么样？有点意思了吧。反正，当我站在阔大的村台上时，一下子震惊和哑然了。那一刻犹如置身于旷野，它的广阔宽大让我感觉自己是那么渺小，小到如一株禾苗或一棵小草，小到如一只蚂蚁……同时让我想到人类的了不起，想到人类智慧的不可估量，以及黄河滩区的美好未来……

乡镇领导还告诉我，在整个搬迁过程中，建设村台可以说是最"省心"的一项工作，因为前期的选址、"清表"等，牵扯到太多细碎的事情，牵扯到村集体或个人利益，以及一些风俗习惯、传统文化等，思想工作做起来比较慢，遇到的拦路虎比较多。但"省心"的村台建设也要经过好几个环节——首先是用土，何况那么大的一个台，那么大的用土量！现在土地都是承包制，不可能挖大田地，即便能挖，岂不是挖成一个湖了？用一个湖来换一个村台，这个方法太笨了，造价也要翻番。那么，土从哪里来？乡政府的领导干部该怎样入手？从哪里先动工？这都是问题。

好在有"抽沙淤土"公司，能从黄河里进行抽沙淤台。说到"抽沙淤台"，这也是个罕见的名词，以前我也没听过。"抽沙"就是从黄河里通过机器抽取泥沙，"淤"是淤泥、淤积起来的意思，所以"抽沙淤台"就是通过从黄河里抽取泥沙的方式，把村台一点点淤积起来。

说起抽沙淤土公司，应该是黄河滩上应运而生的一种事物、一种企业，而这种企业工作起来要求很高的技术含量——招标来的公司都得有"小浪底排沙经验"。仅这一项就让你怔住了吧？那怔住人的事还多着呢，毕竟村台建设是一个新鲜事，是前所未有的浩大工程。

黄河素有"斗水七沙"之称。黄河小浪底水库"调水调沙"就是利用水库的调节库容，人为制造"洪水"冲刷河道，从而减少下游河道淤积，遏止河床继续抬高。

因为黄河是一条"悬河"，又称"地上河"，河床一般高出两岸地面3~5米，为了防止水害，两岸大堤就要不断加高，在逐年加高的过程中，人力物力财力消耗甚大。新中国成立前几乎年年都要加固、修复。即使这样，仍然不断出现洪水冲堤决口的灾难——滩区号称"三年两决口"，所以百姓天天希望它变成一条真正的"河"——"地下河"。

于是，有些人就开始不断去挖土，挖来的土用于盖房建屋、澄沙卖沙等，渐渐地，经济意识强的就做起了抽沙淤土、卖沙卖土的生意，尤其近几年，公司的技术含量越来越高。

从黄河里抽沙淤土，有的地方也叫"吹沙填土"，这样建设村台是一举三得的事：一是解决了黄河的清淤问题，是民心所系；二是解决了村台用土问题，是众望所归；三是解决了一部分当地百姓的就业问题，是人心所望。据了解，一条"抽沙船"从黄河汲沙开始，到沿途管道，再到村台排沙口，需要二三十个人呢。

土的来源有了，县里的迁建总指挥部就开始面向全国招标，招来了安徽、南京、上海等地有排除"长江淤沙经验"的几个公司。公司动工前，先在选好址的地方挖土——挖出地表以下半米深的好土，堆在一边。这些土一是用来建台打堰用，二是留着今后村台建好后"包边盖顶"用。这里的"包边盖顶"也是专用名词，我们后边会进一步解释。

在建台的地址上挖完表土后，公司要接着在台址周边挖一条深 2 米多、宽 3 米多的排水渠，因为接下来的"抽沙淤台"就会用到排水渠，这项工作是一环扣一环的事。需要说明的是，修水渠仍然牵扯到用地、赔偿、做工作，直到顺利施工……

挖完排水渠，就开始打堰修建村台围墙了，即沿着台址周围修一道 18 米宽、5~6 米高的围墙。修围墙当然先用挖渠的土，其实这两个工程是同步的，一边挖渠一边建围墙。

围墙建好后，修村台的地方就先形成了一个"湖"，也就是一个大大的"台坑"，接下来就开始从黄河内引修排沙管道，进行"吹沙填土"，真正建设村台了。

村台建设开工仪式

引修完排沙管道还要架电线杆，因为机器从黄河里"吹沙填土"需要连接高压线，不然没法工作。修管道、架电线杆等都要占地，占地就要从百姓手里买。长兴集乡的宣传委员李绍旺告诉我，从黄河到村台最近的 3 公里多，最远的 7 公里左右，一个村台至少要有 8 个直径 40 多厘米的管道。8 个管道和数百根电线杆要途经几个村庄？零零星星牵扯到多少占地？牵扯到多少户人家？都要把工作做好做细，都要把赔偿提前谈到位。国家有"农村耕地 30 年不变的政策"，牵扯到谁家的地，工作人员先是一家家跑到百姓那里告知，说明情况，个别村民理解不了的，还要拿出现在的文件来向他们解释。万一碰到"有特殊想法"的，乡镇分管人员跑十趟八趟都不止。

李宣委说到这里苦笑了一下。这种"苦笑"我熟悉，因为在焦园乡采访时就见过。当时，村台前期挖水渠用地，牵扯到几户村民，有一户种的是经济作物，因为要的赔偿太高，工作便搁浅在那里。后来为了推进工作，乡干部老陈第三次去做工作。

户主见了他就拉着脸说："你又来干啥？"

"问题还没解决呢，咱再谈谈。"老陈不管对方的脸色多难看，自己还是微笑着。

"答应俺的要求就谈，不答应有啥好谈的？"

有的百姓说话往往不讲方式，非常难听。当时陈干事尴尬地咽了一口唾液，然后就苦笑了一下，和今天李宣委的苦笑极其一致。

那天，为了缓和气氛，陈干事接下来递过去一支烟，户主不接，仍拉着脸子说："俺不抽，俺戒了。"说完扭头就走。很显然，他不愿意谈，在冷战，在回避，反正谁也不能强占他的地。陈干事无奈地跟在后边，用挠头的动作掩盖自己的尴尬，但明媚的阳光下，我还是看出他内心的那份压抑、无奈和憋屈。回乡政府驻地的路上我问他："陈干事，你生气了吗？"

他说："当时确实有点不舒服，但现在不生气了。依着和个别老百姓生气，天天都不用吃饭了，吃气就行。话又说回来，那人也是对事不对人，谁来他都会这样的。"

陈干事倒理解，反过来还有点安慰我的意思。

是的，在乡镇工作就是这样。常言道："上边千条线，下边一根针。"千丝万缕、事无巨细，都要从乡镇这个"针眼"里穿过，复杂烦琐而枯燥。

我第一次见长兴集乡的薛岗山书记时，问他："在乡里工作几年，您最大的感受是什么？"

他笑笑，略一沉思，答："磨人，能把人磨死了！"白净、文质彬彬的薛书记原来在东明县委办公室工作，几年前来到乡政府，如今他一个"磨"字，包含几多酸甜苦辣？

我忽然生出一种情愫来，想起自己的父亲。父亲在乡镇部门干了一辈子，不知曾和多少稀奇古怪的村民打过交道，不知受了多少不该受的闲气！

我印象最深的是父亲从来不抽烟，他是晕烟体质，但他口袋里、提包里从来没断过两包烟。小时候听他说得最多的一句话就是："我今天要'下去'。"这里的"下去"，就是要到村里去工作的意思。父亲经常骑着自行车到村里去，有几次我坐在自行车后座上跟着他回老家，父亲一进村就下车，见了人就打招呼，下车后第一个动作就是掏烟，然后敬烟。我不知道父亲这个"敬烟"的动作是不是"下去"落的后遗症，但我突然很敬佩父亲，感觉他老人家十分不容易。

话说得有点远，我们还要回到村台的建设上。

在管道的修建中，每个村台一般还要经过一条防洪大堤，经过一道或两道生产堤。堤坝虽然有厚有薄，但最薄的一道生产堤坝也有十几米，最厚的也是离黄河最近的那条，宽30多米。防洪大堤更不用说了，除了十几米的堤面，堤两边各有80～100米的堤床。这就意味着修管道要穿过厚厚的堤坝，也意味着修建时要避开5至10月份的汛期，不然破坏了堤防，万一带来水灾怎么办？管道修好后，安装上船，在水里再架起一段管道，采沙船"抽沙填土建台"工作就可以正常运行了。

"吹沙填土"就是采沙船从黄河深处抽出含沙量很大的浓稠黑水，这些"黑水"通过管道送到村台的台坑里，在台坑里沉淀多日后，泥沙留下来，澄清的水再疏导到前期挖好的水渠里，用于农田灌溉什么的。

在长兴集一号台坑，我看到一高一矮两个在窝棚旁边看机器的人，就问："这样一个台坑需要多长时间填完？"对方木然地看着我。机器隆隆，我以为他们没听见，放大了声音重新问。这次高个子笑了一下说："请用普通话，我没听懂您说什么！"同去的几个人都哈哈笑了，因为对方的"普通话"带着浓浓的苏州味，也不"普通"。于是我们各自操着家乡味道的普通话交流，最后我才明白：这样一天天地"吹沙填土"——抽沙、沉淀、澄清，以离黄河最近的一个大村台为例，用8条600马力的船，带动8条直径40多厘米的管道，一天24个小时不停地工作，正常情况下一月能积聚45000多方土，把整个台坑填平要6~8个月。

我去的时候正是夏天，看机器的苏州人窝棚里有煤气罐和煤气灶，他们一天天地就吃住在窝棚里，如果管道滤网处堵了，或者哪里坏了，他们就直接下水清理。夏天还好，如今秋去冬来，已到"三九"，鲁西南的冬天也是很冷的，不知他们的工作环境如何改善，他们怎样迎接刺骨的寒风和结冰的台坑。看来滩区大迁建不止牵动着山东人的心，还有天南地北汇集而来的建设者、支援者的心。

抽沙淤台

由于从黄河淤出的土含沙量太高，比较松散，台坑经过"抽沙填土"填平后，要在上面覆盖半米多厚的黏性较强的泥土，这项工程叫"包边盖顶"。

等包完边，盖完顶，一个村台建设才算基本完成。

就包边盖顶问题我问了焦园乡的孔宣委，他说包边盖顶的土有一小部分是筑台堰时剩下的，有的根本剩不下，就要到处去买。

"从哪里买呢？"

"村里那些筑好房台还未建房的人家，反正以后要统一搬迁，也用不着了，就把他们的房台土买过来。"

"怎么知道哪个村、哪家有呢？"

"先把通知下到村里，村干部会填表统计，然后乡干部结合买土公司去谈价，一般按照土方数结算。"

"这个环节应该不复杂吧？"

"相对好些，但老百姓仔细着呢。有的心里也不平衡，提出自家的房台建得早，土质比较结实，谁谁家的刚建好，还比较松软，按照方数算吃亏……"孔宣委是个实在人，向来有啥说啥。

"那怎么办？"

"他们说得也有道理，所以有时候也按车算，反正再结实的房台一经挖开倒在车上，土就一样松软了，每车多少钱也行，每方多少钱也行，总之本着让百姓满意的办法……"

买土、议价、挖土、运输，从各个村里汇集到村台上。一家家一户户，一辆辆挖掘机、运输车，加上测量人员，一忙又是一个多月。之后，还要用推土机推平、碾压机轧实，这样才算最终包边盖顶结束。

孔宣委还说，村台包边盖顶时，一个千亩左右的村台，每天有挖掘机、运输车、推土机、碾压机等100多辆。最多的时候每天出工300多人，他们进进出出、紧紧张张，想想场面就够壮观的。

是啊，村台建设牵扯到上上下下、方方面面，里边的大事小情曲曲折折，让人感慨万千。

问君还需几步走

或许有人会说，村台都建好了，接下来就该备砖、备瓦，备沙子、水泥以及其他建筑用料了吧？然后打地基垒砖造房就行了吧？一开始我也是这样认为的，但拆迁指挥部的人告诉我还早着呢，还要"沉降"、打夯、推平、轧实呢，还有修辅路、修坡道等几道工序，不然备料建设时从哪里走？哪一道工序加上验收不得一段时日？

我听了不禁感叹，真是隔行如隔山，不亲自去几次，实在无法想象其中的复杂。筑村台与一般的建房盖屋区别大着呢！

2018年11月我去鄄城县旧城镇时，他们其中一个大村台正在进行试点降水。"村台沉降"是个专业术语，"沉"是让村台慢慢沉淀落实的意思，"降"指降水，而"降水"是个关键环节，因为菏泽一带的村台都是从黄河里抽沙淤建而成的，号称"淤村台"，其含水量之大可想而知。常言说："地基不牢，房屋倾倒！"土里含水量大了肯定是不能打地基建房的，所以要经过一段时间的沉淀和降水，等土质结实了，水分比率达标了，有关部门验收合格了，才能打地基。

旧城镇的试点村台一开始想自然沉降半年，但根据前期测量的含水结果，有关专家得出结论："就目前的状态，自然沉降别说半年了，即便一年、两年恐怕都不行！"的确，自然沉降需要太长时间，像2003年发大水后，2004年黄委会曾在长兴集乡淤过一个村台，实行的是自然沉降，一下等了3年多，直到2007年才开始动工施建。这次时间紧任务重，等不了那么久，作为新兴事物，又没什么经验，怎么办？反正得人工沉降，只能一步步摸索着进行，只能在专家的指导下，集思广益，通过探索取胜。

为了尽快让村台沉淀降水，他们想到了"井点降水"法——在村台上用"打井抽水"的方式，先把大量的水分抽出去。

"井点降水"真是让人大开眼界。

他们3个工人一组进行打井，整个村台一共布下20多组——测量的、打井的、安装水泵的、扯水管的等加在一起，有300多人在作业。

这里打的酷似从前农村家庭用的压水井，每组打井员十五六分钟就能打一眼。市水利局的同志告诉我说，这种井比较浅，一般深3~5米，打的时候要横成行、竖成行，斜着也成行，井与井之间的距离横向相隔15米，纵向相隔25米，然后15眼井又组成一组，每组用一个2千瓦的抽水泵往村台外抽水，即15条直径2.5厘米的水管同时扯到这个水泵上，然后水泵另一端接一根长水管，一直抽到村台下边的排水渠里……

他们从村台的东边一点点向西赶着推进，这样一天24小时不停地工作，一个村台20天左右可以铺完井点。

铺井的时候远远看过去星罗棋布，水管在阳光下一闪一闪的，亮晶晶一片。电机声"嗡嗡、嗡嗡"地响，像成群结队的蜜蜂从身边飞过……在这无边的旷野，在这阔大的村台上，工作人员岂不就似忙忙碌碌、辛勤劳动的蜜蜂？

20天铺完，并不等于干完，因为抽着抽着就抽不出水了。或许有人会说：抽不出水了，就是地下没水分了吧？降水就可以结束了吧？就可以继续下一步了吧？非也！村台里边虽然含水量较大，但渗水比较慢，而抽水法是个集中的降水方式，渗水跟不上，得停停歇歇再抽，这样经过两三轮，才能说差不多了。至于每轮间隔多长时间，同一个村台东边和西边也不一样。为了解决这个问题，村台上还有几台观测井，专业技术人员会天天观测记录水分含量，每天都有数字报表立档。专家组会根据一段时间的数据，通过分析研究，给出指导意见。市水利局的同志还说："专业技术人员发现水分会反弹，例如连续几天测的本来少了，停几天，又连续几天高上来……还是地下渗水问题。"

总之，降水是个缓慢的专业性较强的技术活，不可能通过一种方式短时间解决，毕竟水分含在泥沙中，土质沉淀、水分浸出受各种因素影响，需要过程……

不过，迁建总指挥部的领导说，"井点降水法"试点进行完以后，他们请来了水利部黄委会的专家。专家们多次到村台上探测、看数据，经过反复论证，最后对此评价很高，并说可以推广。从 2018 年 11 月至 2019 年 4 月，该技术在旧城镇的 4 个村台就推广开来。

指挥部的人最后讲："井点降水后，观测井会继续跟踪观测，直到村台水分验收合格，才能进行下一步。"

在东明，实行的是"深沟浸水降水法"——在淤好的村台上分区域，分段落，用机器开挖纵纵横横几千条宽 1 米、深 3~4 米的沟，让村台里边的水分慢慢浸到沟里，然后再抽出去。这种方法之于打井，各有各的优势。虽然挖沟法看似比打井费事一些，不仅要向外抽水，还有把深沟推平、轧实的工序，但挖沟法水分蒸发得比较快。

不管怎么说，大家都是在摸着石头过河，都在想方设法、尽心尽力地去做这件惠民大事。由此我们也可以看出，黄河滩区大迁建是多么浩大、烦琐、复杂、细致的工程，牵扯到多种技术、多层次的人员，还要调集天南地北的专家和机器设备，要协调从大到小方方面面的事情。难怪老百姓称其为"天字号工程"，意思是没有比它再大再震撼人的了。

东明焦园乡 8 号试点村台水分检测合格是在 2019 年 2 月份，3 月份便开始打夯。说起"打夯"，大家可能一下子就想到夯歌，想到几个人抬的圆形或柱形的石头夯或砘，然后随着起起伏伏、抑扬顿挫的夯歌一下下打下去……

也许有人会想到机器打夯，即石头夯或铁夯由机器带动……以上两种之于村台上的夯，可谓小巫见大巫，真有天壤之别、云泥之分。

在 1000 多亩的村台上，以上两种打夯方式都落伍了、被淘汰了，这里使用的是常人无法想象的一种大夯。大到什么程度？反正我看到时一下被震住了，连连对一起去的朋友说："真是开眼界了，长见识了！"

说出来你也许会瞠目结舌——圆形的铁夯，直径 2 米多，高 1.6 米左右，重 15 吨。怎么样？15 吨的大夯你见过吗？我感觉应该是世界上最大的夯了！

在焦园乡 8 号试点村台上，一共有 17 台大夯车同时作业。夯车先把铁夯吊到 30 多米高的空中，然后果断地操作下放，自由落地。这一夯打下去，成团的土浪飞溅，浪高 6 米左右，人在 150 米之外就感觉大地颤颤的，像地震了一样。

打下去，再提上来，地面上就出现一个大坑——直径将近 3 米，深度 1 米左右……

专业技术人员说："只要坑深 0.9 米至 1.4 米就算合格，再深了，说明此处水分太大，就得停止，下一步施工更要等一等。"

吊车每次把大夯从坑里提上来，都有一个人跑过去测量坑的深度和直径，旁边还有一个记录人员。我走过去问："打夯也需要记录吗？"

坐在马扎上的女记录员胖胖的，脸色红里透黑，身上头发上全是土，运动鞋已经看不出什么颜色。她抬头笑着说："一天打多少夯，夯夯是个啥情况，都得一一记录在案，下一步的工作会根据这个结果去检测，去商量下一步的计划……"

打完夯的村台

她还强调："整个村台先划分区域，每个区域先试打8个地方，每个地方打3下，每下都合格，才会在台上全部展开打，一共打3遍。3遍后，如果验收不合格，等一段时间再打，什么时候合格了，才能进行下一步……"

"这么大的村台，会不会有的地方合格，有的地方不合格？"

"当然。假如划分8个区域，不外乎有的区域合格，有的区域不合格，这是正常的。像这么大的村台，每次都有几百亩不合格的，不过哪一块合格了先打哪一块……"

哪一步都不容易，由此可见这里每一步的要求之高、之细、之严！

这里的每一个工作人员都是那么辛苦！像这个记录员，看似轻松，也就是动笔写写记记，但三九严寒也好，三伏酷暑也罢，她要不分季节天天在台上经受风吹日晒，感受四季轮回变换。正是30多岁爱美的年龄，她的脸和手却粗糙生茧，又干又皱……

打夯前还有个找平的过程。这个环节 5 个人一组，通过测量仪看看哪个地方高点，哪个地方低点，同样有专门的记录人员记录、立档建案，还有一个人在台上一一做记号……

我找其中一人交谈，对方是个东北人，他说："一个村台有试夯过程，试完了要打 3 遍，前两遍是'梅花夯'，第三遍是'鱼鳞夯'。"他怕我不理解，用沾满泥巴的手在地上做示范。他伸出食指迅速画了 3 行圆圈，每一个圆圈代表一个夯印，用手比画着说："以此夯为点，向左右、前后、斜着辐射，最后辐射成一个梅花形状，而且不管哪个方向，每一夯相距 6 米，这是严格要求的……"

梅花夯的好处是，能把夯与夯之间的距离最后填完，这样两遍下去基本夯面覆盖。最后一遍是'鱼鳞夯'，顾名思义，就是一夯夯打下去夯印像鱼鳞一样紧密排列，不留一点空隙……

在野外工作虽然苦累，但他们是细致的人，有温情懂浪漫的人，不然怎么会有"梅花夯、鱼鳞夯"这样美丽又形象的名字？

"这样打，一个 1000 亩左右的村台要多少天完成？"

"一般是 50 天。"

"你们每一夯都要求这么严格，50 天能完成吗？"在这偌大的村台上，吊车看上去都小巧、稀疏，几百人在上面工作也不起眼，我忽然想起小时候看到的"蚂蚁赶集"的匆忙场景……

"必须完成，有合同管着呢。干到一半时，一看时间紧，公司会多派人员与机器，总之，既要保证质量又要保证时间。"他笑着答，然后起身走了，那边还等着他测量呢。他的步子迈得从容而坚定，背影看上去宽厚而结实。这是一个地地道道的东北大汉！

焦园乡的潘成佩书记也说："打夯到紧要关头时，一个村台每天出工200多人，将近40台夯机同时作业……"

光打夯就要这么多人，这么多工时，一个村台从开始到结束到百姓们搬迁入住，得有多少人的心血和汗水呀！

打完夯，再用推土机推平，用碾压机轧实一遍，一个村台的前期

15吨的铁夯

施工才宣布完成，接下来才可以进行下一步工作。

大家可以想象推平、碾轧的场面——蓝天白云之下，阔大的村台之上，上百台机器来回穿梭，几百人同时作业……大工程、大村台、大机器、大出工、大付出……也只有大中国才有这样的大壮举、大手笔！

历时3年多的滩区大迁建，不仅是无以数计的基层党员干部在忙碌，也不仅是天南海北成千上万的专家技术人员在参与，更牵动着各级领导的心——省领导不断来调研，市领导更是心心念念着，每有推进，都要开会，都要亲自过问，或者到现场指挥、督促。迁建指挥部的人说："东明几个滩区乡镇，最后盖房都按照百姓的生活习惯和实用性，每家一个小院，小院土地面积在0.26亩左右，然后根据每家每户的人口多少，分一层、两层、三层来设计。也就是说，人口多的向上盖，院落面积大小不变，这种设计是市委书记亲自把关定下的……"

2019年7月底，我正好碰到新上任的市委书记张新文来现场调度工作。他站在村台上，把指挥部的人和专业技术人员临时召集起来，当

即开了现场会。这天有风，张嘴说话会有风沙侵入，还有小旋风卷起风沙不断旋转而过……

写到这里，我忽然想起习总书记 2019 年 3 月 22 日在意大利众议院会见菲科众议长并回答他的提问时，沉静而充满力量地说："……我将无我，不负人民。我愿意做到一个'无我'的状态，为中国的发展奉献自己……"

习总书记最后还邀请菲科众议长："欢迎你到中国去，看看一个古老而现代的中国，看一看勤劳智慧的中国人民。"

是啊，正是有习总书记的指示精神和奉献精神，有他对滩区人民的关爱和牵挂，有对贫困人民的关注与呵护，加上我们"勤劳智慧勇敢的人民"，才有了今天的滩区大迁建，才有了滩区人美好而幸福的生活……

2019 年 3 月的鲁西南大地，虽然天很蓝，云很白，杏花桃花正次第开放，垂柳柔美婀娜，但因正处于多风季节，尘土时不时地漫天飞扬，每一阵风刮过，都让人好一会儿睁不开眼睛……

这里的村台建设，从开论证会，到民意测验，到选址、"清表"、修建管道、淤台，到淤完后包边盖顶、降水、打夯……一道道工序走下来，已经两年多了。两年多的时光中，四季转换，燕来燕去，花开花落，每天都有数不清的人在泥里水里、风里雨里、白天黑夜地辛勤劳作、默默付出！难怪在走访中不少当地村民说："活在当下真是值了，历朝历代没有哪一个朝代像今天这样厚爱百姓，厚爱滩区……"

还有的说："村台从无到有，从小到大，就像一个孩子的成长，俺天天看在眼里，记在心上，同时看到了其中的艰辛不易，见识了其中的非同凡响，感受到了从上至下领导的努力和付出……俺也要有情怀，做一个合格的新时代农民。"说这话的是家在焦园 8 号村台附近的中年汉子孔令新。他留着时髦的寸头，看上去干净利索，尤其细细的眼睛，一笑就弯弯地眯成了线，显得喜庆而亲切。

"你认为怎样做才算是合格的新时代农民？"我故意问。

他先是不好意思地笑笑，然后想了一会儿，说："先把自己的日子过好，不给国家添麻烦、增负担，在致富的过程中力所能及地回报社会、回报乡里，有一颗善良的心……"说完，他充满期待地看着大家，生怕自己回答得不好。

我们不由自主地为他鼓掌。后来我了解到，他在乡政府附近开了一间杂货店，因为紧邻千亩湿地公园的进口，生意比其他地方好得多。平时他对父母很孝敬，是乡里乡亲公认的孝子……

是啊，如果百姓都能像孔令新那样，平时尊老爱幼，生活中不给国家添麻烦、增负担，还有与人为善的心，并在致富的过程中力所能及地回报社会、回报乡里，就是合格的新时代农民！

辅路修建莫小觑

建好村台后，还要修辅助路、修坡道，为今后打地基、备料盖房、搬迁做准备。修辅路是必不可少的一个环节，这个环节仍然牵扯到用地，牵扯到庄稼或房屋的赔偿等。一直以来，只要是牵扯到对接、补助、赔偿等，就会有矛盾，就需要调和，就免不了一些相应的麻烦！这次，我们不再细说里边的曲曲折折，仅用长兴集乡一个例子让大家了解、感受、体悟个中况味。

长兴集乡 10 个村台中，有一个村台的一条辅助路快修到村头时，忽然有一天不得不停在那里。为什么？因这条路对着一户人家。或许有人会问，对着人家怎么了？拐个弯绕过去啊！难道需要这家搬迁？回答是："不需要。"这次该搬的早就搬了，该赔偿的也赔了，一开始乡政府和大家的思路一样，也是想着绕过去，反正道路九曲十八弯，怎么拐弯都是正常的。何况修路前期本着不扰民、少扰民的原则，能不搬的尽量不搬，能少搬的尽量少搬。

　　主要是户主不同意，说："这条路直直地冲过来，对着我家的房屋，破了我们的风水，这叫'一箭穿心'，今后会伤人的，得想法让路'打两个滚'错过去……"

　　听的人一时语塞。他们是按照图纸进行施工的，路修在哪里，多宽多长，都是一开始规划好的，如今说不让修就不修了，怎么可能？没法给上边交代呀！何况路又不是一头毛驴！怎么可能说"打滚"就"打滚"？但这家 80 多岁的老母亲坐在机器前，气喘吁吁地，看上去激动而气愤，还有几分病态，谁也不敢轻易挪动她呀！

　　逢山开路、遇水架桥，事情既然出来了，就得赶快解决。于是，这事被紧急反映到乡政府。乡领导当然不相信什么"一箭穿心"，很显然是迷信嘛。领导把村支书和村主任叫来，了解这家的情况，了解平时在村里的表现以及信仰什么的，发现也没什么特殊性，就是一户平常人家，就是对风水比较在乎，尤其老太太，年龄大了，怕死……分管领导让村支书和村主任先回去做思想工作。

　　两位村干部一个坐下来和老太太心平气和地讲，一个和旁边站着的儿子谈，道理讲了多半天，好话说了无数句，对方就是一根筋地认为"一箭穿心"会伤人，何况老太太年龄大了，身体又不好，扛不住……

村干部告诉他们，规划好的事不能说动就动，牵扯的面太大，乡政府的书记也当不了家，这是整个滩区大迁建的一部分，何况还有合同，不可能说停就停下来，要是违约了责任算谁的？一听村干部说到违约和责任，儿子一下急了，他瞪着眼睛，梗着脖子大声嚷嚷："别拿这一套吓唬我，我是吃饭长大的，不是被吓唬大的！你们这些领导干部就是不讲理，从来不考虑别人的感受，光会拿道理压人！拿责任、合同欺负人！合同关我屁事！我说的是俺家的风水，既然你们不信，那咱两家换换房子怎样？要不，在你们家的房前屋后也修一条路试试！只要你们愿意，等修完了再回来告诉我……"

老太太一见儿子急，也跟着急了。她嘴唇哆嗦着，用拐棍使劲捣地说："你们这是盼着我早死啊，那我今天就死在这里……"说着就有些失控。村干部赶快扶住她，劝她莫生气，有话慢慢说，有条件提出来大家共同商量。

既然娘俩都暴怒了，犟上了，撞到南墙不拐弯了，村干部不得不再次反映到乡里。乡领导凭着多年与百姓打交道的经验，知道这时候不能硬来，万一弄不好就会出现极端行为。于是，乡领导亲自去做工作，笑着做工作，让对方说出"破解"的办法……

乡里领导到的时候，见老太太口干舌燥地坐在那里，就先递过去一瓶矿泉水，说："您老的身体要紧，有啥事慢慢说，先喝口水润润嗓子！"又说："您老也是个明事理的人，如果有破解的办法，先说出来我听听……"老太太见乡里干部、村里干部都尊重自己，让着自己，反倒不好意思起来，最后提出买一块"泰山石"来，并用朱砂写上"泰山石敢当"，立在房屋前面对着路的地方。

一块泰山石说起来不算什么，但附近没有卖的，即便有卖的，对方也不相信是真的，非要到泰山山下去买。类似这样的费用，乡里、村里都没地方出，于是乡里领导从自己口袋里掏出来，让村里派人派车给他们买来，再立上，这事才得以解决。

细想想，一般老百姓遇到利益冲突时提出自己的想法，也是可以理解的。一些人眼界窄、见识少，又没有很高的境界，凡事先考虑自己，也是一种本能的体现。在农村干工作，就是了解问题和化解矛盾的过程，其实事都不大，就看从哪个角度去分析、去把握、去解决。

提起乡镇干部和百姓对接的感受，他们说得最多的是：不怕工作多，不怕任务重，也不怕加班加点，就怕与个别村民讲不通道理。是啊，有些道理在个别老百姓那里是讲不通的，需要变通，而且要尊重当地的风俗习惯。

也有的乡镇干部说，在基层工作，和老百姓打交道，经历的故事三天三夜也说不完。的确，有人群的地方就有矛盾，就有故事。何况只要去对接，就牵扯到利益分配！所以，和老百姓打交道，就是个故事开始与终结的过程。

有的干部能正确客观地看待这些事，会分析矛盾的根源，他们说："前些年干群关系有点疏远和僵硬，因为有的干部动不动就端架子、摆谱、逞能，在老百姓面前盛气凌人、颐指气使，在有些事上硬来；还有的干部常常搞特权化、搞腐败，致使老百姓很反感，对一些干部没了好印象，在许多事上就出现了逆反心理。不过近几年好多了，干部们大都端正了思想和工作作风，到村里去都是穿着胶鞋或运动鞋，很多时候就在田间地头一边和百姓拉呱，一边做工作……但目前老百姓认为干部是带着目的去的，是让他们退一步，所以即便干部放下架子，老百姓一时也难以转变过去的看法，想重新树立形象，得有个过程。黄河滩区大迁建是正面的常态化的与百姓接触，事情比较多、比较集中，也就显得矛盾比较多、比较集中，其实这是一种正常现象，要正确看待……"

我很赞成这种说法和观点。儒家讲"心正意诚"；而道家讲"自然"，也就是以自然的方式达到和谐，在顺应自然的同时要求自己与时俱进，以万变应万变。总之，不管哪家哪派，凡事都要以正以诚对待，都要有一颗平常心，多存善念。所以，在与百姓的对接中，你怎样看待百姓、对待百姓，百姓就会怎样看待你、对待你！

毛主席也曾讲："和老百姓打交道，就是要到他们中间去，与他们打成一片……"我感觉现在的基层干部已经这样做了。尤其近两年，在滩区大迁建中，他们一天到晚在村里跑来跑去，冬天冻得直哆嗦，夏天热得汗洗衣，大多数中午饭和晚饭只在村里的小卖部买桶方便面吃，因为有些村离乡政府好几公里路。他们要是到政府食堂去吃，来回占用时间太多，而迁建期间的时间是宝贵的，尤其中午，是老百姓集中在家的时间，容易找到人，工作效率比较高。

也正因为有了作风转变，有了更多责任感、事业心和担当精神，他们才能在受冷落的情况下坚持下来，遇到矛盾能很好地化解。在长兴集乡政府，我曾亲眼看到薛岗山书记两个小时接了三通电话，都是愤愤不平的百姓反映问题的，打电话时都带着情绪。

有一通电话对方语气特别冲，声音特别大，我在两米之外都隐约听得见。薛书记听了一阵，脸色越来越难看，接着啪地关了电话，把手机摔在桌子上，并"忽"一下站起来，走到窗前点着一支烟。这个看上去平和稳重的书记，被那个百姓的话伤着了。

稍停，他不好意思地笑笑，说："对不起，让你见笑了。唉，这个村民二话不说，先把我责备一通，埋怨一通……"

我理解书记刚才的情绪。书记也是人，不是神仙，就是神仙也有发脾气的时候。乡镇工作千头万绪，百姓上来先一通埋怨，先向他撒一阵子气，让谁也受不了。

　　薛书记感慨道："现在百姓懂得多了，胆量大了，村里有个大事小情的，动不动就绕过村委先给我打电话……"接着，薛书记忽然想到什么，又说："刚才我忽地挂了电话，不知对方怎么想呢，我得赶快打过去，不能让他有啥想法。"

　　看来薛书记还是能理解、体谅百姓的。

　　他拨通电话说："刚才怎么断线了？信号不好吗？"

　　"我以为你挂断了呢……"

　　我一听笑了，暗暗佩服。这是书记的"睿智和策略"，不然双方都尴尬，如今用这种方式，把问题解决了就好。果然，对方经过中间的停息，情绪也平复下来，两人都能心平气和了，接下来问题就好办多了。

　　薛书记告诉我，凡是百姓打来的电话，他总是好言相劝，先安抚，让他们不要急，慢慢说，然后再解决问题。不然他一急，百姓会更急，那样不但解决不了问题，还会激化矛盾。最后薛书记说："在基层工作，再坏的脾气，几年下来也能磨平和了……"

　　因为现在乡镇干部的电话都是公开的，他就常常告诫同事：和百姓打交道一定要耐得住性子，熄得住火，克制得住脾气，啥时候都急不得，啥时候都要让自己冷静、平和，都要微笑着面对。微笑是解决矛盾的一剂良药！

　　我想，有这种心态，有这种情怀，在迁建过程中，在与百姓的对接中，再苦再难，只要所有参与的领导干部都能微笑着面对一切，到时候他们收获的不仅仅是掌声和鲜花，更有老百姓贴近的心灵、舒展的眉眼、灿烂的笑容和竖起来的大拇指！

塔吊林立建新村

选完址，清完表，就地搬迁的便开始建"村台"了；异地搬迁的呢？搬到堤外的便开始打地基、建楼房、筑新村。这次东明滩区乡镇没有异地搬迁，都是就地建设村台，像焦园乡、长兴集乡属于滩区乡镇，每个乡都有 10 个村台，每个村台都包含三五个自然村的人，所以这两个乡建新村的时间晚得多；而鄄城旧城镇既有异地搬迁，又有就地建村台搬迁，李进士堂镇、左营乡都是异地搬迁，所以就显得比较快，可以盖楼了……

2018 年 8 月初，左营乡、李进士堂镇的楼房二期主体结构早已经完成，室内的设施建设正紧张地进行着。在尚未交付使用的新村里，不少村民进进出出、"叽叽喳喳"地前来看房。乡政府迁建指挥部的人说："从一开始打地基，村民就经常过来看看，问这问那；尤其离得近的老年人，可能在家也没什么事，几乎天天来，好像不来转一圈这一天就过不去似的……"

"他们可能是高兴得吧？"

"我们也是这样理解的，感觉他们一是对自己的新家园有期盼、有憧憬、有好奇，二是想了解进度和建设质量，所以后来镇上干脆成立了'村民迁建自治委员会'。一个委员会里 15 个人，都是由村里的党员或明白事理的村民为代表组成的，在整个建设过程中都让他们跟着。这样一来，村民有什么问题也可以通过自治委员会反映了。"

"这个做法一定很得人心。"

迁建指挥部的人笑了，点点头作为回答。

李进士堂镇的王宣委说："这个新村是我们镇的迁建试点二期，由田楼、盐店两个行政村组成。新村从 2017 年 4 月开始建设，计划 2019 年 9 月份入住，共建了 36 栋 5 层楼，合计搬迁 760 户……"

这也是将近 3000 人的大村了，里边的整体规划怎样？楼间距怎样？绿化情况怎样？我很想去看看，于是迁建指挥部的人与我一起沿着绿化道向前走。在一片刚种完冬青的小凉亭旁，有几个七八十岁的老人时而浅唱低吟，时而你一句我一句地进行讨论。我来了兴趣，便走向前去问，其中一个留着山羊胡子的大爷说："我们正根据曲子填词呢，正一遍遍琢磨唱词呢。"这几个滩区的老大爷，看上去也不像有多大文化的样子，竟会作词唱曲？我疑惑地回头看看王宣委，他心领神会，说："他们几个是这一带有名的'扬琴艺人'。"

哦，小时候我在老家倒听过扬琴。这种民间曲艺一般由三四个人组成，在当时是最好听、最悠扬的一种唱法，也是最豪华、最奢侈的一种享受，堪比电影。20 世纪七八十年代，走街串巷的民间艺人多是唱莲花落子、竹板、快板的，这几种比较简单，一般一个人唱就行，顶多是两个人花唱，而且声腔、唱词很土，而"扬琴"一般需要四五个人唱，你一句他一句的，听上去优雅多了，故事情节也复杂，表现手法也多样……

王宣委说："以前滩区五年三大水，尤其新中国成立前，村民几乎都有奔走他乡'避水'的经历和苦楚。滩区百姓自有他们的自尊和自强，在避水的日子真正夹着棍子、伸着手、倚门要饭的很少，多是靠一技之长来糊口，其中卖唱、卖艺为生的占一大部分，当然也有出苦力的，也有女的替人纺花织布……"

我站在旁边听几个老人认真地推敲，就说："您老能不能先给我唱一遍，我作为第一听众，可以谈谈自己的感觉和看法。"他们笑呵呵地相互看了看，点头应允，并推荐那个穿着干净、留山羊胡子的老人站出来。后来我了解到，老人叫赵庆丰，1934年生人，童年时期父亲在上海做生意，日子过得很殷实……

只听他抑扬顿挫地唱：

塔吊隆隆兮，盖新村，

高楼林立兮，气象新。

小区真美兮，道路宽敞，绿树成荫，

千年安居梦兮，成了真。

放眼望去兮，滩里五谷绿茵茵，

今年又是大丰收兮，遍地金。

放耳听起兮，琅琅书声，动人心，

黄河滩区兮，万象更新。

我不由得鼓掌，说："你们真了不起，写的简直是诗啊。"其中一个大爷指着赵庆丰老人说："他有文化，小时候上过私塾……"我向老人竖起大拇指。

几个老人能唱出这样的内容，首先折射出他们懂生活，珍惜生活，更反映出他们懂得感恩，能体会到党和政府的关怀、呵护。他们几个，一路走来肯定饱经沧桑；尤其是那个赵庆丰老人，曾经家境丰裕，读过私塾，后又流浪他乡，颠沛流离，以说书唱曲讨生活……在起起伏伏的人生里，在波波折折的岁月里，在随着改革开放逐年富裕的日子里，他得有几多感慨和参悟？也只有经历过千辛万苦、经历过穷富落差的人，看着今日拔地而起的高楼，看着一天天美丽起来的滩区，才会发出这样的赞叹、这样的吟唱……

2019年3月，鄄城李进士堂镇第三期工程正在建设中。远远看上去，工地上紧紧张张、热热闹闹、忙忙碌碌——塔吊转来转去，送物送料的车辆来来往往，砌砖铺瓦的、上梁送沙的、刮墙抹灰的，以及哐唧哐唧的搅拌声……这些，在黄河岸边谱成了一支"扶贫攻坚"新曲，演奏着新时代黄河大合唱的乐章。

拆迁指挥部的人说："这里每天有9个建筑公司在施工，光塔吊就立了27个，上工最多的时候，一天达500多人……"

他还强调："为做好这一工作，不仅乡镇成立了迁建指挥部，书记或者镇长任指挥长，而且县里也有总指挥部。指挥部的人全部在迁建一线，吃住在工地，镇上还明确一名副科级干部专门负责各项手续的办理……"

这方面和东明的焦园乡、长兴集乡方式方法差不多。东明因为是就地建村台迁建，实行每个村台一个指挥长，一般由副科级以上的干部担任。指挥长要一天24小时保持电话畅通，哪里有问题，要及时沟通对接，能当即处理的当即处理，能今天处理的绝不拖到明天……

在忙碌有序的工地上，我看到十几个手握钢卷尺、计算

新村建设现场

器、测量仪等设备的技术人员，他们戴着安全帽穿行在各座大楼之间，这里瞅瞅那里看看，用同侦察兵一样的眼睛盯在各个关键环节上。指挥

部的人说："从一开始，我们就实行招标投标制、建设监理制、合同管理制……确保每个环节符合质量要求。"

这些专业技术人员都是有国家资质证的，凡事认真负责，简直是铁面无私——只要发现问题，立马处理。例如：地基处理验收不合格，不准砌墙，要重打，不留余地；墙体砌砖验收不合要求，推倒重砌，不讲情面；墙面抹灰验收不够标准，刮掉重抹；房屋竣工验收、装修验收等不合格，一样推倒重来……这使我想起左营乡指挥部同志的话："建房开始时，滩区不少会砌砖垒房的老百姓都爱到这里瞧瞧、那里看看，生怕将来的楼房质量不过关，但来着来着，发现那么多监理人员、技术人员每天都认真地检查把关，发现问题立马叫停，比自己懂得多多了，慢慢也就放心了，不来了……"

的确，百年大计，质量第一。质量是迁建工程的第一生命线，也是搬迁户们的共同心愿。所以，他们都在保证质量的前提下，结合本镇工作实际，按照时间节点、工作任务，列出时间表，倒排工期，挂图作战，全力推进……遇到特殊情况，赶快让专家参与，重点考虑办法。例如：各新村开始挖地基时，由于地质情况各异，市、县两级建筑专家多次进行现场勘察，仔细分析研究、讨论，最后决定根据不同情况，下不同量的钢筋水泥……

2019 年 4 月，我在旧城镇大邢庄村台正好碰到市委副书记、鄄城县委书记张伦同志到现场调研。在施工现场，他严肃又语重心长地说："滩区居民迁建是从根本上解决人民生命财产安全问题的重大举措，是带领滩区群众致富奔小康的必由之路，我们一定要严把质量关，实行终生问责制……要考虑 50 年、100 年的发展，考虑搬迁完后通过土地流转，发展高效农业，开发黄河沿线观光旅游等，解决群众生产生活的后顾之忧，让滩区百姓真正实现'搬得出，稳得住，能发展，可致富'，否则，我们对现在、对将来、对历史都无法交代……"

其实，关于滩区迁建，我曾和本单位上一任主席史长华座谈过，因为他不但在东明生活多年，而且 2004 年 9 月曾亲自支援东明搬迁建设，对滩区非常了解，也非常有感情。

2003 年水灾后，为了让滩区百姓彻底摆脱水患，国家决定实施移民迁建工程。当时市委、市政府举全市之力在滩外建了 6 个新村，4722 座新房，合计 21500 多人居住。在那一批住房建设中，市委、市政府要求没有滩区迁建任务的曹县、定陶、成武、单县、郓城到东明进行支援建设。当时光援建队就有 503 个，援建人员有 11000 多人……

时任成武县委常委、政法委书记的史长华，就被派到了东明。那次他作为带队领导，带着成武的其他 8 个人，组成了一个工作组，从成武调集了 4 个专业建筑队，在东明一干就是两个月。两个月里，他任组长，真是没黑没白地操心，同时把其他 8 个人的积极性也发挥得淋漓尽致——负责买砖的，负责买沙子水泥的，负责钢筋、楼板、窗户、涂料的，以及监督建设进度和严把质量关的，可谓八仙过海各显其能、各尽其责！虽然两个月下来他们都瘦了一圈，但最后评比中，他们拿了全市第一名！尤其后来，看着一户户村民欢天喜地搬进新家，作为组长的他，内心真是充满了喜悦，充满了欣慰。

史主席曾告诉我："当时的迁建现场，是数万人上阵，数千辆车出动。其他的不说，光用砖这一项，其数量之大就超出了本市的出窑口能力，其他的建材也一样需要从外地调运。迁建总指挥部的领导不得不临时去周边的濮阳市、开封市、长垣县、兰考县等地征购，同时从淄博市调运了大瓦，从济宁市梁山县调运了石灰……"

我听了心潮起伏。人多力量大！哪一次大工程、大壮举，都需要万众一心，万民齐聚，共同完成。今昔相比，大迁建道理是一样的，毕竟是集中迁建，许多施工用料需要临时调运。"临时去征购"说出来简单，但真正做的时候，有关领导和工作人员都是电话打个不停，上下沟通不断，一听到哪里有所需用料，都是连夜奔赴而去。有时为了节省时间，一天只吃两顿饭，每顿不是羊肉汤就是面条，要么啃个干烧饼，或边吃包子边赶路……

如今，在李进士堂镇指挥部里，简陋的两间房内不但放着折叠床，还放着煤气灶，灶旁边的垃圾桶里全是方便面袋……

在焦园乡8号村台上，我刚走了一段路，黑鞋、黑裤腿子就让"沙土染成白色"的了，头发上也落了一层沙土，如果开口说话，一会儿满嘴都是牙碜的感觉……

可以想象，那些天天靠在工地上的人员，寒来暑往，是怎样克服环境变化的，是怎样坚强忍耐的。

我明白自己对迁建工程了解抒写得还很不够，还有许多欠缺。我更清楚在红旗飘飘、机器隆隆、塔吊林立的工地上，在这些辛劳场面背后，还有一大批人在默默工作、默默付出……

难怪那些老艺人在自发地编词唱曲。他们在滩区生活了大半辈子，知道日子的艰难，知道岁月的"粗粝"，知道大水的无情，更知道风里来雨里去的苦涩。他们有善良的心，能体会各级领导的劳苦和对他们的关怀，能触景生情、有感而发，所以才代表广大百姓发出了那样的赞叹……

在中国共产党的领导下，在滩区大迁建和精准扶贫过程中，百姓能这样认识新村，品味新村，满意于新村，感动于新村，所有优秀党员和领导干部的倾心付出就都值了！这些，也彰显出了滩区大迁建的壮丽和辉煌！

天堂的感觉

"……自经丧乱少睡眠，长夜沾湿何由彻！安得广厦千万间，大庇天下寒士俱欢颜！风雨不动安如山。呜呼！何时眼前突兀见此屋，吾庐独破受冻死亦足！"读此诗，许多人就知道是唐代著名诗人杜甫在《茅屋为秋风所破歌》中的抒写，他那"先天下之忧而忧，后天下之乐而乐"的悲悯情怀和世情关怀，我们很容易感受到、捕捉到。诗中，他最大的愿望是让贫寒的士人住上"风雨不动安如山"的房屋。只要他们能住上，自己就是冻死、饿死也满足了！这是多么伟大的为民情怀啊！当2018年11月初，我在鄄城左营乡、李进士堂镇和旧城镇看到刚刚建好的新村时，突然想起这首诗，同时在心里说："杜甫先生，您老人家的梦想，我们今天实现了！"

需要给大家说明的是，黄河滩区大迁建包含"黄河滩区脱贫迁建工程"和"黄河滩区迁建工程"。在迁建中又分"异地迁建"和"就地建设村台迁建"。"黄河滩区异地脱贫迁建"的费用由国家发改委补贴，迁建后的绿化、建幼儿园、盖学校等可观的配套资金也由其划拨。

"黄河滩区迁建工程"一开始是国家黄委会的试点工程，因为是在河南省试点成功又相继展开的，所以百姓的迁建补贴由国家黄委会划拨，后续的配套资金由市、县两级政府投资。迁建和配套设施建设，很多时候同步进行。

在脱贫迁建中，脱贫户属于"脱贫迁建"，他们享受的政策、待遇、国家补贴很优惠、完善。例如：贫困户每人 26 平方米左右的一居室，建好、装修好，个人仅仅负责不足 2000 元，其他全是国家出资，然后拎包入住。而非贫困户属于"同步搬迁"，国家对同步搬迁的居民补贴分二期和三期，主要是二期、三期时间相隔，物价有别，但两期之间相差无几，也就是二万八九至三万元的差别。百姓有了这些补贴，购房也就不会作难了，因为搬迁房的均价没有超过 1200 元一平方米的，可谓物美价廉。

鄄城的 3 个乡镇多是"异地迁建"，省去了建设村台的时间，所以比较快，贫困户和滩区同步搬迁户在 2018 年 8 月底就入住了。乡镇的干部问我："要不要到百姓家里去看看？"虽然他们是征求意见，但从那信心满满的神态和充满成就感的表情中，我明白这项工作他们抓得很好，很得人心，他们很希望我去。由此，我也猜出了百姓的满意程度。

新村就在离镇政府不远处，里边的建筑除了单身汉的是两层的，其他都是"4＋1 式"建筑——也就是一层是车库，车库上边有四层单元楼，面积有 50 多平方米、70 多平方米和 110 多平方米的 3 种。

这个新村一共 40 多栋楼房，合计住 3000 人左右，目前正在进行绿化以及活动中心、商场等其他配套设施建设。值得一提的是，这里还为百姓在小区里建了祠堂；在幼儿园附近建了"乡村记忆博物馆"，馆里正在陈列那些有年代感的农具、旧家什、老物件等——那些老人舍不得扔的"旧东西"，那些能让子孙后代了解祖爷爷祖奶奶是怎么生活的用具。

乡村记忆博物馆就是记住"乡愁"的地方，是老村复耕后百姓寻找念想的地方……

郓城异地搬迁的新村

我们到小区的时候，靠大门的一座楼下聚了不少人，我顺便问一个70多岁的老太太："从滩区搬出来了，您老感觉怎么样？"

"呵呵，到福地了呀，你看这不和城市一样吗？"

旁边一个60多岁的接着说："不管怎么说，在滩区男孩不好找媳妇，这里有楼了，好找媳妇了……"听了这话，一个叫"发子"的年轻人小声接道："刚搬来一个多月，就有人给她儿子说媳妇了。她儿子今年30岁了……以前她整天愁得不行，如今脸上有了笑模样，看来儿媳妇快有着落了……"

30岁，在农村确实是大龄了，即便在城市里，也快属于"剩男"一列了。我怕说多了戳到老人家的痛处，赶快到旁边人多的地方。原来这里"叽叽喳喳"是在争着交车库钱。在场的正好有李进士堂镇田楼村的村支部书记，我问他："车库不是每家都有吗？怎么还在这里争争抢抢的？"

"当初是按照每家一个建的，但也有不愿意要的，也有想多要的，这些人在争人家不要的，是想要两个……"

接着他又说："凡是要两个的，一般想让老人住。其实我们一开始就想到了，那些八九十岁的老人，不愿意上楼的，可以住在车库里。你看，我们建的时候都留着卫生间、水管、灶台的地方呢……"

的确，新村的车库是按照小公寓建的，并留有两道门的结构——如果当住房用时，可以直接安装双扇玻璃门。当车库的话，有一道现成卷帘门。另外，楼间距也很大，即便冬至那天太阳也能照进车库里，老人完全可以居住。我想，当初那些嫌上楼不方便的老人们，如今通过这种形式解决，也就没什么遗憾了吧。

看着支部书记手里的单据，我又问："作为村支书，在整个迁建过程中，在与老百姓的沟通对接中，你最难忘的是什么？"

他思考了一下说："是让村民每家交1万元的'认购保证金'时，因为村民不理解，多费了不少口舌，还一个一个地解释。"

"认购保证金？"我不明所以地重复了一遍。

"就是为了有个购房、选房先后顺序，不然该搬的时候谁先挑、谁后挑？"

"哦，有道理。"

"一开始老百姓不理解，因为这次搬迁国家给每人28400元的补贴，而这里的楼房均价是每平方米1160元，如果五口或六口之家，要一套110多平方米的三居室，补贴还有剩余呢，所以不愿意交，怕到时候再给扣除了。其实这1万元的保证金，选房后连本带息一起还给他们……"

"万事开头难，啥事都有个了解和理解的过程。"旁边的村主任说。

见支书是个热心人，我提出到居民家里去看看，乡镇干部和村支书都笑着说："你想去谁家呢？你随便指吧，指哪家我们就去哪家。"

"那就去年龄大点的人家吧。"我说。

就这样，我们走进彭济浮和张秋兰老两口家。老两口同龄，都86岁了，耳不聋，眼不花，背不驼，说话嗓音仍然亮亮的，吐字也很清楚。村支书敲开门说："到你们家看看哩。"

"来呗，我这从要饭开始，混到天堂了。"没想到张秋兰老人第一句话就这样说。当时我还没走进屋里，就听到她充满笑声的话语，可见是个直爽、乐观、健谈的老人。

"一看您就是个有福的人，怎么还要过饭啊？"进门后我直接问。

"刚结婚那年，收麦不久就赶上了发大水。水都漫到院子里了，我还从水里捞麦粒呢，哭着用两手不停地捞……水越来越大，再不走就没命了，只好撑着小船离开。那一次发大水，让我们过了几个月要饭的日子。"老人说这话的时候乐呵呵的，好像在说电视上的桥段。这让我有些诧异，村支书看出了我的意思，说："在滩区住的老人，谁都经历过几次大水，没要过饭的很少，他们都已经见怪不怪了，何况现在这么幸福。"

也对，幸福是很容易冲淡一切伤痛的。

"我要过好几次饭呢。生下俺大儿那一年，黄河上凌（结冰）的季节，我抱着孩子，沿着大河冰凌走了一天才走到一个村庄里……"老人依然笑呵呵地说，依然不像在讲自己的故事。

我不愿让她一个劲地回忆伤心往事，赶快转移话题说："大爷没您健谈，大爷有点内向。"因为从我进屋，大爷只让了一次"喝水吧"，就再没吭声。

"他才不内向呢，年轻时一天天地往外跑，哪里热闹往哪里去……他拉弦唱戏都会，要不让他给你唱段碰歌吧，他唱得可好了……"最后，老人看着丈夫的脸，笑呵呵地说。

"没想到还有意外收获，还有文艺节目等着啊。"我这样一说，大家都哈哈地笑了。

"唱吧，你唱一首。"老太太见丈夫没马上应承，用胳膊肘轻轻碰了一下丈夫。我暗暗赞叹他们之间的和谐以及老太太开朗、爽直的性格，同时我也发现她对同甘共苦的丈夫的爱和赏识。

"啥叫'硪歌'？我还没听过呢。"

"硪是夯的延续。夯更早一些，起源于原始社会。夯有把手，硪没有。"大爷认真地解释。

哦，我小时候倒见过夯，是盖房子打地基用的，一般是高80厘米、直径40厘米的圆柱体石头，中间有个半米长的木把手。记得"打夯"至少要5个人拉，也有7个人或9个人拉的。夯把式就是握木把手的那个人，也叫作"夯头"，相当于舵手，是掌握平衡的。大爷说的"硪"没把手，一般是直径40厘米的椭圆形石头，周围有一些小洞眼，一是拴绳子用，二是可以插上五颜六色的小旗子作为点缀。这一带也有铁硪。铁硪更重一些，最少7个人拉着打。

"你赶快唱几句，让闺女听听。"大娘再次催促老大爷。她是真想让大爷展示展示才艺。不难看出，她以此为骄傲。

可能因为人多，也可能因为环境不适合，或者大爷还没做好心理准备，反正他看上去有几分不好意思。

我忽然想起小时候在老家听过的夯歌。我二大爷就是村里的夯把式。有一年我家盖房子，用夯打地基，二大爷领唱："八月里呀，荞麦花呀，铃铛相衬一溜莲花。九月里呀，菊花开呀，严霜打死一溜莲花……"夯歌唱的时候押韵。记得二大爷领唱一句，其他拉夯的人就集体大声配音："嗨呀喂呀，嗨呀嗨呀嗨呀，嗨呀喂呀嗨呀……"男人们高亢浑厚的声音在小村上空久久盘旋，直抵人心。

我充满期待地对大爷说："您老唱一首吧，我可想听了。"

"你大爷唱得可好了！年轻时我们一家老少全指望他这门技艺吃饭哩。"大娘果然以此为荣，再次向我夸耀。

于是大爷唱起来："有敬德，骑白马，跨海征东呀……有吕布，戏貂蝉，天配姻缘呀……"

"他唱的时候，其他拉碓的人配'嗨嗨依嘛吆啊，呀咳咳依吆啊'……"大爷刚唱完，大娘就向我进一步解释。

"你大爷还会现编现唱呢。老头子，你再唱一段自编的吧……"她轻轻拉一下大爷的衣襟，又一次鼓动。在当初的生活境况下，看来大爷通过唱碓歌养家这件事一直温暖着大娘的心。

大爷这次来了精神，挺挺胸唱起来："同志们呐，加把劲呀！"

（众人回应："加把劲呀！哟嗬嗨！"）

"角角棱棱要打到呀！"

（众人回应："知道了呀，哟嗬嗨嗨！"）

这次大爷每唱一句，还给我解释一句拉碓的众人怎么回应。他的话匣子终于打开了，说："那时候，每年冬天要修护黄河大堤，我的团队年年得第一。大堤虽然有坡度，但一碓一碓打过去，印迹横成行，竖成行，斜着也成行……我们的碓上插满了小红旗……"

"因为打得好，他一天能挣半布袋粮食呢，够我们娘几个吃的了。"大娘不失时机地在一旁夸赞。

老两口有四个儿女，和他们同一个小区居住的有两个，在外地上班的有两个，可谓老来有福。

在东明长兴集 7 号新村，居民的生活状态也很安逸美满。7 号新村也就是"竹林新村"。说起竹林新村，这里边还有些渊源。2003 年洪水过后，水利部黄河水利委员会就提出建筑一个大大的台子，像航空母舰一样，当然比航空母舰还要大，让老百姓都搬到高台上，即使发大水也能免受其害。于是，2004 年就在长兴集乡竹林村作为试点选址，通过从黄河抽水淤沙筑建了一个占地 800 亩的村台。

竹林新村是按照每家每户 0.33 亩的占地面积分给老百姓自建的，也就是老村拆了房屋，自己在新村建设。虽然是自建，但一律二层楼设计，高度、外部颜色等都统一，不过房内设计个性化，可以按照自家人口多少设计开间大小……

竹林新村迁建完后，下水道、卫生站、学校、幼儿园、党员活动室、农家书屋、商店等，各种配套设施也逐步建了起来。在新村的一条胡同里，我遇到一个在门口看孩子的少妇。她白白的，透着几分秀气，而且穿着干净时尚。我装作路过的，说："大妹妹，想讨杯水喝行吗？"

"行，怎么不行啊，两杯都行，管够。"她和气地说，接着到屋里给我倒水。

"你搬到这里几年了？"我一边在院子里观看，一边问。小院虽然不大，但干净整洁，还有几盆花草作为点缀。

"5 年了，从一结婚就在这里。"

"住着还行吧？"

"好着呢，可比那些村好多了。"她随便向远方的小村庄一指，满脸的优越感。

"怎么好法？"

"你看俺这多干净，无论是大街道还是小胡同，都是水泥路，胡同里几家一个垃圾桶，每天清晨都有环卫工统一清除，和城市里一样。他们那些村能比吗？那些村逢到下雨，村街泥泞不堪，一出门两脚泥，弄得半条腿都是湿的，脏死了！他们哪家屋门口不是雨靴连成片？而我们早就不用穿雨靴了，那玩意到底土……"

"这样说，还是搬了好！可我心里正纠结着呢，总舍不得搬。"

"你？你是哪村的？"她上下打量我，很疑惑。

"就是那个村的。村台都建好了，建房搬家还不快吗？"我故意向她刚才指的方向一划拉。

"看你也像个明白人啊，怎么思想观点跟不上啊！现在我没听说谁不想搬的，除非八九十岁的老人……"经她这样一说，我差点笑出来，看来我蒙混过关了。

"主要是住惯了，还有点穷家难舍！"我故意说。

"穷家有啥难舍的？俗话说：'人往高处走，水往低处流。'人家有钱的都到城里买楼房了，你还恋着穷家，脑子没毛病吧！"她直白又果断，我倒难为情起来。好在她没多注意我，继续说："像村里这些大商场啦、大舞台啦、大饭店啦暂且不说，但就为了孩子上学也得搬。你看新村有幼儿园，有完小，孩子根本不用接送。而老村的学校也就两排瓦房、两个老师，孩子到三四年级的时候就得往几里远的地方去读书，风里来雨里去的遭罪不说，关键是教学质量不行啊。你看新村，今年幼儿园又来了两个大学生呢，小学里来了七八个……"

的确，滩区迁建工程后期的配套设施投资很大，很多小学的础设施甚至比县城的还好，后来居上嘛！像左营乡中学，已经成为山东艺术学院的活动基地，还有占地30亩的幼儿园、小学都已盖好投入使用，基础设施是全市最好的……

东明竹林新村

在此，我还想让大家了解一下老村的现状。迁建前的老村，虽然很多人家房屋地基很高，但不是家家高，主要是有实力的人家建得高，而地势洼的还占大多数，尤其是胡同，就是一条条深浅不一的沟壑。话又说回来，即便每家每户房台一样高，胡同也是低的，街道也是低的，大水一来，一户户仍旧像一个个孤岛，被困在那里，邻里之间根本没办法施援互救。

这些年，滩区村里建"房台"一年一个样，一年比一年高——前后院邻居，今年这家刚盖完，明年前面的那家再翻盖时，垫的房台就比去年那家高，这是一种攀比心理。这样一是激发了邻居之间的矛盾，二是小村慢慢变得高低不平，胡同两边都成了斜坡，一下雨就往低的人家流……

另外，村里的房子最大的特点是"房台都比房子高"。什么意思？

就是千百年来，村里建房子都是先垫房台。在滩区，房台的高度 4～6 米不等，像房子盖得早的，房台一般在 4 米多。发展到后来，房台都垫到 6 米多，比最外边的防洪大堤都高，而我们一般的房屋高度也就 3 米多。由此可见，在滩区建设一个房台的难度有多大！

有老村人说，近些年一发大水，村民不向堤外跑，都是向家里跑，等水淹没了门槛，再驾着小船往外走。正是家家比着建房台，所以老村的房子不但有好有差，房台也有高有矮，使整个村庄看上去参差不齐，新旧交叉，甚是难看。如今国家从长远入手，把百姓想到的，没想到的，希望的，甚至奢望的，都考虑进去了，百姓能不高兴吗？能不笑逐颜开吗？

体现一个国家的繁荣昌盛，主要是看最底层。如果最底层的百姓富足了、快乐了、幸福指数提高了，那就是真的盛世。这些我是真真切切地体会到了。

机器隆隆复耕忙

小区建好了，百姓们都搬迁到楼上了，那老村的房屋就该扒了。扒完，处理干净，接着就是复耕。

老村的复耕，也许是大迁建中最简单的一件事。试想，把房屋扒了，把地推平，然后该种什么种什么，不就完了？其实不然。左营乡的管区书记王保平曾笑着说："哪有那么简单。复耕也得符合要求，质量也得达标。我们每一个老村复耕，'村民迁建自治委员会'的人都得天天跟着，质量监理会的人也得跟着，还有像我这样的管区书记、乡镇拆迁指挥部的人，也得经常调度……"我听了有点蒙，想象力又受到挑战。古人云"人生处处皆学问"，果真不假！只要不亲力亲为，不身在其中，就很难把握事情的繁简难易。

这里的复耕现场果然有点出乎意料，没有想象的"断壁残垣、满目疮痍"。很多老宅基地上，连一尺高的砖垛子都没有；地上也没留下大的砖头、瓦片，像旧窗户、梁椽、破桌子、烂板凳等，更是没有；手脖粗的短棍没见几根，完全不像城市里旧城改造时的狼藉一片……

我禁不住说："这比城里的场面让人舒服多了。"

王保平书记说："村人搬到楼上后，给他们一个多月的时间把老屋处理好。说实话，新村刚刚建好，附近县的、河北、河南的一些人，都跑来认购废料。农村人比较会过日子，一向精打细算惯了，废料回收是他们的拿手戏，所以拆除时都比较小心，都是这边拆那边直接装车。其实不到一个月，老宅基上能卖的、能处理的……都让他们一星一点地转换了。前些日子，天天有几十辆外地的货车向外拉东西……"

"大点的半头砖也能卖钱？我看三分之二大的砖头都没剩下，以及棍棍棒棒什么的。"

"大半头砖一样能卖钱，就是便宜点，买回去垒个厕所啦、鸭棚啦，或者铺地什么的，都不错；像棍棍棒棒的大多让板厂买走了，他们可以进行再加工，最后做成压缩板；板厂不要的肥料厂要，他们粉碎后做成花肥或者营养钵、育种床……"

"能回收利用是件大好事，起码节省了资源，老百姓也能多收入点。"我说。

王书记点头称是，又道："这次老百姓搬得比较快，也都挺高兴，一是国家补偿本来就多；二是居住条件从滩区一下子到了小城镇，有质的飞跃；三是老村的房子比预期的收益大……"

我们边说边向里走，在村庄的另一头，隆隆的机器声震天响——挖掘机、推土机、铲车、运输车，咔咔嚓嚓、呼呼隆隆；车转斗翻，来来往往，忙而不乱……

王书记说："一般的自然村进行复耕时，每天有 6 台大挖掘机、7 台大推土机、30 多辆运输车、20 多辆小铲车……如果是大村，派出的机器还要多。这些都是通过提前招标招来的。复耕一开始，'复耕公司'先在'村头荒'处挖一个几十米深、几十米长的大坑，然后把每家每户的建筑垃圾运到坑里埋上，埋的深度要在地面 30 米以下。这是有严格要求的，埋的时候监理会的技术人员会跟着监督、测量……"

看来，"复耕"二字写起来简单，光埋建筑垃圾这一项就得通过几道程序——用挖掘机挖坑、用推土机把垃圾推成堆，然后装车、运输、封埋、轧实……又因为每家每户的小房台不一样高，尤其是胡同，在两边的房台之间基本就是深沟，等村民的小房台一家一户收拾干净了，要根据图纸上的细节标注，进行挖、铲、推等环节。在推平过程中，有的要求老村台的台面完全是平的，但村台和村头荒之间要保持一定的高度，以便今后打造"旅游观光村台"或种植果树等怕淹的植物用。所以，监理会的人每见一处干完，都会跑过去测量、记录。不合格的，翻工重来，毫不留情。

有的村台在推平过程中，虽然要求台面不一定四平，但最高的地方不能超过多少，最低的地方不能低于多少，有坡度的要逐渐斜下去，倾斜的角度是多少，具体缓冲多少米等，也都有要求。不然，影响下一步种庄稼。细想想，村台高 4～6 米，一点点地推得和地面差不多，着实不容易，何况还有那么多胡同。例如：仅一条胡同推、挖起来，有时候

126

要 3 台机器同时作业……

总之，多长时间复耕一个村，每个村复耕后的标准，都有合同，都有图纸，无论时间和质量都要一一遵守，不得有任何偏差！

在复耕的老村中，小村庄一般占地 300 亩左右，大村庄一般五六百亩。不管村庄大小，复耕时间都不会超过一个月，基本定

机器复耕现场

在 20～30 天，可谓时间紧、任务重，所以"复耕公司"每天派出七八十辆机器，200 多人上阵，活脱脱一个激烈的复耕战场……

王保平书记指着在台面工作的机器说："复耕好的土地属于村集体所有，然后承包出去，承包费除了用于村里的公用设施维护、村委办公等，剩余的全部分给村民……"

那天在复耕现场，最让我难忘的一幕是：隆隆的复耕现场外围站着一些村民，他们都眼巴巴地看着忙碌的推土机、运输车，看着慢慢消失的村庄和逐渐归于平地的村台，擦眼抹泪……

我问其中一个满头白发、长相富态的大爷："心里难过，是不是？"

听我这样一说，他反而破涕为笑了，道："说不出来的滋味。要说心里难过吧，新家窗明几净，一切都是现代化的东西，比以前任何时候都好。要说不难过吧，祖祖辈辈生活过的小村已经几百年了，如今说没

就没了……"

工地上一个拿测量仪的技术员也加入我们的谈话，说："第一天进行复耕时，几乎家家户户都来了人，他们站在那里一会儿哭一会儿笑的，就是不愿意散去，有的还比画着嚷嚷：这个推土机推的是俺家的房台，那个推的是你家的……说实话，村庄就这样渐渐消失，我心里也很失落。"

是啊，虽然他们今后的住处越发好了，出路更加多了，日子更有奔头、盼头了，但小村毕竟有几百年的历史。刚才那个老人说，他们是明朝洪武年间从山西洪洞县老鸹窝搬迁来的。为了证明自己说得对，还专门脱下鞋来让我看。他蹲在那里，指着自己的小脚趾说："凡是小脚趾上有一大一小两个趾甲盖的，都是山西老鸹窝移民过来的，这是基因标志……"

"我知道，大爷。我看过村志，以前也听老人讲过。我的小脚趾上也有一大一小两个趾甲盖，咱都是老鸹窝人的后裔……"我安慰他。这一带确实百分之九十的人是那个时候移民过来的。难怪天天有人来，难怪一个个都擦眼抹泪的。就像老人说的，他们在这里繁衍生息了 20 多代，这里是他们的胞衣之地啊，是他们生命和精神的栖息地！如今说复耕，从拆开始也不过两个月，全部归于平地，接着会很快种上庄稼。等庄稼长出来，此处和其他田野一样，犹如小村从来没存在过似的。

"好在你们搬得并不远，地也仍然是你们自己村的！"我又安慰道。对方点点头，眉头舒展了许多。

其实，别说他们了，我都有些触景生情，他们心里当然更会恋恋不舍，会悲喜交加、感慨万千！所以，他们要来说声"再见"，要来做个告别，要亲眼看着小村渐行渐远……

他们这次和小村说声"再见"，以后就再也见不到了！

技术员最后还说："第一天，有的年轻人在这里放起了烟花和爆竹，有的唱起了歌儿……"

年轻人虽然情绪转变得快，心情平复得快，但仪式感强，他们通过烟花和爆竹让心灵来一场欢送和喜迎，用歌声畅想未来。随着烟花的绽放，爆竹的震天响和高亢的歌声，他们会让自己即刻出发，向更加美好的明天迈步……

为民情怀暖人心

圆百姓的安居梦，到2020年全部完成。在这项浩大的工程推进中，不仅是基层领导辛苦，省、市领导更是关怀备至，心心念念想着要把滩区迁建工作抓好、干好！省委书记刘家义上任伊始（2017年4月上任），先向分管领导了解情况，接下来就于2017年5月6日上午，到菏泽市东明县黄河滩区调研。他先后考察了东明、鄄城和牡丹区的村台建设，走访了一些滩区老百姓……

刘书记到东明长兴集乡找营村后，走进村民马秋林、刘俊涛家中，不但认真细致地察看了住房和生活状况，还亲切地询问他们的家庭情况，关心他们的土地耕种、农作物及其他家庭收入等，问有没有什么副业，鼓励他们通过多种渠道致富，还问他们愿不愿意搬迁。后来，刘书记微笑着和他们畅谈未来，憧憬新家园梦想……

在焦园乡8号村台建设施工现场，刘书记耐心听取了情况汇报，现场查看项目施工进展，深入了解搬迁安置人口数量、村台防洪效果施工周期等。最后他强调："只有安居才能乐业，要积极做好脱贫迁建工作，让群众都能住进既安全又设施完善的新村，切实改善群众生产生活条件。尤其黄河滩区村台建设项目是民心工程，务必把质量放在第一位，统一规划建设村台，确保人民群众生命财产安全……"

在长兴集7号村台，刘家义书记又详细询问了村台建设资金、村民负担比例、享受国家政策补贴等情况，要求有关部门学习重庆"地票"制度经验，为村台建设提供资金保障……

重庆"地票"制度，即2008年重庆报经中央同意，成立农村土地交易所，启动的地票交易试点制度。我国国情决定了必须实行最严格的耕地保护制度。"将农村闲置的宅基地及其附属设施用地、乡镇企业用地、公共设施用地等集体建设用地复垦为耕地，无疑会盘活农村建设用地存量，增加耕地数量。按照我国土地用途管制制度和城乡建设用地增减挂钩、耕地占补平衡的要求，增加的耕地数量就可以作为国家建设用地新增的指标。这个指标除优先保障农村建设发展外，节余部分就形成了地票。按照增减挂钩政策，地票与国家下达的年度新增建设用地指标具有相同功能。通过交易，获得地票者就可以在重庆市域内申请将符合城乡总体规划和土地利用规划的农用地征转为国有建设用地。"

务实的刘家义书记走访了一上午，不顾劳累，下午就主持召开了"脱贫迁建工作座谈会"。会上他语重心长的讲话让人倍感亲切、备受鼓舞。

刘书记强调：一是要进一步统一思想、提高认识。解决黄河滩区的迁建问题，让老百姓早日脱贫致富，这事关党中央利民惠民政策能否落到实处，事关滩区群众及早摆脱"三年攒钱、三年垫台、三年建房、三年还账"的恶性循环。二是要搞好迁建、安居和乐业工作。乐业是个发展问题，省、市、县要加强领导，综合统筹，把迁建与长远发展结合起来，与脱贫致富乐业结合起来，考虑20年、30年以后的发展空间。三是省直部门要加大资金和土地等要素的支持。在积极向国家部委争取政策支持的同时，还要加强省直有关部门和各市县乡村的协调配合，统筹解决，加快进度，提高效率。尤其在资金方面，不增加市、县财政压力，具体筹集办法由省财政厅牵头，拿出实施意见……

山东省委书记刘家义和原市委书记孙爱军在考察。

最后刘书记还说："要把今天调研的情况及研究的初步意见，形成一个总结报告，交给龚正同志向李克强总理做好汇报……"

刘书记在菏泽考察完回省委以后，在 2017 年 6 月 13 日召开的中国共产党山东省第十一次代表大会上又提出："2020 年底前全面完成黄河滩区 60 万群众脱贫与迁建工作，统筹推进对口支援、东西部扶贫协作和省内扶贫协作……打赢脱贫攻坚战是重大政治任务，是我们对全省人民的庄严承诺，必须以更大决心、更大力度如期实现这一目标，确保脱贫得到群众认可，经得起历史检验，小康路上决不能让一个人掉队！"

刘书记对滩区百姓的关心和关爱，对迁建工作的具体安排、部署，不仅为下一步的工作指明了方向，明确了目标，树立了信心，更让市县领导备受激励和鼓舞，菏泽市的领导更是齐心协力埋头苦干，极力把滩区迁建工作向前推进。2017年5月15日，时任菏泽市委书记孙爱军就在菏泽黄河滩区脱贫迁建工程启动仪式上讲："实施黄河滩区脱贫迁建工程，是从根本上解决滩区群众脱贫问题的唯一出路，是我们的政治责任、历史责任和感情责任，有关县区、乡镇和部门一定要切实增强政治意识、大局意识和责任意识，勇于担当、积极作为，克难攻坚、扎实工作，确保如期完成滩区脱贫迁建任务。要注重工程质量和标准，坚持统一设计、统一招标、统一建设、统一监理、统一验收，努力打造百年工程、精品工程。在推进滩区迁建工作的同时，积极引导群众发展特色养殖、乡村旅游、农产品加工等富民产业，加大扶贫车间建设力度，增强滩区群众脱贫致富能力，实现'边迁建、边脱贫'。"

3天后，也就是2017年5月18日，孙爱军书记又参加了全市黄河滩区脱贫迁建领导小组第五次会议。会上他提出三点要求：一要提高思想认识，二要提高规划建设标准，三要抓好脱贫攻坚工作。他说："有关县区、市直部门一定要深刻认识到做好滩区脱贫迁建工作的现实意义、历史意义，把做好这项工作作为牢固树立'四个意识'特别是看齐意识的重要体现，作为一项不容任何闪失的政治任务，坚决打赢这场硬仗……迁建不是目的，脱贫才是根本。要坚持迁建和脱贫同步进行，不能等滩区群众乔迁新居后再研究脱贫问题。当然，迁建本身也是脱贫的一个重要途径，如不实施迁建，滩区群众仍然走不出因房致贫、因房返贫的怪圈。要按照'同步实施迁建、安居和乐业'的要求，切实抓好滩区产业发展，让滩区群众实现边迁建、边脱贫。"

省委书记刘家义和原市委书记孙爱军在东明调研。

在这次会议上，说到具体规划建设标准时，他说："村台建设是百年大计，机会只有一次。做好黄河滩区脱贫迁建工作，必须有一个好的规划作引领。规划必须突出前瞻性、科学性、可行性，坚持整体设计、统筹谋划，加强协调，眼界要宽一点、眼光要远一些，既要立足实际解决当前问题，又要为未来留下一定的空间，这两点都很重要。户型设计要充分考虑群众的需求。要从迁建群众自身条件出发，考虑群众家庭结构、人口状况，在户型设计、面积大小等方面征求群众意见，分门别类帮群众设计好用、好住的房子，不能建得'千房一面'。对家里人口少、经济条件差的，可以规划设计平房院落；对鳏寡孤独老人，可以安置到老年公寓居住；对想要增加居住面积的，要采取经济手段加以控制，既要满足居住需要，又要避免出现群众之间的攀比，增加群众负担。还要规划好基础设施和公共服务设施。村台建设要按照新型社区的标准要求，配套完善基础设施和公共服务设施，对于卫生室、社区服务、商贸文体设施和生活垃圾、污水处理设施都要统筹规划建设，让群众享受现代文明生活方式。要通过脱贫迁建把村集体经济发展起来，把村党支部建设好。学校规划建设要有前瞻性，要考虑到未来人口增长，为今后留有余地。要与美丽乡村建设相结合。规划要坚持与村庄特色、旅游资源结合起来，利用好特色乡镇、美丽乡村的理念，规划设计生态观光游、休闲度假游、文化主题游等特色旅游景点，打造一批我市黄河滩区沿线的新亮点，促进美丽乡村建设……"

孙爱军书记的这次讲话可谓字字点到了要害处，句句说到了关键上。他之所以能这样详尽细致地把握滩区的地形地貌和土壤结构，能了解滩区的发展现状、百姓的生活和精神诉求，源于他一次又一次去滩区深入调研。两年多来，他不分春夏秋冬，不顾严寒酷暑，去了多少次大家已经记不清了，可以说他每时每刻都关心着滩区的百姓，牵挂着迁建的进程。

2019年2月2日，虽然已经是农历的腊月二十八，虽然各家各户在忙着过大年，但他为了带领大家更好地贯彻落实全省推进黄河滩区脱贫迁建专项小组会议精神和龚正省长的重要讲话精神，调度全市滩区迁建工作进展情况，安排部署下步的工作，又在东明县组织召开了"全市黄河滩区迁建工作座谈会"。这次，他细心地察看了东明县长兴集乡1号村台建设现场。正是寒冬，北风凛冽地刮着，滩区的尘沙随风而起，一次又一次落在他的头发上、脖子里，他的眼镜片也一次又一次地模糊起来，但他避开风头擦拭一下，继续前行……

作为菏泽市市长的陈平同志，2018年4月3日到菏泽任职，4月6日就去东明、鄄城滩区实地调研。在现场，他强调："要精心谋划好黄河滩区脱贫迁建蓝图，根据实际情况分类迁建，发展多种产业促进脱贫致富……"

在东明县焦园乡1号村台、长兴集乡8号村台施工现场，陈平市长听取了迁建工作情况汇报，实地察看了村台建设进展，详细了解工作中存在的问题，对下一步工作提出明确要求："黄河滩区脱贫迁建是一项重大的民生工程，社会关注程度高，要切实提高政治站位，坚持科学谋划、加快推进，确保如期完成脱贫迁建任务。尤其要把握关键环节，紧盯时间节点，强化工作协调，有效破解难题，全力加快工程建设进度。同时要结合滩区实际，依托资源优势，因地制宜搞好产业发展规划，与乡村振兴战略结合起来，大力发展特色旅游业和'一村一品，一台一韵'绿色产业，带动滩区群众脱贫致富……"

在鄄城县李进士堂镇外迁社区和旧城镇大邢庄村台建设现场，他先是听取了工作汇报，接着指出："黄河滩区居民搬迁到新型社区，是从传统生产生活方式向城镇化生产生活方式的巨大转变，要妥善解决群众搬迁后的生产生活和就业问题，加快土地流转步伐，就地发展扶贫产业，让群众就地、就近实现稳定收入，实现居住条件和产业发展双提升……"

听市政府的几个秘书长说，一年多来，陈平市长到滩区调研过多少次，他们已经记不清了。反正，每次他都是那么认真细致，每次都以民为本来要求基层的干部把工作做到实处。

陈平市长在滩区调研。

更令人赞叹的是，关于村台建设，哪个县有几个村台，这些村台分别在哪个乡镇，每个村台的进展情况，他都了如指掌。有一次他在会上说："……希望东明有关部门的主要负责同志高度重视，紧扣时间节点，倒排工期，统筹安排好供电线路架设、抽沙管线布置、船只运输安装、村台占地清障等工作，多上设备、多投人员，加快施工进度，确保按既定时间完成任务……"作为一个市级领导，他能说得这样具体、细致，不难看出，他对工作中的问题、建设中需要的环节和程序，包括哪个环节应该怎样做、需要什么设备、需要多少人等，都摸得一清二楚。清楚的背后当然是付出，是极高的自我要求。他那么忙，每天面对的是全市各个方面的工作，如果没有一腔为民情怀，没有务实扎实的工作作风，又怎能做到这样细致入微呢？

菏泽市委书记张新文到滩区考察。

2019 年 7 月 30 日上任的市委书记张新文同志，上任伊始先听了牡丹区、东明县、鄄城县和市发改委、市住建局、市自然资源和规划局的工作汇报，肯定了大家的付出，肯定了两年来取得的丰硕成绩。8 月初他就到各县区进行调研，调研中指出："黄河滩区脱贫迁建仍然是我市打赢脱贫攻坚战的头号工程，是全面完成脱贫任务中最难啃的'硬骨头'，我们一定要提高政治站位，深刻认识做好滩区脱贫迁建工作的现实意义、时代意义、历史意义，把黄河滩区迁建工作作为一项不容有任何闪失的政治任务，政策再聚焦、措施再具体、投入再增加、责任再夯实，确保脱贫迁建工作按照既定规划有效稳妥推进……"同时他强调："百年安居梦，质量是前提。大家一定要时刻绷紧质量这根弦，牢固树立质量第一、安全至上的观念。滩区迁建工作必须经得起历史检验，工程质量出了问题要终身问责……"

调研中他还讲道："我市滩区迁建涉及人口 14.8 万，规划建设 28 个村台、6 个外迁社区，是全省黄河滩区居民迁建的主战场。从现在到 2020 年完成脱贫迁建任务，还有不到两年时间，目前正是我们齐心协力发起总攻的时候，但工作中存在一些问题，我们要坚信'办法总比困难多'，不论多大的困难，都要勇于担当、积极面对，想方设法解决，决不能因此影响整体进度……"

其实，刚上任的张新文书记调研的不仅仅是滩区迁建工作，他还去郓城、单县、巨野部分乡镇、企业、项目建设现场等深入了解新型城镇化建设和企业发展情况，并强调指出：一定要坚持以党建为引领，

张新文书记到企业调研。

持续巩固脱贫攻坚质量，因地制宜抓好新型农村社区建设，体现特色的乡村振兴路子……

从历届市委、市政府领导锐意进取、踏实务实的工作作风和超强的执行力中，我们不难看出他们对百姓的那份爱、那份关注、那份关怀和暖暖的温情。也正因为此，在我几个月的采访中，不少百姓和基层干部提到上级有关领导，言谈话语里都充满尊敬和感激。

干群关系是相互的，因为领导们每次到滩区调研，见到百姓都是轻声细语地说话、亲切平和地交流、细致入微地关心，让百姓没有畏惧感，没有距离感，所以百姓回报他们的也是亲切平和，也是满满的爱和一往情深。

第四章

第一书记在乡村

挂帅的 "穆桂英"

2017 年 2 月初的那场大雪还未消融，天空又飘起细碎的雪粒，一阵接一阵的北风吹在脸上冷冷的疼疼的。虽然齐鲁大地仍处在千里冰封的严寒时节，但孔静珣书记丝毫没有在意天气的恶劣，毅然带着省检察院、教育厅、文化厅、财金集团、医科院、农工院、中铁十四局的 26 名同志浩浩荡荡地出发了。他们要到离省城 200 多公里的郓城县"抓党建，促扶贫"。26 名同志分别被分到郓城县城北的 4 个偏僻乡镇，到 26 个行政村里任第一书记，用两年的时间帮助当地老百姓脱贫，并带领一部分百姓先致富。这天是 2017 年 2 月 14 日，西方的情人节。在这样一个日子里离开省城，离开家，离开父母、孩子和爱人，难怪有些同志的妻子调侃出发的丈夫："你去帮扶村里的留守妇女和儿童，我和孩子却成留守的了。"话虽调侃，但道出她们心中浓浓的爱恋与不舍。

队伍出发时，有人形容孔静珣书记是挂帅的"穆桂英"。的确，她和穆桂英挂帅时一样，都是到了知天命之年，而且 27 个人中就她一个女同志，但我感觉，她此次"挂帅上阵"比穆桂英 53 岁攻打安王那一战还要难。要知道，穆桂英是行伍出身，且在自己熟悉的领域挂帅，而孔静珣是从山东省妇联妇女儿童工作委员会办公室调到郓城县任县委常委、副书记。她这一角色的转变，挂的是"脱贫攻坚战"的帅。作为专职副主任，妇女儿童工作一直是她的"拿手好戏"，多年来突出的工作成绩也验证了这一点；尤其在2016年，她还受到李克强总理的接见。但是，出生在知识分子家庭的她，从小生活在城里的她，对农村工作是陌生的，是有距离的。好在她一直信奉"办法总比困难多"。正是因为有了对这个信条的坚守，她毅然决然地"拿起帅印"带队出发了。为了进一步树立大家的信心，也给自己加油，她先是带领大家到临沂大学学习了一周，深切地感受了"爱党爱军、开拓奋进、艰苦创业、无私奉献的沂蒙精神"。受到洗礼的他们，临行前在革命烈士纪念碑前集体宣誓。宣誓中，很多同志热血沸腾、热泪盈眶，她也热泪盈眶、心绪振奋。于是，一队充满激情与豪情、充满人文关怀和世情关怀的第一书记向郓城县出发了。

第一书记们到临沂学习沂蒙精神。

从省城到偏僻的黄河滩区乡村，人生地不熟，困难肯定多，困难多多，那就"拼多多"。"如果没有困难，还让我们来任第一书记干什么？"在我和孔静珣书记的第一次交谈中，她就坚定而自信地这样说。她还说："我喜欢困难，因为困难能激发人的潜能，让人找到思路，让人创新，而且战胜困难的过程让我信心满满、热情满满，更让我有成就感。"

是的，孔书记给我的第一印象是干脆利索、热情豪爽，有思想，有条理，有担当，还有亲和力；尤其她那爽朗的笑声，是那样干净和富有感染力，让人不由自主地想和她亲近。及至和她接触，她那淡然、坚定、豁达、自信、大气的特质又豁然而出。我开玩笑说："您不像济南人，倒像我们郓城人，有'水浒文化'遗风。"她开心地笑了，说："我感觉自己也是郓城人。现在我往来于济郓之间，常常说'回郓城，去济南'。这分明是自许为郓城人啊！而且，我也特别喜欢这里。郓城人热情、善良、团结、不排外，让人很容易融入他们中。我真不知道两年后当我离开郓城时心里会多么失落和不舍。"就这样，我和孔书记很自然地聊开了，犹如多年的老朋友，没有一点距离感。

经典的 "第一书记喊你回家"

谈到工作，孔书记说："来到郓城，到村里走访了几天后，我发现村里全是三八（妇女）、九九（重阳老人）、六一（儿童）部队。也就是说，村里都是些留守妇女、儿童和老人。走在村里，我最大的感触就是'缺人'，60 岁的老人就算年轻的了。这很出乎我们的意料。想干事就得先有能干事的人，没有人怎么干？这个境况让我陷入了深深的思考。在思考中我想到了国家正倡导的'返乡创业'。返乡创业是这个时期农村经济发展的需要。走访中我还发现老百姓大多不了解政策。他们不了解，我们就重新给他们讲，让他们知道。问题是，光村里现有的人员知道还不行，要想脱贫致富、发展振兴，就必须让那些有想法、有谋略、有见识、有热情、有干劲的人知道，让那些想干事、能干事、会干事、干成事的人尽快回到村里来，回到自己的家乡故土，用智慧结合党的好政策发展创业，带头致富……"

因为走访中遇到的问题和感触，一个大胆的想法在她心中滋生——"第一书记喊你回家"。

当这个想法首次在第一书记临时党支部会上提出时，不少书记产生了质疑，有的甚至反对。其中几个说："有想法、有见识、有干劲、能干事、会干事、干成事的，谁愿意回来？"

"是啊，他们在外地干得好好的，不可能回来！何况对城市的向往、对美好生活的向往是游子孜孜不倦的追求。这些人在城里增长了见识，开阔了视野，吸收了新鲜事物，怎么可能还愿意回到贫穷落后的乡村？"另外几个书记跟着附和，纷纷提出自己的顾虑、看法和理由。

孔书记耐心地分析："这不矛盾。我们每个人都对美好生活充满了向往。作为一个常年在外的游子，他走在城市的马路上，每到夜晚看着闪烁的霓虹灯，看着其乐融融的城里人，内心最想的还是和家人团聚，还有对家人的那份牵挂、对浓浓亲情的留恋与不舍。他们仍想给老人一份天伦之乐，让老人安享晚年；想给孩子一个良好、温暖、有爸妈陪伴的成长环境……"

孔书记坚信，生养自己的故乡之于游子，永远都有相当的分量，犹如风筝，那根线是从家乡扯出去的。接着，孔书记又启发式地说："大家想想，是不是这样？"

会议室里一片寂静，有几个人看着窗外沉思。外边的阳光和煦明亮，偶尔有几只小鸟飞过窗棂。正是"草色遥看近却无，绝胜烟柳满皇都"的初春，这景致也彰显了"最是一年春好处"。是啊，春天是万物生发的时节，他们既然有了这个想法，为什么不试一试呢？为什么不让它"生发"一下呢？

"嗯，可以试试。"有人打破了宁静。

孔书记见大家的思路开始活泛，就说："通过这种方式，我们即便只喊回来一个也是成功的！我们要试试，不试怎知成功与否？我们要有不怕输的精神……"就这样，大家渐渐表示认同，"第一书记喊你回家"的方案算是通过了。

接下来问题又来了：怎样喊？具体喊哪个层次的人？面对这两个问题，孔书记又和其他书记展开了研究与讨论。经过集思广益，大家最后决定：人员主要针对进城务工人员中的大学生、退伍军人和在外能人。在外能人包括企业老总、精通农业科技的技术型人才、懂得电商等农业营销的经营型人才、善于乡村治理的管理型人才等。

确定"喊谁"后，在"怎样喊"的问题上他们也着实下了一番功夫。大家同样是各显智慧，一起出谋划策，最后决定先打亲情牌，发挥亲情作用——通过日常沟通，传递真诚和情谊。于是，第一书记们先主动和要喊的人交朋友，通过打电话、发微信、聊QQ（社交软件）等方式加强联系，并告诉他们家人和家乡的境况，争取他们返乡创业。这期间，大家尤其注意抓住中秋节、国庆节、端午节、春节等时间节点，召开返乡人员座谈会，发放《第一书记致外出务工人员的一封信》和郑城县返乡创业优惠政策明白纸，晓之以理，动之以情，为要喊的人详细分析返乡创业的优势和好处。让他们明白，"回家"一是对自己好——家乡挣钱机会很多，还有家人照顾、孩子陪伴，不再受漂泊之苦；二是对家庭和社会好——老人、孩子有依靠感和安全感，能够较好地解决留守老人、留守妇女和儿童等社会问题；三是对家乡好——家乡正在脱贫振兴的关键时候，有很多优惠政策等着他们返乡创业，等着有能力有志向的他们尽情发挥……

有了以上两种方式后，第一书记们还发挥媒体作用，进行广泛宣传。他们与山东传媒学院志愿者联合，策划拍摄了《第一书记喊你回家》公益宣传片，并在春节期间，利用农民工集中返乡的时机，在县电视台播放、放在网上广泛转发，一时点击量过千万。他们同时与省人社厅就业办、郓城县人社局联合，在山东乡村广播电台连续制作播出 8 期《第一书记喊你回家》专题节目，在郓城籍外出务工老乡、在外成功人士、知名人士中引起很大反响。在一次开会中，不少人感慨："没想到第一书记们这么平易近人，这么真诚，没一点省城领导的架子。他们这是设身处地地为我们着想啊。"

前期细致的工作为下一步打下了基础。接下来，他们与山东广播电视台齐鲁频道联合举办的"第一书记喊你回家"演出活动在线上线下都引起热烈反响，仅线上观众就达到 94.2 万人。

第一书记投资扶持的企业车间

一系列的"喊你回家"活动激荡着在外郓城人的心，那些被喊的人开始"心旌摇荡"。为了最后能"把心喊回来"，第一书记们与那些不能返乡的成功人士继续保持联系，请他们关心、关注和支持家乡的发展，为家乡提供智力支持和政策、资金、项目等方面的支持，请他们在老乡中宣传"第一书记喊你回家"的优惠条件，吸引更多在外务工人员返乡就业、创业。第一书记们了解到，帮包村所在的"北四集"——张鲁集（简称张集）、侯咽集（简称侯集）、李集、黄集——虽然是郓城县较穷的4个乡镇，集体经济"空壳"和贫困户较为集中，但这4个乡镇在外创业的成功人士却不少，他们每年的个人存款余额都居郓城县前列。这就意味着这几个乡镇"能人"不少，发挥他们的作用势在必行。

果然，他们的举措打动了不少能人。这些能人在交流中甚至说："你看看，这是咱自己家乡的事，人家省城来的领导还这样用心呢，咱更应该有行动、有付出，不能冷漠啊……"

充满温情的一封信

有了以上几项得力措施后，孔书记和其他第一书记们又积极主动地与那些在外的成功人士联系，请他们反哺家乡，为家乡捐资、修路打井、兴学济困，并请他们把适宜的项目带回帮包村，带领父老乡亲共同致富。与此同时，第一书记们又发挥组织作用进行深入宣传。例如：针对务工人员集中的北京、上海、济南等大城市，充分发挥郓城县流动党委、返乡创业工作站等组织作用，通过召开座谈会，在工作群、公众号转发《第一书记喊你回家》公益宣传片，采用邮寄《第一书记致外出务工人员的一封信》等方式有针对性地宣传，可谓情真意切，声声呼唤充满感召力。

孔书记曾拿出设计和印刷都精美别致的"一封信"让我看，说道："此信是徐剑书记起草的。他是我们中的才子，会写诗。"的确，书记们个个是顶尖人才。他们中有的是书法家、画家，有的是戏剧家，有的是法官，有的是医疗专家，有的是博士……可谓群英荟萃、人才济济。

我反复翻看那封充满温情和真诚的信，内心也涟漪阵阵，深受感动。他们真用心啊！让我们共同来阅读：

亲爱的郓城籍兄弟姐妹们：

你们离开故土，走南闯北，历尽艰辛，用汗水拼搏出一片天地，用郓城儿女吃苦耐劳的精神展示出水浒故里好汉之乡的风采，家乡人民为你们自豪！

在外漂泊的你，是否感到疲惫？是否牵挂家乡？亲，回来吧，第一书记喊你回家！"绿油油的果树满山岗，望不尽的麦浪闪金光，喜看咱们的丰收果，幸福的生活千年万年长。"踏上家乡的土地，相信你能体会到"谁不说俺家乡好"的亲切与归属感。近年来，在建设"大美郓城"的征程中，家乡的经济发展显著增强，产业结构不断优化，全县呈现出蒸蒸日上、欣欣向荣的景象。郓城县已成为"全国返乡创业示范县""国家新型城镇化综合试点县""山东省长寿之乡"，城乡建设大踏步推进，工业、农业、旅游业等一大批脱贫致富项目正在如火如荼地推进中。创业天地广阔，返乡大有可为。

就业何须离家乡，在家亦能奔小康。郓城发展前景广阔，就业岗位丰富。留在家乡务工创业，你们照样可以成就事业，还可以照顾家庭、孝敬父母、哺育子女。"我生在一个小山村，那里有我的父老乡亲，胡子里长满故事，憨笑中埋着乡音……"为了让空巢老人不再孤独，为了让留守儿童不再孤单，为了这份血浓于水的乡音乡情，"第一书记"深情地呼唤你："回来吧，返乡创业！"

在外漂泊的乡亲们，家乡建设期待你们回乡创业，家乡至亲盼望你们回家团聚。发展中的郓城机会多多，谁先回来，谁就会先迈上发展的快车道。希望你们抓住良机，返乡就业创业，"第一书记"将与你们肩并肩打赢脱贫攻坚战，带领父老乡亲致富奔小康！

倦鸟思返，归帆入港。第一书记喊你回家！

省派郓城县全体第一书记
二○一七年九月

这封充满温情、人情、柔情和感召力的信的确让那些一直奔波在外的游子心潮澎湃、思绪万千、感慨良多。同时他们也有顾虑，那就是：返乡后做什么？怎么做？党的优惠政策到底怎样？具体实施起来难度有多大？尤其针对比较敏感的土地问题、环保问题，怎样和有关部门结合好？怎样尽快办好手续？

第一书记们了解到他们的顾虑后，为了让"喊回来"的返乡就业创业者把心放下，踏踏实实留下来，在乡村发挥积极能动作用，更为了明确他们回乡后的发展方向，为他们铺好回家的路，打消他们的顾虑，孔书记又一次带领大家展开讨论，研究细节，制定出可行有效的方案。孔书记说："在我办公室里，大家讨论到热烈处都不愿意离开，已经中午12点多了，还都说不饿不累，最后叫了外卖，边吃边研究。就这样，大家从上午9点一直讨论到晚上7点……"

点亮回家的路，安放悬着的心

返乡就业、创业是一项大的系统工程。就业、创业一起步，就必须协调动员人社局、扶贫办、环保局、税务局等有关部门和单位进行通力协作，县乡村三级联动，共抓落实。这一系列工作搞下来着实耗费精力和心血。也正因为比较"麻烦"，第一书记们齐心合力注重协调有关单位和部门，帮助返乡就业、创业人员解决一系列问题。同时，第一书记们结合实际，利用各自的优势，向大家介绍创业项目资源和优惠政策，依照相关法律法规有序推进返乡产业发展，依法依规同返乡创业人士签订创业合同，照亮他们的返乡之路，让他们悬着的心得以安放。

山东郓城县是"全国返乡创业试点县"，动员能人返乡创业工作是县委县政府和乡镇"一把手"工程，是县域经济工作的战略抓手，是推进乡村振兴战略的有效抓手，是脱贫攻坚的重要抓手。

近年来，郓城县委、县政府围绕实施乡村振兴战略，大力实施返乡创业三年行动计划，推动由"打工经济"向"归雁经济"转变，促进人才回归、资本回归，深入推进"扶贫车间＋返乡创业"工作，吸引返乡人员在家门口就业、创业。"第一书记喊你回家"正好高度契合了这一点。重要的是，活动策划新颖、宣传有力、成效显著，为推动能人返乡创业工作营造了浓厚的氛围，得到了县委县政府的高度重视和支持。

于是，第一书记们将扶贫大局与扶贫平台相结合，又为返乡创业人员制定了相应的优惠政策：先是在金融、土地、财政、税收等方面支持能人返乡创业；接着是畅通渠道，创新机制，为返乡农民工提供优惠政策清单和一条龙式的便捷服务；最后是纳入新型职业农民培育工程。具体的扶持工作从以下6个方面展开：

一是智力扶持。针对有些公司创办伊始面临的发展困难，第一书记们充分发挥自己的资源和人脉优势，将相关的问题和困难向有关专家进行咨询。专家会给出一些切实可行的意见和建议。在充分吸收专家建议的基础上，紧密结合自身情况，第一书记们会为这些公司研究制定出发展规划，促其稳步前进。

二是政策扶持。根据一些种植户、养殖户的情况，第一书记们会集体分析研究政策，看着当地发展符合哪些政策条件，针对个别不符合政策条件的，另外创造条件。

三是场地扶持。为了使企业尽快运行，第一书记们会在扶贫车间租赁和土地批复上为企业协调。这样既解决了场地问题，又可吸纳有劳动能力的贫困户入厂打工，而租金收益由村集体全部分给无劳动能力的贫困户，是一举三得的事情。

像张集镇唯一的"淘宝村"项目，就是在王广森书记的努力下解决场地的。王书记在走访中发现村里很多年轻人常年在外做电商生意，而村里的不少好项目却发展一般。于是，他借力打力，把存恩木材加工厂作为试点，通过多次与国土局、扶贫办、财政局等部门沟通，先为该厂争取了800平方米的建设用地，接着投资30万元用于厂房建设及项目前期运行，在电商经营方面还专门为村里人办了一期培训班。如今，存恩木材加工厂生意做得风生水起，年产值达到 500 万元，还为村里提供了 38 个就业岗位，带动了 14 家贫困户脱贫。我去采访的时候，老板重复说了好几次："多亏广森书记帮忙。没有他，我们发展不起来，更没有今天的好生意……"老板还说："我们现在主要在网上销售，可方便了。"

四是资金扶持。刚起步的企业、种植户、养殖户大都会遇到资金困难问题。对此，第一书记工作组总是主动与各金融机构沟通，尽力为其争取银行贷款等。例如：李集镇陈集村许广训的"笼养鸭基地"是省财金投资集团派下来的肖东平书记"喊来"的返乡创业基地。许广训想利用自己在外学到的技术进行"棚式肉鸭养殖"，得到肖东平书记的大力支持。因为许广训盖养殖棚、购买鸭苗等过程中需投资 250 余万元，资金缺口比较大，肖书记就跑前跑后帮他协调镇里的扶贫资金以及农村信用社提供的扶贫贷款，使他的"笼养鸭基地"得以正常运转。目前，许广训说他养的鸭不但在本地销售，还销往广州、深圳等地，年利润可达 50 万元，并带动 10 余户贫困户脱贫。

五是产品扶持。针对有的企业、种植户等产品单一的情况，第一书记们会根据当地的优势和市场需要，并结合近 5 年的价格行情，带着企业有关人士或农户主到外地考察。像高永国书记帮包村的农业合作社，原来只种植西红柿，而西红柿存放时间短，如果不能及时销售就会腐烂。于是高书记经过咨询山东农科院的专家，让合作社又逐一上了韭菜、黄瓜、香菇、木耳、西瓜等十几个品种，并于 2018 年 6 月下旬与赵阳、颜华栋等几位书记一起举办了"郓城县首届第一书记扶贫项目无公害农产品展销会暨大福源与第一书记帮包村农超对接战略协议签订仪式"。这一举措使一大批富有特色的绿色无公害农产品相继上市，既方便了用户购买,也为助力第一书记打赢脱贫攻坚战奉献了爱心。

2019年3月初,高永国、赵阳、颜华栋3位书记相继用短信告诉我:为给消费者提供更为健康、营养、放心的绿色食品,郓城县又打造了自己的农产品区域公用品牌"好郓来"。他们帮包村的不少产品通过"特色优质、绿色安全、标准化、规模化"等一系列评比进入该品牌……

第一书记投资扶持的项目车间

六是党建扶持。第一书记们根据党中央提出的"基层党组织要不断吸收优秀群众入党"的要求,在充分考察和征求本村党员意见的基础上,经组织程序先后吸纳优秀的企业人员、村民为入党积极分子、预备党员。中铁十四局集团公司的武勇书记在这方面做得比较有亮点。他通过悬挂"共产党员户"标牌、观看视频、上集体党课等方式,增强党员意识和党性修养。在2017年和2018年"七一"建党节前夕,他分别组织村两委党员干部到兰考焦裕禄纪念馆、革命圣地西柏坡接受党性教育，很好地提升了基层党员的宗旨意识和服务情怀。另外，他还积极制作"省十一次党代会""中国共产党第十九次全国代表大会"会议精神宣传栏，及时将党的惠民政策传达到群众心中。两年里，他在帮包村培养入党积极分子2名，发展预备党员1名。

以上几个方面的帮扶措施激发了基层人员的社会责任感和担当精神，增强了基层组织的向心力。这些措施也让返乡创业的人感动不已。他们说，只有更好地发挥自己的才能和智慧，把想干的事干好，在乡村振兴中起好带头作用，才是对这片故土的回报、对第一书记的回报、对县委县政府领导的回报……

"归雁" 在腾飞

孔静珣书记说："一个项目的落地是最难的，因为每个项目都牵扯到用地、环保、前期投资、厂房、机器设备、生产技术、经营管理、销路等问题，每一个问题都要费尽心血好好协调……"正因为这样，在"第一书记喊你回家"的实施过程中，27位省派第一书记可以说是"八仙过海，各显神通"。他们每个人都有自己的方式、方法，每个人都经历了汗水、苦水甚至泪水的付出。我们通过了解具体项目的成功历程，或许能品出他们喜悦背后的酸甜苦辣。

贵玲珑汽车用品有限公司老板房春香口口声声感谢的第一书记是省检察院派驻的王博。房春香是侯集镇碱店村人，是"80后"，自2009年外出打工，曾在青岛、聊城等地的服装加工企业工作。我第一次见她时，感觉眼前一亮。这个俊秀的、充满激情和活力的年轻女子，不但开朗活泼、健谈灵秀，而且踏实能干，行事比较果断。

房春香十几岁就开始出去打工，从最基层的小工做起，然后干班组长，一直干到车间主任。随着知识的增长、眼界的开阔和年龄的增大，她对人生、对社会的思考越来越多，尤其近几年，在挣钱和亲情之间她常常难割难舍。就在这时，郓城县委、县政府开始提倡发展"归雁经济"，呼吁在外的郓城人返乡创业，并提供大量的政策支持。同时，她收到了帮扶他们村的第一书记王博发来的信函。王书记还把"第一书记喊你回家"活动通过电话向她进行了详细介绍。

那天在办公室，她说："我了解到家乡的这些政策后，一是欣喜，二是纠结。"

"纠结什么呢？"我问。

"您也知道，作为一个女人，我有多重身份，不仅是一个母亲，还是女儿、儿媳、妻子等。这些年出去打工，每次我都是哭着离开，都是一步三回头，舍不得年迈的老人和幼小的孩子呀……"说到这里，房春香心里泛起波澜，眼窝又是一阵潮湿。

"孩子作为留守儿童被父母照看着，我感觉在他们的成长过程中母爱父爱缺失太多。这让我深感愧疚。夜深人静的时候我常常想，要是有个两全其美的办法多好！既能挣钱，又能和老人孩子在一起，一家人其乐融融的……"她又说。

"'第一书记喊你回家'和'归雁经济'不就是两全其美的办法吗？"我说。

"是的。可是，一旦到了抉择的时候，我仍然很犹豫。毕竟在外多年，一路打拼到现在，我也算小有成就。那些心血和汗水，那些感情的付出，还有现有的成绩，怎可能说断就断，说舍弃就舍弃呢？何况，回去创业要从零开始，选址、盖厂房、筹资金、招工、设计产品，哪一样想想都难！不过，其中也充满诱惑……"说到这儿，她狡黠一笑，停住话。

"什么诱惑？"我有点好奇。

她笑了笑，有些不好意思，接着说："当然是能当老板了！谁不想自己当老板啊！一想到机会来了，从此可以不再是打工者，我心里就激动，尤其可以天天见到老人和孩子……那些天我总是反反复复地想，整夜整夜地想。"

"是啊，机会来了就要抓住，倦鸟回家，落叶归根，打工总要回来的，早回来比晚回来强。"我一边表示理解一边说。

"是啊，纠结了一阵子我最后选择回来。"

说干就干。2017年初，房春香决定在家乡干一番属于自己的事业。

第一书记"喊"来的企业——贵玲珑公司

这天，王博书记也正好在贵玲珑公司。王书记很年轻，高高胖胖的，一看就是个宽厚之人。虽然他不善言谈，但我能感受到他对工作的那份执着与认真。

房春香告诉我，创业之初，她面临着没有厂房、资金不足、营销渠道缺乏等问题，王博书记经常主动出面，到侯集镇政府帮她协调厂房的具体事宜，还常常开车到县里，向孔静珣书记、向县政府有关领导等汇报具体进展和面临的困难，让他们出面协调、帮扶。

就这样，王书记先是为贵玲珑公司在农村信用社争取到低息扶贫贷款150万元，增添了机器设备。接着，他又争取到了扶贫车间一个、闲置厂房一个，面积达1500多平方米。解决了资金、场地等问题后，公司开始平稳起步。在运营和发展阶段，王博针对公司产品较为单一的问题，又利用自己的人脉，邀请了青岛的设计师为公司设计了腰靠、壁挂等其他产品，还介绍来一些客户，与公司签了不少订单。

房春香说："那段时间，王博书记为我们厂的事一忙就是一天，常常从早晨6点开始，到晚上11点还不休息，每天光接打电话就几十通。"

产品从生产到销售，需要多渠道宣传，让别人了解是很重要的环节。为了宣传出去，让大家认可，王书记车上常常装着样品，抓住机会就让人家看，向人家介绍，俨然一个推销员。他不仅自己这样做，还让其他书记也带上宣传页……

王书记说："我见到亲戚、朋友、同学等，总要说贵玲珑的产品，希望他们不但自己用，还能给介绍一些客户……"

目前，贵玲珑公司有固定员工60余人、兼职员工300余人，预计年生产汽车坐垫等产品8万套，年产值近千万元。更重要的是，有一大批农村留守妇女"在家门口就能打工挣钱",实现了"照顾家庭、挣钱两不误"的愿望。

一个公司从起步到成功,得到了不同部门和许多领导的关心、帮助、支持,仅孔静珣书记往北京、济南就跑了好几趟。这期间,孔静珣和王博书记不仅帮房春香申报了全省巾帼建功标兵,还为她争取到机会免费参加中国人民大学高层次创业人员培训项目。房春香为了回报家乡、回报社会,在村里修户户通道路或帮扶贫困户事宜上,也总是积极捐款捐物。

提起侯集镇的韭菜基地,郓城人都知道它是"好郓来"品牌蔬菜基地之一。作为"全县返乡创业示范基地",它从无到有,从有到成为品牌,这期间当然有县和乡镇领导的不懈努力,但更让人点赞的是第一书记颜华栋。颜书记是省检察官培训学院培训处的干部。这个1979年出生的检察官高高瘦瘦的,一看就是个少言多思的人。他在侯集镇的两年里带领村民脱贫致富,村民每每提起他都交口称赞。

侯集行政村在镇政府驻地,是一个拥有1000多人的大村,也是人才辈出的地方,但村子并没有想象的富裕,而且村民仍进行着传统的农业结构种植,办厂的、搞养殖的、种经济作物的很少。村里除少数人逢集做点小生意,并没有起眼的企业,也没有成规模的蔬菜大棚,大多数村民还是靠人均一亩地、一年两茬庄稼过日子。

颜华栋书记来到村里了解现状后,就在脑海里打了几个问号。他想:本村通过考学走出去的"能人"很多,对于这些人自不必多说,因为他们在城市的单位里都有一份业绩,不具备回家的条件,可是在外打工或经商的"能人"尤其是常年在外打工的也不愿回家,是为什么呢?肯定是目前村里的状况让他们看不到很好的未来,不然谁愿意背井离乡？可是，要改变现状，该从哪里切入呢？用哪些方式才能让村民尽快看到希望？

在走访中颜书记还发现，这里的人思想相对保守，手里的积蓄不多，如果投资较多或步子迈得较大，就可能接受不了。要是在土地上做文章，只能调整、转变种植结构，引导村民由种植传统粮食作物转向规模化种植经济作物。这样见效快，也能持续性发展……

在这期间他还了解到，2016 年村内流转了 1000 多亩土地实施光伏发电项目。项目建成后，整个项目区域特别是光伏板下方，将无法再种植小麦、玉米等传统作物。这个问题已经让村人有了土地流转的想法，为村内种植结构调整提供了转型机会和规模用地。这块地由山东鲁民生态联合社接手承包进行管理开发后，项目进展较为缓慢，而他们的董事长丁煜是郓城人。能否在这块地上做文章？能否结合"第一书记喊你回家"活动，让丁煜返乡创业，带领家乡人共同致富呢？

"这个想法一冒出，我自己先激动起来。"那天在侯集镇第一书记会议室，颜书记这样对我说。

"感觉成功率很高？"

"成功与否没有把握，但我一定要试试，即便只有一分的把握，也要做出十二分的努力。"

"那你想怎样做呢？"

"是啊，我也在想怎样充分利用这块地。这也就是种什么、谁来种的问题。要知道，我从来没种过庄稼，不知道农作物和一些蔬菜的属性，但光伏板下方肯定得种那些喜阴的、不太高的作物。至于谁来种容易解决问题，村里有一大批有农业经验和时间的人。"

"接下来您是怎么办的呢？"

"我一方面上网查资料，一方面问百姓适合种什么，还给村委透露了自己的想法。"

"村委什么反应？"

"很高兴，很支持，感觉我的想法很好。能充分利用每一块土地，能让村民增加收入，他们愿意全力配合。"

"这样的话，您的想法就成功了一半。"

"不能这么说，离成功早着呢！"

"是吗？"

"是啊，光考虑种什么就耗费了很长时间。我多次问农工院的朋友，还找了两个山东农科院的专家进行咨询，最后决定带领村民种韭菜，一是韭菜喜阴，二是这里属于淤地，适合韭菜的生长。韭菜播种一次可持续收获多年，管理起来也相对轻松。更重要的是，光伏板对韭菜生长影响不大。"

"前期做了这么多准备工作，后边的事应该好办了吧？"

"不好办，光与丁煜董事长联系、洽谈，就反反复复持续了 3 个多月，中间我还专门去找了他 5 次，最后总算成功了……"

虽然颜书记现在说起来满脸笑容，满是轻松，但那来来回回协商的 3 个月，岂止一个"累"字了得？再说了，人家丁董事长在外边发展得好好的，对于种植韭菜的收效以及发展前景也没把握，岂能轻易做出决定？他有一番犹豫是肯定的。但是，无论背后的付出多大，成功的喜悦总能冲淡曾经的辛劳，能给当事人带来最大的慰藉。就这样，村委与鲁民公司达成了共同打造无公害韭菜基地的共识。村委同时明确了承包与种植主体，并尽力打造"龙头企业 + 基地 + 农户"的发展模式。

鲁民公司作为基地承包主体，将土地免费提供给农户进行种植，公司统一提供种子、化肥，安排技术指导，并负责市场销路。种植韭菜的成本和收益如何呢？以1亩地为例，第一年包含种子、化肥等各项成本开支在4000元左右，1亩地收割1茬韭菜约有5000斤，年均收割3茬，以近5年韭菜平均收购价格每斤0.7元来计算，全年收入应在10500元左右。此外，村集体与公司达成扶贫合作协议。村集体将产业扶贫资金30万元以注资形式投入鲁民公司，公司每年向村集体分红25000元，所分红利由贫困户受益。

如今，韭菜基地内已实现规模化种植600余亩，韭菜生长态势很好，主要销往济南、青岛和天津。基地还对韭菜种类进行了种植范围划分，根据不同的生长周期进行收割，既能保证基地内各地块的轮作轮休，也能确保基地内全年都有韭菜供应。基地内播种、除草、浇灌期间也需要用工，这同时解决了附近村子多家农户的就业问题。

值得一提的是，韭菜基地已经成功申请为"韭菜绿色商标认证和蔬菜生产省级示范合作社"。

就这样，在孔书记的带领下，在其他26位书记的共同努力下，"第一书记喊你回家"活动成功了。一年多来，先后有77位在外的"能人"回到第一书记帮包村，带领大家创办扶贫企业或基地，带动1000余人就业。

项目拓宽扶贫路

带着习总书记"奔小康的路上不让一人掉队"的为民情怀和嘱托，带着一种信念与决心，省派第一书记们不忘初心，牢记使命，在村里脚踏实地、任劳任怨。为了打好扶贫攻坚战，他们在扶贫方式和策略上费尽心血。自 2017 年 2 月起，27 位书记在帮包村一边修路、打井，建设综合活动中心和扶贫车间等，一边在企业发展上下功夫。他们帮助"喊来"的一批优秀人才一步步走稳后，又把精力用在其他扶贫项目上。

一个项目的落地是最难的，因为牵扯到方方面面，尤其是资金问题。但是，不管多难，书记们总是抱着"有一份希望，付出十倍努力"的信念去做。所以，有几位书记甚至很乐观地说："一从省城来就知道困难重重，就做好了心理准备。其实，难才有挑战性，把难事办成了才有成就感！"是的，正是基于这种信心、决心，基于这种不怕困难、挑战困难、知难而上的劲头，省医科院的周宪宾书记才漂亮地推动了这项工作。

周宪宾把扶贫项目资金投资给了郓城天棚温室遮阳材料有限公司。与该公司合作前，为了降低风险，他经常到公司去"玩"。明着是玩，暗里是考察。每次去，他都到车间里转悠半天，和工人聊聊，和技术人员聊聊，和董事长聊聊，而且和发货、送货、购货的人聊。聊完回来，他每次都把一些数据记下来，一次一次地认真对比，分析供求关系，分析市场变化。同时，他还通过网络了解公司产品下一步的发展趋势及用料等情况。这样观察了 3 个多月，他才决定与郓城天棚温室遮阳材料有限公司进行合作。

我开玩笑说："前期你简直像个特工，没少费心思呢！"

他不由自主地笑了，说："那当然。毕竟不是自己的钱嘛，得把这笔扶贫项目资金用好，不然没法向贫困户和上级领导交代。"

"一年多来没少作难吧？"

"作再多难都值，只要能把事办成、办好，只要贫困户能脱贫。通过这些事，我正好历练历练自己。没来村里之前，我还真不知道基层是个啥光景，来之后发现自己从小学到中学到大学到机关，这样的履历是多么简单。如今两年的第一书记当下来，自己不但开阔了心胸，拓宽了视野，丰富了阅历，而且看到了百姓真实的生活和特质，可谓收获满满。这将是我一生的财富。"周书记平时敏于行讷于言，但每有言都会句句透着多思。

需要说明的是，天棚温室遮阳材料有限公司系中韩合作企业，采用韩国先进设备和技术，是生产塑钢线和高档遮阳保温幕布的专业公司，比较有实力，产品销路特别好，收益比较高。

成功投资天棚温室遮阳材料有限公司后，周宪宾书记又到外地考察，想进一步拓宽投资渠道，让扶贫户的前景更好一些。后来，他考察到武汉有个鞋套加工项目比较适合当地村民——鞋套制作机器像台小型缝纫机，操作起来比较简单，一学就会，见效也快，在家就能做。锁定这个项目，他先后3次到武汉，这期间还多次通过电话协商，终于在2018年8月签订了合同。

周宪宾书记说，他考察期间的差旅费、食宿费等都是从自己工资里边出，而且每次与对方老板吃饭交流沟通什么的，也是自己掏腰包。

山东融世华融资租赁有限公司的郭庆利书记在拓宽扶贫路子上也很有亮点。2017年初，郭书记在村里走访调查时发现，村北有一块低洼坑塘长年荒废，基本不能创造任何经济效益，部分区域已经成为村民生活垃圾倾倒处。那些垃圾经过风吹日晒雨淋，散发出难闻的气味，让老百姓非常苦恼，却没有改良的办法。面对这一问题，郭书记也陷入深深的思考——高才楼村北靠郓杨路，向东30公里直达县城，向西500米即黄河李清浮桥，可直达河南省、河北省，地理位置比较优越。这是一块风水宝地啊，他想。这样的地理优势不充分利用起来，可惜了！于是，他萌生了建设村工业园的想法。有了想法就开始行动，他先与村两委商议。村两委的同志一听很兴奋，说："这是金点子，咱得克服困难做成。"于是，他们又通过召开村民代表大会，拟方案、定规划……半年后把这块荒地彻底整理出来，为村里增加了80余亩的建设用地，可容纳四五个小型工厂。

有了用地就等于胜利了一半，郭庆利心里很高兴，就趁热打铁，自己掏钱做了一个大大的"高才楼村工业园区"牌子。同时，他通过网络、微信朋友圈、"第一书记喊你回家"、电视平台等渠道，进行铺天盖地的宣传，吸引社会资金来此地投资建厂。

第一书记"喊"来的企业

功夫不负有心人。一段时间后，工业园区吸引来社会资金200余万元，首先设立了华林金属工艺厂，接下来又注入80万元省级扶贫产业资金，使项目一期顺利投产……几个月后，首批产品便下线发往德国。

目前，华林金属工艺厂每年为村集体分红7.68万元，为贫困户人均分红750余元，并解决了周边近百名百姓的就业问题。

其实，书记们在每一项工作中都是倾心倾力，各具特色。省教育厅的季开瑞、林洁书记在拓宽项目促进扶贫方面也很优秀，超凡谷物种植合作社和隆丰实业有限公司就是他俩的成绩。尽管他们在前期的考察、分析、对接、洽谈中没少吃苦作难，一些费用也常常是自己掏，但是这两个项目势头比较好，收益比较快，短短几个月就让老百姓看到了实惠。例如：超凡谷物种植合作社占地 32 亩，有毛木耳大棚 19 个。这些大棚年产木耳约 7 万斤，每年能让贫困户收益 3.6 万元。更重要的是，合作社同时能带动周边村民 80 余人就业。不少贫困户除了有利润分成，还能到大棚工作，每天也有一定的收入。

隆丰实业有限公司目前年纺纱 15000 锭，每年分给贫困户 6 万元，同时解决周边用工 90 余人。季书记和林书记还告诉我，他们会鼓励贫困户用分下来的扶贫款做点小生意，例如搞点长毛兔、鸽子、青山羊养殖等。季开瑞书记强调说："不指望他们挣大钱，而是让那些有劳动能力又不愿意脱贫的人改掉好吃懒做的毛病，去掉不劳而获的思想意识。"

"还有不愿意脱贫的人？"我有点惊讶。毕竟，贫困不是一件光彩事，不是万不得已谁愿意当这典型呀！

文质彬彬的林洁书记说："这样的人哪个村里都有几个。"

见我疑惑地看着他，他又说："主要是那些懒汉，或者有赌博、酗酒等不良嗜好的人。"林书记这样一说我便明白了。一个人如果有劳动能力，又不馋不懒不赌不喝，一般不会贫困。目前我了解到的贫困对象，除了老弱病残，也就是这几种人，百姓称他们为"懒汉二流子"。这样的人的确不能惯着，要让他们懂得劳动和自食其力的光荣与意义，让他们明白劳动不仅是对自己的尊重，也能换来别人的尊重，劳动才能有尊严地活着！

最后，季书记告诉我，他帮包的村里有一个 70 多岁的老太太，用扶贫款卖茶叶，一年下来也能挣 2000 多元；还有一对老夫妇，用扶贫款喂养兔子，繁殖的小兔和兔毛都能卖钱……

是啊，扶贫不仅仅是给他们钱，让他们衣食无忧，更重要的是扶志、扶心态，让贫困户自信起来、乐观起来，让他们找到人生的价值和意义。

扶起文化自信

文化是根，文化是魂，文化是一个国家和民族发展沿革的血脉传承。一个地域如果没有文化，就犹如一个人失去了明亮的眼睛。一个民族没有文化，就阻断了历史文明发展的前进步伐。

文化的重要性在 21 世纪的今天显得尤其重要。正是基于此，在扶贫期间深挖当地文化底蕴，让老百姓树立起文化自信、增强文化发展意识，也成为第一书记们工作的重要一环。

郓城县的张鲁集虽然是黄河滩边的一个乡镇，不算富足，位置还偏僻，但文化底蕴较深厚。例如：状元张楼村就是清朝最后一名武状元张宪周的家乡。这一带人好武，有"水浒"遗风，所以这里的英雄豪杰举不胜举。

张宪周的祖辈曾是明朝朱元璋时期的武德将军。张氏家族在这里历经明清两朝的繁衍生息，有后裔 3000 多人，海内外不少知名人士常来祭祖追根。

张宪周 1862 年生人，1890 年（清光绪十六年）参加会试中武进士，是年殿试（恩科）时与山西王金钩比武的故事至今广传于民间。相传，张宪周打马疾驰，身稳如山，在马上挥舞120斤重的大刀轻松自如；到了举重时，面对重360斤的志石，他喝一声"起"，便稳稳举在空中，后又放180斤大刀于上，绕场一周，面不改色。轮到山西王金钩举志石时，他刚举两下，就汗如雨流，于是扔下志石而退。光绪皇帝遂点张宪周为武状元，京城一时流传"点了张宪周，气死王金钩"的民谣。

张宪周除了有一身好武艺，还清正廉洁、忠贞爱国。

1891年（清光绪十七年）他被封为陆部朝参镇殿将军，1894年（清光绪二十年）赴任开州（今河南濮阳）协镇。因爱民如子，使农有余粟，商有余财，路不拾遗，夜不闭户，他被百姓交口称赞。后来，张宪周迁任崮关、娘子关，从一品参将。每到一处，他都重农治本、兴修水利，使一方五谷丰登，歌舞升平，而他自己却一贫如洗，多年官场下来，不曾"三年清知府，十万雪花银"。不仅如此，他在老家连栋像样的房了都没有，更别说状元府邸什么的了。如今，他的重孙子就作为一个普普通通的农民生活在状元张楼村。

更令人敬仰的是，1900年（清光绪二十六年）庚子之变，八国联军进犯北京，京畿失陷，光绪皇帝和慈禧太后仓皇西逃，洋人跟随出击，张宪周勤王护驾，行至居庸关，利用山高谷隘，埋兵布阵，袭击洋人，使光绪皇帝和慈禧太后化险为夷。光绪皇帝在西安龙德殿召见张宪周时说："挽狂澜之既倒，支大厦之将倾，乃社稷之臣，功莫大焉。"后光绪皇帝返京，御赐张宪周金字匾额"捍御功伟"一块。

现在的状元张楼不仅有"捍御功伟"的金字匾额、状元祠、张氏家族家庙，还有两处庞大的张氏家族坟冢和墓碑等。这些都是本地特有的文化资源和亮点。

另外，八路军115师东进支队指挥部旧址也在状元张楼。1938年9月29日，毛泽东在延安召开中共六届六中全会，做出"派兵去山东"的战略决策，决定派八路军主力向山东挺进，开辟抗日根据地。1938年12月2日，八路军115师686团在师长陈光（原师长为林彪）、罗荣桓的率领下，由晋西出发，开赴冀鲁豫平原。为了行动方便，部队对外使用"八路军东进支队"的代号。

寒冬腊月，东进支队顶风冒雪克服重重困难，穿越日军的一道道封锁线，行程达1000余公里，历时近3个月，终于渡过黄河，进入郓城境内。东进支队指挥部设在状元张楼后，在这里指挥了樊坝战斗，打响了八路军主力部队进入山东地区与日伪作战的第一仗……

还有，方圆几十里有名的晚清建筑"翟家老屋"也在这里，让这里具备了文化旅游开发的条件，只是缺少投资规划罢了。

常言道："文教不分家。"在这里进行扶贫的第一书记刘江涛，作为省教育厅下派的一名干部，本身就对历史、文化、教育等比较敏感，加上又是郓城县黄安镇人，在来帮扶状元张楼村前就了解了状元张楼的一些传说，知道状元张楼村的来历，但没想到村庄文化底蕴这么丰厚。

作为郓城人，能来自己的家乡扶贫，他深感回报家乡的机会到了，所以凡事都十分用心。对于村庄特有的文化亮点，应该怎样通过挖掘与整合资源将其充分利用起来？怎样做才能更好地给当地百姓带来发展机遇，带来经济效益和文化自信？这些是他来到村里后一直在思考的问题。

2018年盛夏，走在状元张楼新铺好的大街上，刘江涛书记对我说："刚来到状元张楼时，状元祠堂破烂不堪，虽然是省级文物保护单位，却基本没什么游客。后来我明白了其中的原因——一是道路不通畅，二是知名度低。别说外地人，就连本县人都不怎么了解这里。当时我就想，要尽快修路，尽快提高其知名度……"

于是，刘书记决定先修村里的路。

修路虽然重要，但村里饮水难也是大家反映的焦点问题。饮水毕竟属于百姓的基本生活保障部分。在饮水和修路问题上，当然要先解决饮水的问题。

"说实话，在解决饮水问题的过程中，我实在难以放弃修路计划。'要想富，先修路'嘛，道路畅通了才能进一步发展经济，不然晴天满街土，雨天一地泥的，谁来？但是，我带来的钱是有限的，只能顾一头……"刘书记说。对此，我深有同感，因为我来的时候这里不少路段正在施工，没施工的地方坑坑洼洼，走起来十分颠簸，不少地方还积着多天前的雨水……

"那你是怎么办的呢？"

"我先向教育厅的领导说明情况，领导很重视，很支持。这给了我信心与决心。于是，我又找到省水利厅的有关领导……这样我来来回回跑了两个月，终于申请下来农村饮水安全项目资金 80 万元，解决了村民吃水问题。接着，30 万元的小农水项目也得到落实……"没想到内敛低调的刘书记公关能力那么强，凭着一股子韧劲，硬是把想办的事办成了。

"这样，你就能把带来的钱用在修路上了？"

"是啊，解决了吃水和道路户户通问题之后我就把精力用在了文化旅游开发上。我感觉这不仅是状元张楼发展的长久之计，也是张鲁集乡的多年发展之计……"

我点头称是，同时钦佩他的工作思路。

刘书记在这里扶贫挂职也就两年，如果说修路、打井、建设乡村综合活动中心、抓党建等是他的本分工作，那他完全可以让自己轻松点，而不必从一个乡镇的长远发展规划角度去考虑，并积极主动地去实施。这毕竟不是件容易事。但是，他还是主动做了，除了多次联系县、市旅游局（当时还未与文化局合并），还与北京、济南等多家旅游建设设计公司联系。

2018年9月，他已完成了50年"旅游开发建设规划图"，其中部分规划已付诸实施。例如：张宪周塑像作为地标性建筑已经竖立起来，雕塑广场也初步建成——雕塑底座设计为古城门城墙，长18米，宽10米，高4米，上面的张宪周石刻像高5米，内部为爱国主义教育基地，用于记录张宪周、杨勇将军、张习崇等抗击外敌入侵的英雄壮举。

同时，他还筹集投资50万元对张氏祠堂进行修缮，并多方发动老传统艺人集中展示了村内武术绝学，使几乎失传的周公炮拳、九节鞭和状元刀法得以呈现、传播。他又重新组建了原有的武术队，为武术队增添了服装和器材，还设立状元武馆一处。现在，每到晚上，老、中、青、少各年龄段的武术爱好者一起习武健身，切磋技艺，甚是精彩。

在状元张楼的两年里，刘书记还大力推进传统武术进校园活动。此举不但缓解了体育课时和体育场地的不足，让孩子们通过武术锻炼达到强身健体的目的，而且让几项将要失传的传统武术得以传承。目前，"五步拳"开始在这里普及。

"我就是想把状元张楼发展成郓城县全域旅游的重要节点，通过旅游给百姓带来收入，同时帮百姓树立文化自信，让他们懂得保护文物，知道自己的家乡是个了不起的地方，也让他们认识到不断学习提高自己的重要性……"在爱国主义教育基地，刘书记如是说。

"做这些是不是需要和镇政府领导沟通呢？"

"那当然，每次都要先和镇政府沟通好。庆幸的是，镇党委书记黄启龙是个文化人，很多事是我们一起干的。"

黄启龙书记中等个头，白皙、微胖，看上去比较儒雅。他风趣幽默，懂生活，会生活。乡镇工作繁忙又烦琐，但黄启龙说他常常忙里偷闲。在有月的夜晚或夕阳西下的星期天，单位基本没人了，他会在宿舍里拉着京胡唱一段《扫松下书》《空城计》或《洪羊洞》："为国家哪何曾半日闲空，我也曾平服了塞北西东，官封到节度使皇王恩重（二黄原板）……"

黄启龙书记说："我也会吹笛子、弹吉他、拉二胡，反正琴棋书画都会一点……"

也正是由于黄书记多才多艺，并具有良好的文化修养，他才能与刘书记在很多事上一拍即合。两年里，为了张鲁集镇的文化建设和旅游发展，他们接连搞了几场武术比赛、曲艺比赛、戏剧巡回演出、"千人饺子宴会"和好媳妇与好婆婆评选等活动。

黄书记说："'千人饺子宴会'主要从孝文化出发，从尊老爱幼、扶弱怜贫出发，发动全乡的婆婆、媳妇、孩子一起包饺子，一起和乐共餐……"

这是接地气的活动，很符合当地的风土人情，不仅对当地文化进行了宣传，让老百姓树立了文化自信，也发扬了中华民族的传统美德，使民风不断向上、向善。

针对当地文化旅游建设知名度低的问题，他们还邀请了山东卫视、旅游卫视、山东公共频道和齐鲁台《拉呱》栏目、短视频《红花游》剧组等媒体和栏目组来拍摄视频，同时邀菏泽市作协、郓城县作协来采风，撰写诗词文章向外刊发，助推旅游开发，另外通过老艺人说唱的形式、借助三月三传统庙会等时机进行宣传。

值得点赞的党建工作

按照省委、省政府脱贫攻坚总体部署，第一书记到帮包村的主要任务是"抓党建、促脱贫"。毕竟，党建和脱贫工作是分不开的，是相辅相成的。试想，如果基层没有一个凝聚力、战斗力强的班子，村民怎么尽快脱贫致富？而第一书记2017年2月份到帮包村时，正好全县刚进行完由自然村到行政村的合并，上级要求2017年底至2018年初完成村委换届。也就是说，这个时候正是人心波动、大家无心干事的节点。所以，书记们感到压力大、担子重。果然，通过一段时间的走访，他们还真是被很多问题吓了一跳。

提到这个问题，书记们这样总结：村两委班子多是不健全的。那么，健全的两委班子怎么样呢？党建意识薄弱，党员年龄普遍老化，思想比较保守。更让人揪心的是，党建存在无心抓、无力抓、无法抓的"三无"现象。像庞春坤书记帮包的张鲁集镇鲁王集村，虽然行政村已经合并好了，但5个自然村有4套班子（王集、孟庄、付庄各有1套，汤庄和新汤庄是1套）。这意味着什么？意味着大家各有各的思路，各有各的想法，各为自己的村庄着想，缺少大局意识，缺少总揽全局的带头人！

孙承文书记帮包的侯集镇何堂村也比较典型。这个村自然条件比较优越——在各级党委政府的关怀下，兴修的农田水利设施齐全，布局比较合理，20年前就实现了村庄统一规划，可以说环境比较优美，就像一颗灿烂的明珠镶嵌在郓北大地上。2016年村里投资50余万元兴建的何堂希望小学，是市级规范化小学。全村以传统种植业为主，以多种经营为辅，进行鸡、羊养殖的不少，村周围还有一个百余亩的莲藕塘……可以说，村里较为富裕。但是，就是这样一个村，却有着"郓城最破的大队部"，且派系斗争严重，矛盾比较多。进村伊始，孙书记就从镇领导那里得知，之前不算到县里、市里的上访，村里人光是到省城的上访就有9次，村委已经14年没进行选举了。现在的村支部书记只是20个党员中的代表，代行村支部书记职务，所以党员大会已经很长时间没开过……

何茂峰书记帮包的村里呢？班子倒是齐全，也团结，但成员平均年龄在50岁以上，思想比较保守，缺少进取心，而且村集体收入几乎为零。这种状态使村里的党建工作"无心抓、无力抓、无法抓"。

"为什么会出现这种状态呢？"我问。

何书记说："其实这不是哪个村的现状，是整个基层党建工作的普遍现象。这是因为村两委虽然操心多，但工资少，村支部书记月工资才1800元，村主任的更少，关键是每月仅先发70%，另外30%要等到年底才能补齐，万一中间有点啥事处理不好，年底就不补了。有道是：'干事多，瞎事多，不管不问平稳过。'这点工资让他们没动力去抓。况且，要是靠上抓的话，村里也有操不完的心。操心多了就容易出事，出事就扣工资、问责等。操心多的话，就没精力种地、挣钱了。村两委的人如果日子过得还不如一般百姓好，那显得多没面子？所以，这就出现了懒政现象，很多村干部的心思便转移到个人致富上……"何书记是省文化厅派下来的书法家、画家，平时善于思考，看问题也透彻。

"无力抓呢？怎么解释？"我又问。

"无力抓是因为村两委没有集体收入，没有活动场所。用老百姓的话说，'叫鸡还要蚀把米呢'。村支部书记开会，连茶叶钱都要自己搭，加上村民外出打工的多，开会很难召集人，慢慢地也就不想召集开会了。不开会，不联络，支部对党员渐渐就没有了吸引力，党员对支部没有了向心力。于是，家家户户各干各的，党员之间常年不见面。有的党员干部都不知道'三会一课'是什么，致使开展党组织活动时，老办法不管用，新办法不会用。时间一长，村两委竟不知道该怎么抓党建了。"

何书记最后又强调："其实就是一环扣一环，因为'无心抓'而造成'无力抓'，'无力抓'又导致'无法抓'，工作慢慢地就搁浅了。"

这些问题该怎么解决呢？第一书记们着实费了一番脑筋。何书记还说，在农村抓党建不能空对空，仅生硬地局限在形式上定规章、定制度难有成效，必须让村两委、党员及全体村民看到实实在在的东西。

文化厅派出的第一书记何茂峰组织召开党员会议。

针对"三无"问题，为做好党建工作，他们大都重点抓了3件事：一是尽快融入群众，让群众认可自己；二是建村级集体活动场所，增加村集体经济收入；三是建章立制，带领党员干部一起学习。

一个外地人，一个省城的知识分子，来到村里，在人生地不熟的情况下怎样融入群众中呢？通过什么方式让大家接受、认可呢？让我们通过具体的事例来一一体会。

　　在前期的走访中，何茂峰书记个人出资 2800 元购买了米、面、油，与村两委班子一一走访老党员，看望贫困户，面对面地向党员干部宣传目前党的扶贫政策。他跟党员干部讲："没有比脚更长的路，没有比人更高的山，事都是干出来的，有作为才能有地位……"他还说"李集要致富，关键靠党支部"，以此来激励党员干部发挥模范带头作用。

　　走访中，何书记发现一个 1943 年入党的 90 多岁的老党员。老党员不仅耳聋眼花，意识也常常不清，且孩子们都不在身边，日子过得很清苦。何书记看了心里很不是滋味，第二天就用工资买了一些慰问品送过去，后来又在省城给老党员买了一个助听器。老党员很感动，拉着他的手使劲摇，嘴唇哆嗦着泪流不止。

　　一个助听器拿在手里，老党员感到的不仅仅是何书记对他的关爱，还有党的温暖、党的牵挂，毕竟何书记是党派去的扶贫干部。后来何书记发现他平时舍不得戴，又怕弄脏了、丢了，就常常用小手绢包着装在口袋里，在逢年过节或参加会议时才戴。何书记就告诉他："您老别放着，尽管戴，戴坏了我再给您买。"

　　庞春坤书记做得也很感人。他在走访中了解到村里有一名因病失学的大三学生。这个学生查出了卵巢癌，虽然是早期，但对一个芳龄少女来说打击很大；加上家庭困难，付不起医疗费用，失学在家的她几乎崩溃，已经患上了抑郁症。庞书记得知后与她谈心，鼓励她增强战胜病魔的信心，并送上慰问金帮她解决燃眉之急。后来，庞书记先是帮她发动社会捐助，又通过省医科院的王尧书记（王尧的妻子在省立医院）联系了省立医院专家，带她复诊……一段时间后，女孩的病情果然好转。庞书记还发挥她是大学生的优势，推荐她参加了电商培训班。女孩聪明，学得很快，不久做起了电商生意，而且很成功，挣了不少钱，后来与一个同样做电商的青年结了婚……

孙承文书记发挥自身优势，联系县检察院和青岛农业大学"手拉手"义务支教队，为何堂小学举行了"关爱留守儿童，护航祖国未来"的宣讲活动，同时组织帮包村7名儿童游览了水浒好汉城，参观了鲁西南战役纪念馆，观看了电影，实现了自己的微心愿，让他们感受到来自社会的爱与温暖。在孔静珣书记的帮助下，他又争取了省水利厅饮水安全项目资金30万元、小农水建设资金30万元，改善了村里的自来水管网和农田水利设施。

通过做这些实事得到百姓认可后，他们一边想办法增加村里的收入，一边暗暗观察、考察村里的换届人选。

像庞书记，他平时干点事要和4个班子商量，开会也要同时电话通知4个班子，着实增加了不少工作量，带来了心理压力，所以他一直希望能换个好班子。这期间他多次与镇党委沟通，不断探测民意，最后决定从原来4个班子里选出1个班子。4个里边挑1个，就意味着从原来的14个人里边挑。这可不是件容易事。就说两个大村的人吧，他们绝对不想选其他大村的人任支书。小村的人呢，也想让自己村的人当。结果，选举的时候，两个大村的都选小村的人，为的是不让另一个大村的当选，还感觉反正小村的也当不上。当大家都抱着这种心理时，小村的人恰巧"无心插柳柳成荫"了——孟庄的原支书当选了。

这个村支书虽然人好，管理能力却一般，在小自然村处理事还可以，换成由5个自然村合成的2549人的大行政村，工作起来很吃力。

就这样，很多事执行不下去，停摆了。村子原来在管区里是先进，慢慢变成"后进"了。举一个鲜明的例子，在他任职前，大队综合活动室和学校已经建了一半，他当选村支书后没人听他的，工程只能停着。这让人很着急，得想办法呀！庞书记就找镇上的领导。镇领导希望他本人知难而退，把支书职务主动辞掉，可是他不想辞。后来镇领导就与他座谈，看看工作上能否折中平衡一下，毕竟工作要推进，等不起呀。这样来回一折腾，就是半年，他本人越来越感到力不从心，于是提出辞职。

班子重新调整，让原来大村的赵文清任支书。赵文清有个性，有能力，见过世面，想事比较全面，能扛事，也能带领大家致富，而且自己的生意做得很好，还能带动不少村民就业……村委的换届总算尘埃落定。

孙承文书记帮包的何堂村，换届时也是大费周折。何堂村的矛盾属于宗派矛盾、家族矛盾。原来的村支书没有威信，摆不平事，村民不断上访。为了推举出一个有能力、有公心、愿意干事、愿意付出的团队，孔静珣书记亲自出马，到何堂村一个接一个地找党员谈话。村里共有21名党员，她挨着问"你是怎么想的？你想推举谁？为什么推举？"，谈了整整一天。

孔书记告诉我一个细节。她刚到村里时，原来的村委一班人要带她到自家祠堂去谈，因为祠堂修得豪华、漂亮，而原来的大队部设施较差，但她果断地说："不行，这不是祭祖，这是党建问题，必须在大队部谈，再简陋再破烂也得在那里谈。"这让他们满脸羞愧。孔书记便趁机说："奉献、付出是一个党员的基本素质，把村民领好、带好需要胸襟，需要公平公正。这体现的是一个党员的境界与能力……"

孔书记谈完，孙承文书记再谈，然后对接，看看党员在两个人面前说的是否一致。经过一个个谈心，她和孙承文书记心里都有数了，再去镇政府沟通，最后选出何传岭任村支书。

毕竟是一个矛盾重重的大村，孔书记怕通过这次调解不能完全冰释前嫌，选举结束后，又请新班子到县委来谈话。孔书记告诉我，让他们到县委来，一是为了给新班子鼓劲，彰显重视他们，帮他们树立一下威信；二是想进一步化解矛盾，以免今后不能平衡家族利益。在办公室里，孔书记让他们当面表态，让两个家族的人都拿出自己的诚意，让他们大声说出来："在各种优惠政策面前，我要先想到对方的利益……"

孔书记对我说："让他们大声说出来，和不大声说出来效果不一样，尤其在县委，尤其当着我们的面，当着两个家族人的面……"孔书记在方式方法上果真有一套。

2018年11月，我再次见到孙承文书记时，他告诉我，何堂村现在的班子很团结，各项工作开展得都很好。例如：前段时间生产路上需要把桥修一修，何传岭书记先垫支了钱。这种情况在以前是没有的，也是村民不敢想的。还有，9月份的一天早上5点钟，村支书打电话说，村塘里的水溢到百姓院子里了，让何书记赶快过去。村里因为修路抬高了路基，之后一到大雨天，村塘里的水就会倒灌入几家百姓的院子。为了彻底解决这个问题，在他的协调下，村里支付一大部分费用，几家百姓支付一小部分，先是找挖掘机挖沟，疏导了水，然后又垫高了各家地面……

何茂峰书记在村两委换届时虽然没作难，但因村委是零收入，在建设综合活动中心时困难不少。建综合活动中心首先要找适合的用地。地里有树木、有坟，要让村民挪移，就得支付费用，而且哪一项工作都要和村民慢慢谈，都需要一些时日。此外，因为建的综合活动中心质量比较好，最后有30万元的资金缺口。虽然一开始也有人告诉他"建好建孬一个样，说得过去就行，别让自己作难"，但拿村里的事当成自家的事是他一贯的风格，他又是搞艺术的，精益求精惯了，所以建着建着就超了标。用村支书的话说，光打地基就多用了 10 万元。30 万元不是个小数目，怎么办？只有他自己想办法！何书记就发挥了一个艺术家的优势——先找来朋友说明情况，又通过和企业老总联系对接，终于在两个月后召开了笔会，不但自己挥毫泼墨，还发动朋友一起写、画，用书法和美术作品筹集了款项。

村支书告诉我："在建设综合活动室时，何书记做了个小手术，但他不该出院时就出院了，到村里后也没说。有一天我们商量事，见他在沙发上只坐半个屁股，而且过一会儿就无声地龇牙咧嘴一下，我便问他怎么了。他不说。由于伤口没愈合好就开始工作，他后来不得不进行第二次手术。"村支书说到这里满脸心疼，最后强调："老何就是这样，忒实在，啥事都是自己吃亏。"他的一声"老何"让我感觉亲切又推心置腹。是啊，这种由"何书记"到"老何"的转变，包含着浓浓的感情，透着无限的亲切。经过一年多的乡村生活，百姓对第一书记的称呼几乎都变了，他们变得越来越像自己人。

村里有了新班子，有了综合活动室，就要有新变化。怎么变化？先从建章立制开始，先从学习开始，也就是进行"思想脱贫"。农村有个顺口溜是"党不党一样长"，意思是"党员不党员一个样"。书记们听了很不是滋味，同时有了想法——党员和非党员一个样怎么能行？是党员就要思想境界高些，就要有大局意识、集体意识、为人民服务意识，就要比普通百姓多懂一些方针政策……于是，他们开始带领村干部和所有党员学习。

在第一次学习的时候，何书记首先说："咱们白天干完活，晚上不能光看电视剧，更不能没事到村头说个大话、吹吹牛、喝点小酒什么的，得多掌握一些知识，多了解政策和上级精神……"发动大家学习后，不少书记从省城单位找来近半年的《人民日报》《大众日报》《时事政治》等，带领大家先学习《习近平总书记在深度贫困地区脱贫攻坚座谈会上的讲话》和习近平总书记党建新理念新思想新战略……

学习的时候每人念一段，每次念完后，念的人先说自己的体会、感悟，然后挨个发言，看谁理解得透，理解不透就继续学，什么时候学透彻了再学下一节。按照党支部的统一安排，有的第一书记带领村两委赴安徽凤阳县小岗村、长丰县进行考察学习；还有的第一书记请当地企业家、全国人大代表或市县政协委员来讲课，以此来让大家增长见识、学习知识……

值得一提的是，不少书记在村里组织开展了"共产党员户"挂牌活动。孔书记说："挂上牌，一是让大家都知道谁是党员，提醒大家监督；二是提醒党员自己，要有个党员的样子，从意识上增强自律。"孔书记还说："如果当不当一个样，管不管一个样的话，谁还当？谁还管？当得还有啥意义？得动起来，活起来，让大家争做看得见、摸得着、信得过的合格共产党员。"

通过抓党建，村里出现了一系列的"好党员、好婆婆、好儿媳"及"五好家庭、致富能手、卫生标兵"等，激发了村民创建文明、致力文明的内生动力。

2018年12月，我再次见到孔书记时，她说："现在党员学习可积极了，都是争着发言。通过学习习总书记的讲话，他们知道习总书记一直在牵挂着他们，原来打麻将、喝小酒，'蹲在墙根晒太阳，等着政府送小康'的人没有了……"

从 "梨园" 到田园

经济基础决定上层建筑。

文化水平有限的黄河岸边的李集镇老百姓似乎更现实，更在意看得见摸得着的利益。他们听说何茂峰、李卫国、张志秋、徐海峰、宋道波、隋福润等第一书记和队员高原是文化厅派来的，有些失望，感觉文化部门没钱，为村里做不了什么。有的说："我们咋没其他村好命啊，不来那些有钱的！"

有的说："他们自己艺术成就再高，称'这专家那专家'的，也是他们自己的事，与咱无关。"

也有的说："听戏这玩意儿是好，但那是富人的娱乐消遣。我们现在虽然能吃饱穿暖，但没钱花啊！家里孩子上学、媳妇买衣、爹娘买药，哪一样缺了钱能行？……"

所以，几位书记到村里第一次开党员会和村民代表大会时，一说两年内要帮扶大家脱贫，下面不少人"扑哧"笑出声来，有的撇撇嘴，还有的玩世不恭地说："那好哇，我们正等着呢。"

也难怪，村民文化程度有限，啥事都是直筒子倒豆子，一般不掩盖自己的情绪，也不顾及他人的感受。这是他们一贯的方式。但是，文人的敏感、自尊和傲骨不容忽视，也不允轻慢。不相信我们是吗？那好，做给你们看看。

接下来，他们无论是抓党建，还是在村里搞建设，以及帮扶贫困户、帮扶乡镇企业等，哪一项都没落下，哪一项都走在前边；尤其是何茂峰书记，党建工作做得最出色，综合活动中心建得最好。其他几位书记也各有各的特色，各有各的亮点。

张志秋书记在几位书记中是年龄偏大的。作为省杂技团的行政科长，他沉稳厚实。常言道："热在三伏，冷在三九。"我去的时候正是三伏天，郓西北的小村热得像蒸笼，加上他微胖，每次见他从村里回来上衣都是湿透的。我说："张书记，在村里让您受苦了。"他答："夏天出出汗好，冬天就少感冒。"

我又说："想和您聊聊呢。"

"也没啥好说的，还是让他们说吧。他们干得都很好。"

就这样，他帮助小腾飞完成"腾飞梦"的事，我还是从其他人那里了解到的。

张志秋书记来到村里后，在走访调查中发现有个贫困户的孩子叫张腾飞，很聪明，但父亲是哑巴，母亲因智障生下他不久就走失了。可以说，张腾飞小小年纪就经受了坎坷，缺少关爱、呵护……

虽然张腾飞平日的衣食住行都有着落，但正处于生长发育期的他更需要精神和心灵的安慰。在村里工作一段时间后，张志秋书记还听说，这孩子学习成绩日渐下滑，甚至有了厌学情绪，经常在街上闲逛。长此以往，这孩子会学坏的，张志秋书记想，不能让他这样发展下去，得找机会与他谈谈。于是，张书记开始暗暗观察他。有一天晚上，张志秋书记专门去小腾飞家，见他正在院子里玩，就问："作业做完了？"

"除了不会的，其他都做完了。"

"我看看行吗？"

小腾飞犹豫了一下，还是拿了出来。他不会的题目挺多。如果天天这样，长期积累下去，这么聪明的孩子就"瞎菜"了。张书记轻轻叹了一口气，又问："你长大了想干什么？"

"我想学武术，想当演员，也想学杂技。"小腾飞说得很带劲。

"好，理想很好，要实现需先吃苦。"

"我不怕吃苦。"小腾飞一挺胸脯，说得很坚决。

"那就好好学习，干啥事都离不开文化。"

这下小腾飞耷拉了脑袋，有点蔫。这个聪明的孩子明白，张伯伯一定听说了他成绩下滑的消息。

从小腾飞家出来，张书记就决定尽快向单位领导说明情况。

张志秋书记与小腾飞

天遂人愿。当张书记在领导办公室提出让小腾飞到山东省杂技团定向培养学习，同时把6年的3万元学费全免了时，杂技团团长、党组书记姚建国一口答应，还动情地说："你的善良值得点赞，你的工作做得很好！我也同情小腾飞。请放心，腾飞的培养学习是我们团的'第一书记项目'。我们不仅让孩子免费上学，还一定培养他成才。我们会负责到底……"

就这样，小腾飞到济南上学了，从此走上他的艺术之路。

小腾飞到省城上学后，张志秋书记每次回到济南，都像关心自己的孩子一样到学校去看他，除了嘘寒问暖，更关注他的身心成长和技艺进步。每每和教练交流，他都希望教练多关照多呵护小腾飞。在张志秋书记的心里，这就是自己的另一个孩子。

年轻的隋福润书记也是省文化厅派来的，看上去干净利索，真诚又豁达。在我与他的第一次接触中，他没谈别的，只说："感谢组织让我来到农村体验生活，感受生活的丰富多彩。这两年的经历是我人生最好的阅历，使我性格得以历练，也时收获了很多社会经验。"

后来，与他同一宿舍的书记告诉我，不满 30 岁的隋书记从小生活在济南，之前从未在农村待过，更不知道怎样和农村人打交道。虽然来时知道困难不少，但他没想到工作这么烦琐、难推进，没想到农村的关系这么复杂。

刚到村里时，隋书记为了尽快理顺工作，常常两个多月才回家一次。由于他离得远，加上回去一次也就是过个双休日，根本顾不上做什么，慢慢地妻子有了意见，与他的感情日趋变淡。后来两人就走向了离婚的结局。常言道："福无双至，祸不单行。"也就在他刚离婚不久，70 多岁的母亲外出时被公交车撞了一下，造成锁骨粉碎性骨折。一开始父母并没告诉他，直到做完手术才说，因为父母已经感觉到儿子的压力以及离婚带来的烦闷，怕他承受不了。的确，当时正赶上村里建综合活动中心，牵扯到选址、征地、赔偿等，已经够他应付的了，加上离婚的事，他一下子瘦了 20 多斤。后来，当隋书记赶到医院，坐在床前给母亲喂第一勺小米粥时，老人和他都泪汪汪的。隋书记说："我是独生子，在父母最需要的时候，却一点儿都不知道，总觉得亏欠老人太多。"

"所谓忠孝不能两全，你忠于工作，忠于扶贫，在黄河岸边尽心尽责，也很可贵，父母是理解的。"我安慰他。

"是啊，我爸妈都很支持，在医院里……"他突然有点说不下去，眼圈一下子红了，转身擦拭。我知道他又想起母亲生病的一些事，这个孝敬的年轻人有一颗柔软的心。

"妈妈在病床上本来很痛苦，为了让我放心回村，总说不疼、没事、别担心、回去吧。她甚至连小便都是憋到坚持不住才吭声……"

隋福润终于控制不住，如是说着，眼泪随之夺眶而出。

"对不起，孟老师，你看我多没出息。"

"这是你重感情的一面，也是难能可贵的。这彰显了你的善良、真诚，谁说男人不该有一腔柔情呢？"

虽然隋福润年轻，村里人有时候喊他小隋书记，但他对自己要求甚高，光怕工作落在后边，光怕干不好，所以在村里不到半年，原来白白胖胖的他就黑瘦得走了样——父母看到能不心疼吗？儿子从小没离开过他们，这一离开就是去 200 公里外的农村，婚姻也因此出现了变故，舐犊之情油然而生是必然的，偷偷落泪也是一定的。

村里还有一摊子事等着，他不可能一直在床前尽孝，最后只好找叔伯兄弟和表兄弟妹帮助照顾老人。

宝剑锋从磨砺出，梅花香自苦寒来。就像隋书记自己说的，两年的基层扶贫不但让他日趋成熟，日渐坚韧、强大，还让他收获了一辈子受用的宝贵体验和经验。黄河的水和风沙会把他历练成一个深邃的男子汉！

同样来自省文化厅的宋道波、徐海峰书记也做出了非常大的牺牲。

第一次见到宋道波书记时，他看上去比较开朗，也比较果断。他说："我从小在农村长大，农村是我熟悉的环境，在这里生活倒没感觉到苦，就是有点力不从心。自己体会最深的是：在农村生活过和处理农村的工作是两码事。"

我点头称是。

宋道波书记是军人出身，在部队带过好几年兵。瘦高挺拔的他走路生风，说话干脆，凡事雷厉风行，如今也感慨农村工作不好干，可见第一书记在乡村这两年没少吃苦作难，没少费脑筋。

在座谈中得知，宋书记的爱人在章丘工作，夫妻两地分居已经很久了。为了让女儿有个更好的教育环境，他本来打算2017年在济南把妻子的工作解决了，好让女儿在省城上学，毕竟女儿已经读了初中，正是学业的关键时刻。由于他到李集镇来扶贫，而且一待就是两年，因此他不但无暇顾及妻子调动的事，连女儿的学业也顾不上了。

"不过没关系，有所失就有所得嘛！如今能为百姓办点事，也是对社会的一种回报。何况，精准扶贫史无前例，在国际上也是有影响、有贡献的，我们赶上就是福……"宋书记这样说。

宋书记站得很高，心胸也开阔。可是，有些事说出来轻松，但无论是妻子调动工作还是女儿上学，在家里都是头等大事，有些机会一旦错失，很难再补救回来。所以，看似他一人在农村扶贫攻坚，其实是一家人在共同努力，在共同牺牲与付出，是一家人在并肩作战，在共同担当！

徐海峰书记又何尝不是如此呢！他到村里报到时，"二孩宝宝"刚出生3天。这时正是产妇和孩子最需要照顾的时候。大家知道，对于二孩，国家也有非常好的政策，就是丈夫有"伺候月子假"。但是，因为到村里扶贫，他把这个"月子假"都贡献在农村需要帮助的人身上了，只好将老婆孩子交给父母和岳父母。其实，徐书记的大孩子也不到 10 岁，仍然需要人接送上下学。可以说，他一下子"扔掉"了 3 个最最亲近、最应该照顾的人。不，是 7 个，还有 4 个老人呢！4 个老人年龄都大了，本来也该由他照顾。如今，为了支持他的工作，老人不但不让他照顾，还强撑着帮他照顾大大小小。每每想到这里，徐书记都觉得无限愧疚。但是，这个文质彬彬的书记谈到自己的工作和家庭，更多的时候是笑笑，甚至说："这两年肯定亏欠家庭，但是大家都在这样做，都在付出。何况，这种付出非常有意义。国家投资那么大，自己能身在其中，亲历百姓的脱贫，亲历这种过程，多年后回头看的时候，应该是一种骄傲。"这是一种低调的奉献与付出。

徐书记说得有道理。当一个人有了大爱、大情怀，有了对底层人的关注、关怀后，在扶贫工作和照顾家庭之间，他肯定会选择扶贫。家庭困难是暂时的，让那些挣扎在贫困线上的人在他们的努力下能一天天好起来，才是令人骄傲的工作，才是意义非凡的工作。

"郓半夏" 的复兴

2018 年 8 月我去郓城采访时，在去张集扶贫车间的路上，因为没见过"郓半夏"，就指着田里的青苗问这是什么。得到回答后，我说："郓城是我的故乡，以前我却没见谁种过这种东西，你们是怎么发现的？"

孔静珣书记幽默地答："我们是从县志里'扒拉'出来的。"

我一听，"扑哧"笑了，车上的其他人也都笑了。一句"扒拉"她说得轻松，但一点点查阅县志岂是件容易事？

在我的印象里，孔书记凡事喜欢用四两拨千斤的方式，把复杂的问题说得简单，把沉重的话题搞得轻松，是个豁达乐观的人。

　　"怎么想起'扒拉'县志了？"我也学她的口气。

　　"来这里以后，我们发现老百姓总是'麦茬棒，棒茬麦'地种庄稼（一茬小麦一茬玉米），连种植蔬菜大棚的都很少，所以一年下来也就弄个零花钱。在走访中，我们听村里一个退休的老中医说，这里曾广种'郓半夏'，所以就开始翻阅县志，了解相关情况。我们第一书记队伍里有医科院、农工院的同志，具备这方面的人才优势。"

　　庞春坤书记也补充说："我帮包的鲁王集村系几个自然村先后合并而成，分布在镇政府驻地外围，地理位置比较偏僻，没有任何区位优势，产业上均以传统的小麦、玉米为主，兼有少量的养殖和散加工，经济发展较为落后。我们到村时，未脱贫建档立卡的贫困户有 372 户，合计 1099 人。为了让百姓尽快脱贫，加快致富步伐，就多想办法呗。"

　　这一批到乡村进行精准扶贫的第一书记们实在是太用心了！

　　在孔书记的带领下，庞春坤、周宪宾等书记都是利用晚上或星期天去查阅资料。经过一段时间的努力，他们发现"郓半夏"是能当年见效的经济作物，既有菌类的价值，又是名贵药材，还是郓城县的一大亮点。《郓县志》载："明弘治年间，户部尚书佀钟（郓城人）将郓城产半夏带进宫廷，为太后治病，受到赏识，一举成名，自此称'郓半夏'。"

　　郓半夏的特点是：三片复叶，果实色白，质实，药效好。孔书记曾专门到省农科院等有关部门进行检测，发现其"琥珀酸含量高于药典中记载的一倍多，目前在 558 种中药处方中，使用频率居第 22 位"……这实在是一个喜人的信息。

　　半夏在其他地方也有种植，又名"麻疙瘩""老鹳眼"等，为天南星科植物的干燥块茎，至今在我国已有 2000 多年的药用历史。半夏入药始于《神农本草经》，半夏性辛温，有燥湿化痰、降逆止呕、消痞散结之功效。《本草纲目》中记载："五月半夏生，盖当夏之半也，故名。"

郓半夏作为郓城县的地标性特产以及与其相伴的文化特点，让孔书记很兴奋。她意识到这一特产的经济优势，认为若以此为切入点大力发展，将前景光明。20 世纪 90 年代这里曾经广泛种植半夏，并取得良好的经济效益，后来因为种植投入较大、管理成本较高等原因，才出现了近些年无人种植的尴尬局面。

孔静珣等书记和有关专家在田间考察郓半夏的生长。

为实现郓半夏恢复种植，他们又进一步查阅国家有关中药材种植政策——从国务院 2017 年 9 月发布的《中药材产业扶贫行动计划》获悉，国家扶持药材种植的主要任务是打造一批药材基地（含在贫困县设立"定制药园"）、培育一批经营主体、发展一批健康产业、搭建一批服务平台。种植郓半夏恰好符合这些政策要求。经过反复分析、论证，恢复郓半夏种植被提上了第一书记们的工作日程。

恢复郓半夏种植，不仅能实现地理性农产品标志注册，为郓城增加一张名片，还能通过种植直接带动大家脱贫致富。于是，孔书记多次组织座谈论证会，并亲自带队，集体赴外地考察。后来在郓城县农业局的配合下，第一书记们又邀请了省中医药研究院、菏泽牡丹医药公司、菏泽雷泽半夏研究所的专家，召开了"郓半夏种植论证会"，举办了半夏种植培训班。同时，他们积极向县委、县政府汇报，获得县领导的全力支持后，很快出台了郓半夏种植扶持政策，为下一步推广种植提供了优越条件。

郓半夏喜欢半淤半沙土质，生长期间既不能旱又不能涝，还要随着生长一层层封垄、培土—— 一般要培土40厘米高、半米宽。

由于以前没种植过，考虑到一次性大面积种植存在较大风险，经过慎重考虑和反复研究，他们与产业项目合作单位——张集大潭医养院结合，前期让大潭医养院提供土地、投资购买种苗等，后期由他们来完成联系专家、提供技术保障等工作，一时组成了完美的合作模式。

为保证项目顺利实施，孔书记先后邀请国务院"特殊津贴"获得者、半夏种植专家蒋立昶和山东省中医药研究院教授靳光乾、山东农业科学院植物所教授韩金龙等到现场考察，让他们从土壤改良、种苗购置、灌溉、施肥等多方面给予技术指导和支持。如今这事说起来容易，但大家想一想，光一趟趟与专家沟通，请他们到偏远的张集来考察，要耗费多少心血和精力！

在种植和出苗的关键时期，庞春坤、周宪宾天天盯在田间地头，与种植户一起协商解决出现的问题。他们还常常蹲在田间查看、分析半夏的长势。在田间工作时，两人满脸是汗，T恤衫都湿了半截。当微风吹来，细沙飘落在他们脸上、身上，于是汗水和着尘沙把他们的衣衫很快弄脏，连脸上淌的汗珠子都是黑黑的……

2018 年 9 月下旬，中国中医科学院常务副院长黄璐琦院士和北京大学世佳研究中心副主任周亚伟教授来菏泽出席"首届牡丹之都发展论坛"和"首届菏泽中药产业论坛"会议。孔书记抓住这一时机，真诚相邀，请两位专家先后到郓城考察郓半夏的种植。两位专家考察后给予充分肯定，同时提出了一些建设性意见和建议。

2018 年 10 月下旬，孔书记带着庞春坤、周宪宾书记来菏泽与有关药材厂家签订合同时，我们趁机见了一面。他们告诉我："郓半夏已经丰收了，亩产高达 1000 多斤，纯利为 10000 多元。这次光北京的'葆年堂'就签订了每年 5 万吨的订单……"这消息让我无比振奋，同时油然生出对他们的敬意。通过几个月的采访，我知道他们前期做了太多的工作。为了郓半夏的成功种植和产业发展，3 位书记根据实际情况，不断进行各方面的积极推动。例如：他们多次跑北京进行郓半夏商标注册及地理标志认证，还通过"科研机构 + 龙头企业 + 基地 + 种植户"的模式，实现技术研究、品种开发、品质升级等。目前，当地已经开始打造种植、收购、加工、体验、交流等一条龙服务，着力培养郓半夏特色种植产业，还成立了郓半夏研究所、郓半夏药业公司和郓半夏种植合作社。

一年多时间里，他们通过争取优惠扶持政策，已带动全县多个乡镇种植郓半夏达上千亩，并与大型药企合作，建立了"郓半夏定制药园"。他们一心扑在郓半夏种植等有关工作上，忙的时候，曾一个多月回不了家一次，而庞春坤、周宪宾书记的二胎宝宝均不满周岁，孔书记的儿子正赶上高考……

2018 年 11 月 3 日傍晚，孔书记突然打来电话说："明天我将代表郓城县去北京参加 2018 年第四次农产品地理标志登记专家评审会。我要进行有关郓半夏的答辩……"语气里洋溢着欢快。

"真的吗？太好了！我代表家乡百姓谢谢您，并预祝答辩成功！等您的好消息！"我由衷地说，并发自内心地感谢他们。

好消息真的来了。第二天下午 4 点多，孔书记发来微信说："今天下午，我们顺利通过了！我们是倒数第二个参加答辩的，前面有几个县没通过，答辩人现场就哭了……"

我一下子激动起来，毕竟一直在期待着。在答辩期间，我曾给同去的县农技站有关同志发短信，问他现场情况。他当时回道："还没轮到咱，气氛非常紧张，专家十分严苛……"那一刻，我的心一下子提到了嗓子眼。为了这种由精准扶贫第一书记试种的经济作物，从"扒拉"县志到了解种植历史，到化验土地适不适合，到争取土地以及争取市县两级政府出台政策支持、全县种植大户认可、金融支持、企业订单种植……他们付出得太多了！就连郓城县委书记刘文林也一直关心、关注着，并亲自想了广告词："郓半夏，名天下。"如果这次不过，我也会流泪的！如今天遂人愿，怎能不激动呢？

孔书记又告诉我："国医大师尚德俊教授用宣纸给我们写了广告词。同去的县农业局的同志连说好几遍：'真像做梦一样，以前想都不敢想的事情成真了！'"县农业局孙万文局长也激动地写下了打油诗："半夏长在郓城县，地理标志过答辩。品牌又上一层楼，全县上下喜心头。"

绿思源生态的老板听闻后，对孔书记说："我和父亲从事药食同源植物挖掘多年，郓半夏之前只有其名，未有其物，很多人不再种植了。您来了后，让沉睡多年的道地中药材焕发了生机。再次感谢您给郓半夏带来新生，给种植户带来福祉！"

孔书记在答辩的最后这样说:"我谨代表郓城县委、县政府,代表郓城县半夏种植的农民,代表郓半夏产业链上各行各业人士,衷心期待各位专家和领导为郓城县投赞成票。您的支持,将为郓城播下乡村文化振兴的种子,拓宽乡村产业振兴的路径,构建乡村人才振兴的平台。郓半夏,名优品正,不仅仅是一种道地药材,还是郓城县农民脱贫致富的希望,

郓半夏药材

凝聚着郓城县基层干部以精准理念脱贫攻坚的智慧,记录着郓城县与传统中医药千百年来千丝万缕的联系。将郓半夏定为国家地理标志产品实至名归,历史会证明各位的选择是正确的。郓城县人民将会用实际行动证明,是各位的选择助力基层百姓打造了乡村振兴的金字招牌。谢谢各位!"

孔书记是个多才多艺的人,不仅唱歌好、朗诵好,还会写文章,曾在不少报刊上发表散文、随笔。她的这个极具逻辑性的结尾,既抒情感人,又真诚贴切。

答辩的当天晚上,郓城下起了漫天大雪。还在北京的孔书记得知后,按捺不住喜悦,赋诗一首《贺郓半夏参评国家地理标志农产品答辩成功》:"瑞雪漫卷当空舞,同云遥映喜不胜。秋水为神玉为骨,郓州风景接京城。"

种瓜得瓜,种豆得豆,世间万物皆有情!正是因为书记们近两年的

艰辛付出，郓半夏才有了今天的美好与复兴。相信郓半夏的明天一定会胜过明清两代的辉煌，胜过其他任何一个历史时期的成就。

"急公好义" 又起航

徐剑书记帮包的是侯集镇枣杭村。虽然他是省检察院的一名干部，但他文学修养较高，平时喜欢写点诗什么的。大家都说他是"文武双全"。因为文化底蕴较深，他对小村历史文化也就十分关注、感兴趣，挖掘和发扬小村文化已经成为他工作的一大亮点。也正因为此，村民在短时间内就与他拉近了距离。大家不但敬佩他、尊重他，凡事开始与他商量，而且对他的称呼一下从"徐干部"变成"老徐"了。别小看这种称呼，这意味着村民已经把他看成自己人，毕竟一开始村民是审视他的，远距离看他的，不交心的。

文质彬彬的徐书记说："我第一次听到枣杭（也称"枣行"）村这个名字时，以为这里种植了很多棵枣树。到了村里我才发现，这就是一个离黄河不远的普普通通的平原村庄，枣树并不比一般村子多，也没其他特别之处。"

"是啊，多数人会这样认为。我老家离那村不远，我了解的。"我说。

"所以啊，我心里一直好奇村名的来历，想着这个村子没那么多枣树，为什么会叫'枣行'？我就不断问村里人。"

"村里人怎么回答？"

"都说不知道。有的只说村子是明朝时期从山西迁过来的，其他就答不上来了。"

"按说村志上有，可以查查。"

"是的，我也想抽时间查查，不过刚到村里工作头绪很多，哪里顾得上啊！"

"我老家在附近村子，小时候我曾听老人讲过一个民间版本的村名来历。"我说。

徐剑书记一听来了精神，眼睛开始放光。他透过镜片恳切地看着我，希望我能快点讲。我笑了，慢慢向他讲述起来。

听家里的老人说，在很久很久以前，一天下午村里来了个卖水果的白胡子老头。老人担着两个筐，前边筐里是桃子，后边筐里是脆枣。不过，这也没什么特别的，主要是他叫卖和出售的方式很稀罕。他在村里一路走过一路喊："枣桃，枣桃，要枣桃喽——"及至有人要买，他也不称，就用两手一捧，嘴里说："一捧半斤，两捧4两。你们要半斤，还是要4两？"

一开始大家不明白啥意思，他就细讲："要是买一大捧的话，就按照半斤算钱；买两大捧的话，就按照4两算钱。"这一下炸锅了，天下还有这样的傻子？呼啦一下围拢了很多人，争着抢着买两捧。还有更贪便宜的，就故意多买几次……

有好心的人就说这老头疯了，这样赔大发了，便劝他："大爷，您老不能这样卖，这样做生意怎么行啊！"

还有的阻止："先停一停，您是不是糊涂了？醒醒神再卖吧……"老人并不听，只是塞给劝他的和打抱不平的人一个脆枣或者一个桃子，说："先尝后买，尝尝就知道好吃了。"接着，照旧按原来的方式卖。

老人从村东头卖到村西头，又从村南卖到村北，嘴里不停地喊着："枣桃，枣桃，要枣桃喽。"就这样，他担着两只筐，让全村都知道来了个卖枣桃的。

　　天渐渐黑了，那些好心人要回家点灯做饭了。当点上灯的时候，他们发现接白胡子老头枣桃的手心里出现了两个大字"早逃"。他们一下子惊骇了，有的不相信自己的眼睛，离灯近点再看，不错，就是"早逃"两个字。什么意思？他们开始心惊肉跳，开始仔细梳理见到的奇怪现象——首先是"一捧半斤，两捧4两"的卖法，那么多人争先恐后地买，卖了一下午，筐里竟然还有！他的筐不大啊，怎么一直没卖完？再就是"枣桃，枣桃，要枣桃喽"这种喊法，不就是"早逃，早逃，要早逃"吗？哎，他们一下子惊醒了。这是菩萨到了啊，是菩萨在点拨他们啊！于是，他们简单地收拾东西，飞奔着向村外跑去……刚跑出小村几里地，只听轰轰隆隆一阵山响，小村地动树摇，整个儿被掩埋在了地下。

　　村里跑出来那些善良的人，为了感激菩萨或神仙的保佑与点拨，一开始想把重建的村庄叫"枣桃"，感觉不好听，也不吉利，就改叫"枣行（xíng）"，也就是早点行走的意思。叫着叫着，天长日久这个名字就被人叫成"枣行（háng）"或者"枣杭"了。

　　"这个故事好，虽然不真实，是个传说，但给人启示，劝人向善。这个故事我一定要讲给村民听。"徐书记听后说。

　　"是啊，我认为当初老人讲的目的也在于此。或许故事就是老人自己编的。这倒不重要，重要的是启示、警示。"我说。

　　"后来，我也了解到枣杭村的真实来历了。"他说。

　　"讲来听听。"说实话，我也喜欢历史，向来对村名、地名的来历比较感兴趣。

　　徐书记说，在一次走访中，他在村头发现一块老旧的村碑，拂去尘土仔细辨认，发现上边就是枣杭村的来历——大明洪武二年（1369），山西枣园王氏兄弟五人，除了老大留在家中照顾父母，其余兄弟四人带领族人从山西枣园迁至山东。其中，老三和老五两兄弟带着部分族人在此落户，为了纪念家乡，故取村名"枣杭"。老二与老四继续东行，分别在汶上和胶东地区落户，也取村名"枣杭"。所以，现在汶上和胶东地区也有枣杭村。

徐书记还说，当他把村名的来历讲给村人时，大家既兴奋又惭愧，兴奋的是，知道自己的根了，明白家乡是怎样延续下来的；惭愧的是，村碑就竖在那里，来历就写在那里，他们下地干活也好，赶集上店也好，常常视而不见，到头来还是听一个外人讲述。不过，他们因此高看了徐书记，不但敬佩他有文化，还感觉他把这里当家了。

这之后，徐书记又在村头发现一块功德碑，上面有"急公好义" 4个大字。问村里老人，皆摇头。对于这个碑，村民和上次一样，都表示不知道。但是，徐书记一直在想：这块碑是什么时候立的？为谁立的？它的背景是什么？有什么精神和故事在里边？

顾名思义，"急公好义"标榜的应该是一个人的品格：公心强，好义气。

"村里曾出现过这样一个人，之于现在有些人道德滑坡、道德

枣杭村的"急公好义"碑

沦丧，显得太重要了，一定得挖掘，得让大家知道，得在这上边做文章，发扬光大……"徐书记说。

有了这样的想法后，徐书记开始查阅资料，同时到县史志办了解情况，又翻阅了村里3个姓氏的家谱，最后弄清，此碑是1919年所立。当时，本村的王淑性是一名军人，部队在河南寿张第五团，在一次剿匪战斗中阵亡。因其平生重公心怀大义，当时的督军特赠"急公好义"4字以缅怀，当地官员后来便刻碑纪念此事。

掌握了这些背景和故事后，在一次村支部会议上，徐书记十分动情地说："咱们村是一个有文化传承的村，是一个充满公心、公义、公正的村。这是我们的骄傲和自豪，我们一定要继续发扬，不能丢了老祖宗的脸，不能让这份美德失传了……"

这一番话打动了在座的人，党员干部们个个听得热血沸腾，心潮澎湃。他们感慨万千，都感觉做自己村的人脸上有光，走出去能挺直腰板，见了外人有的说……

这次会议后不久，徐书记又在村民大会上讲了一次，为的是让更多的人了解村史和故事。再后来，他走访时也给大家讲，在村里休息时也讲。村民听了都很兴奋。他们说："还真不知道有这么一个人呢！"

是啊，就连本族的人都不晓得！家谱就躺在那里，多年来没人翻阅。多少个在田间地头劳动的日子里，他们不但对此碑熟视无睹，甚至觉得它碍事，想去掉它，却不曾想到原来它承载着这样一段故事，原来村里还出过这样一位有品德、有影响的人物，原来他们的先人曾受过督军特赠……

村人有了这种反应后，徐书记就抓住时机，大力开展党建工作和四德工作，开展"爱家乡树新风、五好家庭、文明家庭"等评选活动，带动大家向善、向美……

"倡导文化、文明、美德后，很多工作做起来事半功倍。"徐书记高兴地说。例如：他帮村里修路需要"清障"（清除表面的障碍物）时，那种借机多要钱、不积极清除路面杂物等现象基本没有出现，而且村民为了感恩，提议以他的名字命名，叫"徐剑路"。他谢过村民的一片好意，并没有接受。他对乡亲们说："是咱共产党领导得好，是国家政策好，如果你们想感恩，就感恩国家、感恩社会、感恩家乡，就进一步提高自己，发扬咱中华民族的美德，发扬咱村的美德，把家乡建设得更美好、更富足……"

于是，那段路最后被命名为"党建路"。

由此我们也可以看到，村民虽然文化水平不高，但一向重视、尊重、仰慕有文化的人，更为自己村里的文化底蕴骄傲；他们的内心是质朴的、向善的、乐观的、明朗的。第一书记到村里后，能从文化入手，挖掘乡村文化底蕴，助推脱贫工作，不但增强了乡村人的文化自信，使传统文化和美德得以发扬光大，还为乡村的振兴打下了坚实的文化基础。

爱 在 传 递

李卫国书记作为山东省柳子剧团的知名演员，到李集镇陈庄村任第一书记后，不仅很快完成了"从梨园到菜园"的蜕变，还把爱心传给了下一代。李书记告诉我，没到村里时，10岁的女儿李天初都是他接送上学，到村里后，有时两个月都回不去一次，女儿打电话的时候常常哭着说想他……

"一听女儿说想我了，又听女儿说搭公交车上下学时让人不小心踩了一脚，小脚丫疼了好几天，我在这边就两眼噙泪，差点控制不住，后来到洗手间默默哭了一会儿才平静下来。"在村活动中心会议室里，李卫国这样对我说。这个高大白皙的山东汉子，一看就是个内心细腻、丰富的人，是个很容易被细节打动的人。

"还有一次，女儿说，您两个月不回家，是不是已经和妈妈离婚了？"

"女儿何出此言呢？"我问。

"那段时间正赶上为村里修路。修路时难免会让村民把自家的树伐了，把墙头往里挪上半米，或者占了谁家一点村头荒等……这些事看似不大，但耗费精力，不好处理；加上妻子住院我没陪在身边，以及村委没有集体收入，我又从家里拿了几万元垫支，妻子一气之下说了句'日子没法过了'。女儿以为我们真离婚了呢，孩子嘛……"李书记说得很平静，但不难看出他当时的家庭情况实在令人闹心。

也难怪，不经常回家，还不断地从家里拿钱，哪个妻子都会有情绪，夫妻之间说些气话也是正常的。

为了不让家人误解，也为了让女儿感受一下农村生活，让女儿明白"挂职扶贫"是怎么回事，暑假里，他让女儿也来到村里。那几天，她天天领着女儿到帮包村，到田间地头，到扶贫车间，到贫困户家里……也就是在这样的日子里，女儿认识了村里的女孩陈晴。陈晴比小天初大两岁，两个孩子很谈得来，有时候陈晴会把天初领到自己家里，两人一起看书、写作业、玩游戏……交往过程中小天初发现，无论是穿衣吃饭，还是学习用品、玩具等，陈晴的都比自己的差。有一天从陈晴家里出来，她拉着爸爸的手忽然问："小姐姐为什么不买好衣服、好学习用具呢？"

"她家里困难呀。你看她爸爸，因患缺血性双股骨头坏死，失去了劳动能力；她妈妈在镇民办企业上班，一个月工资才 1500 元左右。一家人靠这些钱过日子，怎么能买得起好的呢？"

天初听了一脸凝重，默默地走在小村的街道上，看上去满腹心事。

李书记告诉我，那天女儿一路上无话。到了宿舍，她托着腮帮坐在窗前，看着外边的小树林出神。天渐渐向晚，爸爸喊她吃饭，她却忽然拽着爸爸的手说："爸爸，我想用压岁钱帮帮陈晴。我也想做帮扶工作，行吗？"李书记听了一愣，有些惊喜地看着女儿，简直不相信自己的耳朵。女儿的这份纯真和善良太宝贵了。于是，他俯下身子，故意说："爸爸没听清楚，你再说一遍。"女儿又一字一句地说了一遍。李书记确认女儿是认真的，是经过思考的，便竖着大拇指回答："天初真棒，爸爸大力支持！"

"我明天就想做这件事，爸爸能先借给我 500 元吗？"

"能，当然能，爸爸现在就给你。"李卫国赶快从兜里掏出钱来。

李天初是个立说立行的孩子，第二天就让爸爸开车带她到县城，不但给陈晴买了衣服，还买了生活用品和学习用品。

李书记说这话时两眼放光，满脸骄傲。是啊，这的确是一

李天初与被帮扶的姐姐在一起。

件值得骄傲、值得高兴的事，连我这个旁听者都有些激动。世界上没有

比善良更高贵的品质了！

一年来，小天初已经帮扶陈晴1500多元。都说大人是孩子的第一任老师，大人的行动是最好的教育，也正因为李卫国夫妇心怀大爱，心怀悲悯，他们的高贵品德和爱心才能在无声中传递给孩子，在乡村形成了完美的"接力"。

"听其他书记说，村民曾给你们单位写了一封呈请信？"稍停，我又问。

"是的，不过让我扣下了。"

"为什么？"

"我到村里来，只感觉自己做了该做的，其他没什么。"

"拿出来让我看看好吗？"

"其实也没啥好看的。"一向干脆利索的李书记此刻反而不好意思起来。

"难道还保密？"我故意说，有点"激将"的意思。

"拿出来，拿出来，让大家都看看。"其他几个人也跟着起哄。李书记这才回到卧室拿出来。

信写得比较实在、恳切，内文如下：

谨呈：山东省文化厅党委

尊敬的山东省文化厅党委，我们陈庄村的全体村民十分感谢您派来的第一书记李卫国同志。

自2017年2月进驻我们这个贫苦的村庄以来，李卫国同志马不停蹄，日夜操劳，考察村庄脱贫的规划和未来的发展前景，不知费了多少心血，流了多少汗水。刚从省城到农村时，他是一张小白脸，但风吹日晒，汗流浃背，脸很快黑了，头发却白了，成了一个地道的"农民"。

进村后，他走访村民，嘘寒问暖，自费买来礼品看望贫困户。2017年11月，一个患重病的村民急需去县城做血液透析，但因家中的机动三轮车出了故障，这个村民万分着急。这时李卫国书记听说了，立即开车将他送到县医院。

为了改变村庄的贫穷面貌，李书记也是用自己的车带领村民去外地考察，吸取别人的经验。因村集体没有一点公共积累，考察期间都是他自己掏钱给我们安排吃住，连自己的车也成了村里的公车。我们这个村是有名的穷村。为解决现实困境，李卫国书记从家里拿出3万元垫付，解了燃眉之急。后来，在自己家拿不出钱来的他，又跑到老家向母亲借了2万元，就这样解决了大棚的苗钱和配套设备。农村工作事情难办，有些人小农意识非常严重，不近情理，常因一些鸡毛蒜皮之事就出口伤人。2018年6月，正值炎热高温，村前路基规划正处于施工阶段，有一村民不顾大局，损失了一点小利益，竟要死在李卫国家中，叫他发丧。这时候，李卫国的妻子正在省城一家医院做手术，而李书记仅在病床前陪了一天就回到了村里。人世间是有很多巧合的。李卫国的妻子刚出院，娘家人又住进了医院，需要做手术，打电话叫李书记回去。他又是待了一天就回到了村里。这时，李卫国的妻子忍无可忍，恼了大火，两次的埋怨同时爆发出来，说这样的日子没法过了，要离婚。这件事闹得李书记近两个月没敢回去。

目前扶贫大棚的蔬菜长势良好，正在销售，李卫国更是忙得不亦乐乎——摘菜、装车、联系客户，常常忙到凌晨。天寒地冻时节，李卫国带着拉菜的车进到了棚里，称重装车，一夜都没能休息。像这样的扶贫干部、这样的第一书记，以前我们从来都没见过，也没听说过，这次竟然遇到了。我们是农民，没有文化，也没有很好的语言表达对文化厅的感激与敬佩，但是我们知道李卫国有一颗金子般的心。您有这样的精英，我们感觉真是文化厅的骄傲和自豪，我们陈庄全体村民为您点赞！

蒿蓬隐匿灵芝草，污水掩埋紫金盆。一年来，他所做的工作和动人事迹足够拍一部80集的电视剧，比《马向阳下乡记》还要精彩！

我们陈庄村的全体村民再次感谢省文化厅的领导！我们迫切要求李卫国书记扶贫工作能延续，别调走！

陈庄全体村民

2018 年 7 月

从博士到村官

在省派第一书记中，被誉为"夫妻双博士"的王尧最受关注，也最让大家感到骄傲。王尧是省医科院派下来的"80后"，夫妻俩都是博士。王尧妻子在省立医院是坐诊专家，其忙碌程度自不必多说，关键是他到村里报到时，双胞胎女儿刚刚5个月。有两个不足半岁的嗷嗷待哺的女儿，即便夫妻俩都不上班，也要忙得不亦乐乎，何况妻子又那么忙，而他又要踏上精准扶贫的征程。

说实话，一开始领导考虑到他的难处，想换人，但王尧书记说：

"家家有本难念的经，人人都有自己的难处。别换了，我到基层锻炼锻炼也是好事。"说起来容易做起来难，自家的老人身体不好，无法帮忙照顾孩子，岳父母又不在济南，而且年龄大了，腿脚不甚利索。两个女儿的照看是紧迫事。好在岳父母听说他要去扶贫后，二话不说就到济南租赁了房子，告诉他放心地走。这两年他们帮忙照看孩子、照看家。老人虽然这样说，毕竟年龄大了，照顾两个孩子还是有难度的，于是他又请了一个保姆。就这样，老婆、孩子和老人相扶相搀在济南一路向前走，他一心一意在郓城张集打响精准扶贫攻坚战。

一个"80后"，别妻离子来到200公里外的黄河滩，的确不容易，也的确让人感动。正因为不容易，王尧书记说，他在村里更要付出十二分的努力，更得撸起袖子加油干，不然对不起妻子和老人，对不起幼小的女儿，更对不起乡亲和领导的信任。

王尧书记到村里时，村里没有任何产业项目，村集体收入几乎为零，贫困人口约占总人口的1/5。更让他头疼的是，老百姓正面临着吃水困难——村里已经连续停水一个月，平时百姓都是到邻村拉水吃。原来村里的自来水电机年久失修，无法正常使用。王尧书记了解到情况后，一边积极向上级申请资金，一边在村子里重新选址打井，实施水管改造，为每家每户配备了水表。提到配备水表，王尧书记苦笑了一下说："这一举动竟然引起轩然大波。"

"为什么呢？吃水安装水表不是顺理成章的事吗？"我疑惑地问。

王书记摇摇头，接着告诉我原委。

原来，很多百姓从免费吃水到交费吃水，心理落差很大。他们有的不想交，有的偷偷在主管道上焊接小口，进行"偷水"。孔子曾说："丘也闻有国有家者，不患寡而患不均。"是啊，老百姓不担心东西少，要少大家都少，担心的是不公平。要交水费都交，不交都不交！但是，不交水费大家就不爱惜，不爱惜就会出现以前的问题，机器出了毛病还是没人修，所以这次一定得安装水表。

为了解决这个问题，王尧书记先是开村民代表大会，号召那些有声望的或者在行政事业单位工作的一定要参加。会上，他让大家讨论该怎么做。于是，你一句我一句，大家七嘴八舌地议论起来。最后王书记听明白了，议论的焦点还是说不公平——以前村民吃水不花钱，但盖房啦、浇地啦等大量用水是要交钱的，就有那"灵活人"以吃水的名义接水管盖房、浇地等，后来出现谁硬气谁不花钱，谁刁钻圆滑会偷水谁不花钱……这样一来，村民之间就有了矛盾，有了抱怨，造成水井坏了这个攀那个，那个攀另一个，就是没人修。大家都认为是用水不公平造成的，最后弄得连水都吃不上了……

讨论时，大家认为该整顿、该解决，但是怎么解决？王书记说："只有正常化、文明化、公平化用水，才能解决。"大家点头认同。围绕这个问题，他还是让大家继续发言，群策群力。最后，村委规定：每家每户每年可免费使用 10 立方水，超出标准的收费。同时，村委组织党员干部认真监督检查私接水管的现象，查出来后，不但在村公开栏里公示批评，还要进行几倍的罚款，让那些想占便宜的打消念头。

困扰村庄一年之久的饮水危机彻底解决后，有的村民说："别看王书记年轻，是个'80后'，但脑子灵活，干劲大，处事也公平。要不是他，俺村的吃水难问题解决不了这么快。"

村支书说："王书记不愧是大博士，办法就是多，不但给俺解决了吃水问题，还在村里创办了儿童车生产企业、建材加工企业。他还通过结对帮扶引领、示范典型带动，带领村里的贫困户共同致富。目前，王书记引进的几个项目运转得都非常好，年产值可达2000万元，直接增加村民就业80余人，带动扶助贫困户50余户，每年为村集体增加收入13万元。"

转眼间，两年即将过去。2019年1月底，我有幸参加了郓城县省派第一书记联谊会，这次不少书记的家属也来了。他们有的是第一次到郓城，有的对郓城风俗习惯和风土人情已有相当的了解。会前闲聊的时候，其中两个家属还故意用郓城方言打趣："到家喝点水吧。"

"不用了，不渴呀。"

"喝完你就渴了……"说完两人相视而笑。

我一听明白了，原来这里有个典故。黄河滩里的水是盐碱水，比较咸，书记们开始与老百姓接触时，有的百姓看他们比较辛苦，就让他们到家里喝点水，歇一下。他们说不渴。百姓也很幽默，就说："喝了水就会渴的……"后来他们了解到个中原因，竟作为一个幽默故事说给了家人。

联谊会上，还有两个孩子故意用郓城方言对话。

"你喝汤了吗?"

"没喝汤，就吃了点菜和高馍……"于是两个孩子哈哈大笑。

我也明白了个中原委。郓城所说的"喝汤了吗"是指"吃晚饭了吗"。因为以前家里穷，为了节省，老百姓晚上不敢吃干的，只喝点汤垫垫就算吃过饭了，久而久之，吃晚饭便被叫成"喝汤"。

我相信，第一书记在郓城的两年里，除了所经历的苦难、所取得的成就，还会有很多美好而有趣的回忆，这些都将伴随他们一生。但是，我感慨最多的是王尧的妻子孙香兰的发言，她让我汪了两眼泪。她说：

我很荣幸能够代表第一书记的家属发言，因为每个第一书记能够安心在基层工作，都离不开一个全力支持他的家庭。我只是其中最普通的一个。

两年前王尧被单位选派到村里担任第一书记时，回家和我商量。我当时心里挺矛盾，因为两个孩子才5个月大，家里的老人身体都不好，正是最需要人的时候，但同时觉得，这是一次很艰巨、很光荣的任务，能让他代表单位去工作，必须全力支持。说实话，当时还挺担心他坚持不下来，因为他从小家庭条件比较优越，从没在农村生活过，而且我俩都是读到博士才工作的，社会经验非常少，他根本就不了解农村。父母也很担心他适应不了。没想到，他去了之后很快进入工作状态，也很快适应了那里冬天很冷夏天很热、没有暖气没有厕所、经常停水停电的生活，尽心尽力地完成了每一项工作。

两年里，他经常为了村里的事周末和假期不回家，有时候也会打电话跟我诉苦，但每次诉完苦之后，还是坚定不移地继续前进。我是从农村走出来的，能理解基层工作的艰辛。这两年对他来说，应该是一笔非常宝贵的财富。我感觉到他变化非常大——不论是在工作中，还是在家庭中，都更有责任心、更踏实了。例如：他每次回家的那一两天，都抢着抱孩子，抢着干家务，尽量替父母分担一点。他说自己觉得挺亏欠父母和孩子的。

当然，王尧的这些变化跟带队的孔静珣书记以及一起去扶贫的第一书记们密不可分。他经常跟我说，孔书记还有其他那些大哥们对他非常好，经常给他指点，让他学到了非常多的宝贵经验，让他从一个毛躁小伙子逐渐变得稳健起来。同时，孔书记了解到我们家的情况后，也经常关心老人和孩子的状况，经常打电话问候。我发自内心地表示感谢！

说起来，这两年我确实也经历了不少辛酸。他去郓城的时候，我马上就休完产假要上班。大家知道，我在省立医院上班很忙，除了每天进行日常临床工作，还要经常上夜班、节假日值班、出差、出保健任务，以及搞科研、做课题、写文章。我基本没时间照顾孩子，所以两个孩子的重担都落在老人身上。如果老人、孩子身体都好好的，我也没觉得多辛苦，但是家里4个老人身体都不太好。孩子爷爷这两年因为冠心病住了3次院，心脏放了4个支架；奶奶腰椎间盘滑脱看不了孩子，自己走路都容易摔跤。姥姥从孩子没出生就一直在这里照顾我，一直帮我带这俩孩子，因为太劳累，去年突然右胳膊疼得抬不起来，医院诊断是肩袖损伤，必须做手术。手术后这一年多她仍然右胳膊疼，不能抱孩子，不能提重物。我爸爸去年冬天肺部感染加重后，出现呼吸衰竭，在重症监护室住了一个多月，后来离开了我们。爸爸的去世对我打击非常大。这一年多，我一直都很遗憾……

还有，两个孩子往往一个生病另一个也逃不掉，容易半夜发高烧。老大还经常肘关节脱臼。我经常白天一个人抱两个孩子，夜里搂两个孩子，加上工作压力大，休息不好，也经常出现头晕和肩膀疼等。这些，我们都不告诉王尧，害怕分散他的精力，耽误他工作。我妈经常说："家里的事要报喜不报忧，老人、孩子生病，不到万不得已别告诉他。他在村里那么忙、那么累，告诉他只会让他更担心。"所以，家里不管什么事，我都自己扛，只希望他能踏踏实实为老百姓多干点实事。

转眼间两年快过去了，孩子们长大了，也懂事了，但经常会问："爸爸呢？"我就告诉她们："爸爸上班去了。"有时候半夜醒来，她们也会问："妈妈，爸爸怎么还没下班呀？"

其他的我也不想多说了，只希望扶贫工作结束后他能多陪陪父母和孩子！盼望着第一书记们能顺利回家！

博士孙香兰的这些话让不少人都流泪了。她是一个好妻子、好女儿、好母亲、好大夫，我们敬佩她。

坦率地讲，两年里所有家庭各有各的苦，各有各的难，各有各的不容易。这些书记都是和自己的整个家庭共同努力和付出，他们都让人敬佩、感动！

一家两代来扶贫

来自省农业厅的赵阳书记第一次与我座谈时，竟然会说一些当地方言。我一愣，问："这么快就学会方言了？"

"不是的，以前我在这里待过两年，这次算是回老家了。"

"是吗？"

"我爸爸曾在1997年从省农业厅到鄄城县进行一年半的教育扶贫，当时任分管教育的副县长。那时我正上高二。由于是关键时期，妈妈工作实在太忙，家里根本没人照顾我，爸爸就让我到鄄城一中上学。"

"哦，原来你们是一家两代来滩区挂职扶贫呀。"

都说"鄄、郓"不分家，鄄城和郓城是邻县，相隔30公里，他这次到郓城县侯集镇扶贫，果真是回老家了。

"我来这里确实有种亲切感，尤其是听到一些方言的时候，这种感觉就更浓烈。"

"真是缘分啊。"

"是的，爸爸也说我们与这里有缘。爸爸得知我要来这里，很激动，也很重视，专门和我谈了一下午话，给我鼓劲，并传授一些他曾经的基层工作经验，分享了一些心得和体会……爸爸最后果断地对我说：'家里的事你就别管了，我和你妈帮忙看孩子，帮忙处理其他一切杂事，做好你坚强的后盾……'"

赵阳书记还告诉我，他爸爸在郓城扶贫时，交通还很不方便，从济南到郓城坐大巴得一天，中午要在梁山一带吃顿饭。如今 20 多年过去了，中国已发生了天翻地覆的变化，尤其是交通网络，在国际上都领先，现在从济南到郓城开车仅需两个多小时。

赵书记到帮包村后，先抓的也是交通。由于他帮包的行政村是由几个自然村合并成的，想用带来的款项达到村村通不可能，因此他就想了个补充差额的办法——组织村里走出去的能人自愿捐款修路。走出去的能人包括行政事业、国企、私企等单位的工作人员以及在外做生意的老板、包工头等。没想到，这一措施得到大家的积极响应，村委更是主动配合，加上现在通信网络发达，通过电话、微信联系很快，他们仅用一个多月就筹集够了余款。如今老百姓看着出行方便的村村通、户户通，都高兴地说赵书记是他们的福星。

赵阳书记最后强调："我与村支书配合得很好，基本上是我主外他主内，所以很多工作进展得顺利……"一个团结的班子才最具战斗力，在我在同其他书记座谈时，他们也曾提到这一点。

绕不过去的人和事

由孔静珣书记带队的第三批省派第一书记在郓城"北四集"的两年多里，成绩斐然，感人的事迹举不胜举。在这些可圈可点的人和事中，有些人和事是绕也绕不过去的。

在这批书记中，王进书记给我留下了极深的印象。我第一次见到从省财金集团下来的王书记时，他穿着一双十几元钱的军用胶鞋，汗流浃背地从帮包村回来。与我同去的县扶贫办干事孙洋沫私下感慨地说："如今谁还穿这种鞋啊？何况是省里来的领导！可是，为了更好地在田间地头工作、走路，这么热的天，王书记硬是穿着。"我看着王书记清瘦的晒得通红的脸，能体会到他那双脚正被胶鞋灼烧着。后来听说，他为了适应和胜任农村工作，从来的第一天开始就刻意锻炼身体，有一次硬是从济南一路骑着自行车到了李集。200多公里的路程一路骑下来，那需要一种怎样的心劲和动力！

这动力当然来自帮包村。

王书记告诉我，他第一天到村里走访时，看见一个拉着一车藤椅的老太太。老太太不仅消瘦、驼背，还不停地咳嗽，走到一段坑洼路面时，没绑结实的藤椅从车上滚下来，散落一地。他赶快过去帮忙，一边收拾一边暗自垂泪。后来他问老太太："这么大岁数了为啥还拉车？没有低保吗？"老太太不懂什么是低保，只告诉他："俺老两口有气管炎、肺气肿、关节炎等慢性病，得常年吃药，不想法挣点，药钱哪来呢？"

说者无心听者有意，王书记记下了这些话。后来经过调查，他发现

212

老人果然没有低保。老人是完全符合条件的，却没有办理低保，这里边肯定有弯弯绕。为了给老人办低保，他又仔细调查情况，发现村里果然存在不公平现象——贫困的人可能没有，在村里能说上话却不贫困的竟然有。于是他找村委的干部谈话，及时纠正问题，并帮老人争取到了低保。当他把低保材料给老人时，老人感动得直抹眼泪，说："俺从来没敢想过这样的好事，真是烧高香了，摊上了您这样的好书记……"

王进、郭庆利书记到车间现场指导工作。

现在，王书记在村里每次碰到老人，老人都会亲切地与他打招呼，有时候还嘱咐："别太累了，悠着点干。"夏天，老人见他太热，还会备好凉开水端给他……王书记说，类似这些温暖的声音和眼神，都是他工作的动力。王书记强调，他们财金集团的几个书记，除了一开始带来的扶贫款项，扶贫期间还多次向本单位及其他有关部门申请，又额外申请了几百万元，给村里兴修了网通、户户通……

"衙斋卧听萧萧竹,疑是民间疾苦声。些小吾曹州县吏,一枝一叶总关情。"这是清代号称"扬州八怪"之一的郑板桥任山东潍县(今属潍坊市)知县时写下的一首诗,意思是他正在县衙里休息,忽然听到竹叶萧萧作响,仿佛听见了百姓啼饥号寒的悲苦。虽然他感觉自己只是一个州县的小官,但百姓的每一件小事、每一点愁苦都牵动着他的心。

　　当时光走过 300 年后,第一书记们带着习近平总书记的嘱托,来到黄河岸边扶贫时,我感觉这首诗也是他们心声的表达。在他们的扶贫历程中,百姓的大事小情都牵挂着他们的心。

　　王玉龙书记告诉我,他进帮包村一年后,有一天傍晚,他刚从村里回到住处准备吃饭,一个村民慌慌张张地跑来对他说:"我家的狗走丢了。这是孩子刚从外地买来的优良品种,还指望它看家护院呢……"说完眼巴巴地看着他。见老乡着急的样子,王玉龙书记一边安慰一边放下碗筷跟着向外跑。

　　狗通人性,是人类忠实的好朋友,比较记路,一般不会丢的。可是,这条狗才来了 3 天,是不是以为这里不是家,又往回跑了呢?虽然这只是一种推测,但他想试一试,于是就往村外追。王书记和老乡骑着电动车往县城的方向找,果然在几里地外找到了。王书记说,虽然帮助村民去找一条狗看上去有些搞笑,有些滑稽,但一条狗对于一个家庭的重要性也不容忽视。一条狗对于有些人也许不算什么,但之于这个家庭或许是件大事。城里不也有通过打"110"或贴"寻狗启事"找宠物狗的例子吗?有的还把狗说成自己的"儿子"。另外,老乡一有难事就能想到他,这是把他当成主心骨、当成知心人了,他甚感欣慰。老百姓的事无小事,即便是小事,也要当作大事放在心上。

　　刘加才书记是 27 位书记中年龄较大的。他对我说,自己最难忘的是第一次召开村支部会议的事。会议还没开始，有两三个早到的，看见他先亲热地打招呼，还给他让烟。但是，寒暄过后，他们围在他身边直接问："刘书记，您这次带来了多少钱？"他没想到村民这么直接，这么突兀。之后，他站在那里有种扑面而来的陌生感和压力。

压力就是动力，既来之则安之。他是真心实意来干事的，是来帮助老百姓和村委的，就要以实际行动让百姓信服，让村干部信服。

让人信服就要通过具体事、具体行动，光说说不行，光信誓旦旦也不行。那就从走访开始。在走访中，刘加才书记首先坚持不在百姓家里吃饭。如果时间允许，他就回到几里外的镇驻地宿舍吃；时间不允许，他就在村小卖部买桶方便面泡泡。遇到阴天下雨的时候，老百姓硬是挽留的话，他也会留下来，但坚持一条，那就是吃饭可以，饭后必须掏50元饭钱给村民。吃百姓自己地里种出来的白菜、豆角、黄瓜、西红柿等，饭后再留50元，老百姓不但不亏，还赚呢。所以，在村里一段时间后，大家对他频频点头。这给后来的修路、建综合活动中心、引进项目等打下了基础。

山东农业工程学院的孟飞书记，在侯集镇也是叫得响的一个。孟书记帮包于楼村。入村伊始，他在"五必访、五必问"的过程中了解到，村东原有一个服装加工厂，因各种原因前租赁方撤走，厂房正处于闲置状态。于是，他联合村干部积极联系服装厂原负责人于向阳，向其了解一些厂里的具体情况后，鼓励于向阳拓展渠道，盘活厂房，努力创造效益，带动当地就业，做一个乡村振兴中的致富带头人。他告诉于向阳，自己会努力引入项目，帮助协调各方面的关系。

一开始于向阳很犹豫，并不看好孟飞书记的许诺，但经过与孟书记两个月的交往，由被动变主动，于是两个人共同努力起来。这期间，孟书记想办法联系到青岛华和针织有限公司。通过几次详细交谈后，对方终于有意来投资建厂。

事情有了进展，孟书记很高兴，也很激动，也就更加用心起来。他积极邀请华和公司进行实地考察，但对方见厂房陈旧，周边环境不甚理想，有些失望，想法也有些动摇。孟飞书记便赶快联系镇政府，又到县里找孔书记等有关领导争取支持，说："咱一定要想法留住这个企业……"领导听了汇报都点头，毕竟多年来县领导对项目的引进特别关注，一直给予鼓励、支持。就这样，他们先对厂房、路面、周边环境进行了改造，孟书记与镇领导又几次去青岛协商、沟通，诚心诚意请人家来。华和公司负责人最终被孟书记的真诚、坦率打动，决定与云洋制衣服装厂联合，在郓城设立针织服装加工厂。

在开工前期，厂方又遇到了招工难问题。孟书记便结合郓城第一书记临时党支部开展的"第一书记喊你回家"活动，先后在侯集镇和李集镇开展了两次"第一书记喊你回家"返乡就业、创业人员座谈会，协助厂方进行工厂宣传和招工宣传，并在孔静㕫书记的协调下，帮助企业与县劳动和社会保障局对接，参与郓城县大型宣传招聘会两次。这些活动不但有力地提高了服装厂的知名度，也在招工招聘中起到了良好的效果，保障了服装厂各条生产线的用工需求，同时更加坚定了青岛华和针织厂在于楼村落地生根、做大做强的决心。

2017年8月，青岛华和针织有限公司于楼分厂开始试生产。

值得一提的是，青岛华和针织有限公司是即发集团下属的大型企业。即发集团成立于1955年，先生产假发，从1984年开始涉足纺纱、织布、染色、印花、刺绣、成衣等门类，经过60多年的发展，已成为国家大型针织服装、发饰品企业和山东省重点企业，是中国制造业500

强企业，是阿迪达斯、优衣库、杰克琼斯等公司的重点合作企业。该公司不仅在青岛当地有多个分厂，在鲁西南地区也设有多个分厂，在新疆还有个 2000 余人的大厂。所以，其分厂落地侯集镇于楼村的意义可想而知。

于楼分厂成立一年多来，公司总投资 6000 多万元，厂区占地 26680 平方米，设有车间、仓库、餐厅、宿舍等，建筑面积近 10000 平方米。工厂建有成衣流水线 10 条，并配有完整的裁剪、缝纫、包装工序，计划总用工 700 人，目前工厂一期已用工 350 人……这些不但助推了当地的经济发展，也为这一方老百姓带来可喜的收入。

中流砥柱 "70 后"

在 27 位书记中，不得不强调的是"70 后"，因为"70 后"占了将近 80%。这就意味着他们是中流砥柱。

"70 后"还是承前启后的一代。这是因为"70 后"在教育上受到传统文化和革命传统教育的影响——在革新与守旧之间经历着、成长着，而且大部分人经历过贫穷，身上富有理想主义色彩，又很务实，在家庭和社会中是富有责任心的。

"70 后"整体上呈现出成熟稳重，踏实平和，不追求时尚、奢华，工作起来实事求是，全靠实力说话、靠成绩说话的特点。他们通常被称作"职场拼命三郎"——每天辛辛苦苦、任劳任怨地工作，却很少有怨言，好像一切艰辛不易都是应该的，他们身上呈现出满满的正能量。

座谈中我一提到他们的成绩，他们便常说是团队共同努力的结果。

这种大局意识、团队意识实在令人感动。他们还说："来到帮包村最大的收获就是和百姓建立了非常深厚的感情。这将是我们一生的财富。"座谈期间，武勇书记就曾谈到一个叫吴爱莲的老人。老人有个孩子精神状况不好，武书记曾几次带着东西看望他们，在有些事上也主动帮助他们，老人感激在心。后来村里修路的时候，吴爱莲老人让老伴从河沟里拉了几车土，提前把坑坑洼洼的地方填平整了……

武书记说这话时很激动，他的情绪也感染了我。是啊，这就是善良的传播、善良的辐射，这就是爱的力量。他们在村里付出了努力，老百姓感受到了，于是给予了爱的回馈。

书记们还风趣地告诉我，不少家属常常调侃："现在村里倒像家了，来家里反而像走亲戚。"家属之所以有这样的嗔怪，是因为有时候书记们双休日回到省城家里，名义上是过个双休，但一到星期天上午就有点坐立不安，总感觉远方有很多事情等着，有很多活还没干完……

这话我理解。采访中，不少书记总喜欢不由自主地说："你到俺村里去看看吧。"那口气好像他们在这里已经生活了几辈子，已经生活了几百年。

是的，"70后"书记首先是家里的顶梁柱、主心骨，他们的孩子尚小，父母却年事已高，腿脚开始不灵便，身体开始有这样那样的常见病。尤其有二宝的，家里最需要他们的时候，他们却舍妻离子。像宋道波、武勇两位书记的孩子年龄算大的，也才上初中；王进书记的孩子8岁；孙承文书记的儿子5岁；肖东平书记一个孩子4岁，一个1岁；周宪宾、庞春坤书记的二宝都仅仅几个月大……

孙承文书记说："临出发前我曾告诉儿子，爸爸一星期就在外地住4天，第五天就回来了。"事实上，农村的工作繁重烦琐，他无法做到承诺。后来孩子一看不对，曾打电话哭着问："爸爸骗人，爸爸不要我了吗？"

听说，还有书记的孩子因爸爸常年不在家，曾问爸爸是不是和妈妈离婚了，因为他们的同学都说，只有离婚的爸爸才会偶尔回家看看……

鲁迅先生曾在《答客诮》中写道："无情未必真豪杰，怜子如何不丈夫？"是啊，爱怜自己的孩子同样能称为大丈夫。这些"70后"的第一书记们，其实感情更丰富。他们也是性情中人，也对孩子一往情深，只是他们为了让更多的人过上好日子，让更多的家庭有爱和温暖，不得不先放下自己的老人、妻子和孩子。

不舍离去

从 2017 年 2 月至 2019 年 2 月，省派第一书记们已经在村里工作两年。孔书记告诉我，2019 年 3 月底他们就回去了，语气中满是留恋和不舍。她还说："毕竟在这里生活了两年多，有感情了呀！人生又能有几个这样的两年？反正我这辈子恐怕就这一次，这里是我的第二故乡……"

我说："老百姓也舍不得你们。"

我说的是实话。试想，他们曾经作为陌生人走进村里，到村里后无任何要求，就是脚踏实地干实事——盖好了综合活动中心，完成了打井、修路、安装路灯等基础设施建设；还筹建了扶贫车间，引来了项目，帮助一些"第一书记喊来的人"兴办企业……这些都硬生生地摆在那里，老百姓都看得见摸得着呀，无声胜有声啊。像省检察院、教育厅、文化厅、财金集团、医科院、农工院的书记们，还利用各自的工作优势，利用休息时间给老百姓进行法律法规、文化兴农、医疗养生、蔬菜及农作物种植等方面的辅导。

武勇书记是中铁十四局的干部，在他的影响下，他的单位两年内在村里修建标准化幼儿园、进行电路升级、改造自来水管道、完善机井配套设施等，一共投资了136万元……

还有那些脱贫的人，他们怎能忘怀？他们怎么舍得书记们离去？

如今，农家书屋已经建起来了，搞养殖、搞蔬菜大棚的农户有地方查资料了；综合活动室漂漂亮亮的，党员可以经常开展组织生活了；老年人有了娱乐的地方，中年妇女晚上已经跳上了广场舞……不少村民对书记说："你们真是好心人、大菩萨。"有些村子甚至在农村大舞台和户户通修建好后，以唱大戏的方式表示感谢。村民们怎能忘记，又怎能舍得书记们离去？

孔静珣最后感慨地说："实践证明，第一书记工作对于加强基层党组织建设、加快扶贫开发进程、促进贫困村脱贫、开创新常态下改革发展新局面起到了重要作用，是我省基层党建工作的品牌。"是的，省市派"第一书记"到基层开展工作以来，紧紧依靠各级党委、政府和干部群众，始终奋战在党建和扶贫工作第一线，为群众办实事、办好事、解难事，在加强农村党建工作、加快强村富民进程、改善村容村貌、夯实基层基础、打赢脱贫攻坚战等方面发挥了重要作用。今后，他们会更加努力，不辜负习总书记的嘱托，不辜负省市领导的信任与鼓励，更不辜负老百姓的殷切期望。

第五章

迎着太阳出发

风雨踏歌行

那天，一路上都大雾弥漫，树木、小桥、河流看上去影影绰绰，车子只好晃晃悠悠慢速而行。这天气使鲁西南的三九严冬又多了几分阴冷。令人高兴的是，到郓城的山东绿禾农业综合开发有限公司时，正好风吹雾散，太阳普照。洒满阳光的蔬菜大棚内青苗葱茏，温暖如春，好一个棚内棚外两重天！

公司董事长张庆涛一边招呼我们，一边安排人去购买优质西瓜苗。我有些疑惑，不由自主地问："你们不是有 20 多个日光育苗温室棚吗？棚内不是有西瓜苗吗？"

张庆涛微微一笑，答："因为连阴天耽误了这批苗的生长，棚里的苗有点小，还得长两天才好，但客户非今天要不可，咱得对客户负责……"

我听了暗暗称赞。这个魁梧的郓城汉子身上果然有"水浒英雄"的遗风，果然讲诚信、重义气、有担当，能替他人着想。

接着，他转换话题说："你们可以先到蔬菜大棚和采摘园看看，了解了解情况，找找感觉。"于是，我和镇政府的侯组委等几人一起走进他的冬暖式蔬菜大棚。在黄瓜大棚里，我看到一个清秀的大学生模样的女孩正在摘黄瓜，就好奇地问："这也是你招来的工人？"

张庆涛"呵呵"地笑了，说："这个不是，她是俺闺女，每到寒暑假都过来帮着干点活。"

我又疑惑了：记得他说过有两个闺女，大闺女张笑笑我刚才见过，已经是3个孩子的妈妈；二闺女张心怡正上初中，年龄上和这个女孩不符。

张庆涛似乎看懂了我的疑惑，说："她是俺资助的孩子，叫李双燕，和俺亲闺女一样……"

原来李双燕是附近盐厂村的。盐厂村和甄庄村都属于南赵楼镇，两村相距1公里多。李双燕的父亲因青光眼双目失明，母亲因病致瘫，夫妇俩都基本失去了劳动能力，所以小双燕直到11岁还没上学。

有一年，张庆涛到盐厂村办事，偶尔听说了李双燕的家庭情况，就直接到她家里看了看。张庆涛说："我去的时候正是炎炎夏季，他们一家人就住在救灾帐篷里。那天，她父亲在帐篷外边枯坐着，母亲则躺在一张破席上……听到脚步声，她父亲扭头对着帐篷后边喊：'燕燕，有人来了。'小燕燕从帐篷后边走出来，那里有几畦菜，11岁的她正在给菜浇水。她细瘦的胳膊提着一只大水桶，两条腿上全是泥。看到这情景，我的眼泪哗一下就流出来了……"

"你们得让孩子上学，得为孩子的将来考虑，现在哪有不上学的孩子啊？"张庆涛对李双燕的父母说，情绪有点激动。

"哪有钱供她？"李双燕的母亲道。

"钱不是问题，从今往后我供她，直到她大学毕业找到工作。"

"她若去上学了，我和她爹还不得饿死？瞎的瞎，瘫的瘫，连饭也做不成……"

"能克服的就自己克服，不能全依靠孩子。你没听说邻村有对双目失明的夫妇吗？人家两口还生养了 4 个孩子呢，想想人家是怎样生活的，怎么克服的？"

"俺没人家那本事啊。"李双燕的父亲小声嗫嚅地说，声音充满无助、无奈和幽怨。

"那是你心里有依赖，一旦没有了，就会了，就有那本事了。"张庆涛果断地说，有点恨铁不成钢。他实在疼惜小双燕这个孩子。李双燕的父亲听了，无声地耷拉下脑袋。

"来，你现在就试试，从床到门有几步，从门到厨房有几步，锅碗瓢盆以后都放在固定的地方，何况你还有一个不瞎的老婆，她也能指点你。她的腿虽然不行，但胳膊没事，你们两个好好配合还能吃不上饭？"张庆涛说完，从口袋里掏出 600 元钱，让他们先准备准备小双燕上学的事。

人怕激将，也怕逼迫，有了这些举动，小双燕果然上学了。

李双燕的母亲原本是高中生，苦在命运不济，与丈夫都因病半路成为残疾人。说实话，耽误了女儿上学，他们也心生愧疚，所以几年来心情好的时候，常常用大闺女李晓燕的课本教双燕读书。双燕十分聪明，自学加上母亲的指导，11 岁那年一入学就上了小学四年级。初入学时肯定有点吃力，但她吃苦勤奋，常常挤时间在家里自学，成绩很快就赶了上去，后来一直遥遥领先。现在，她已是一名大二学生。

"没有你，就没有小双燕的今天。"我十分感慨。

"主要是这闺女聪明，有志气！"张庆涛平静地答，没一点居功的意思。

"双燕的姐姐也很聪明，如今都大学毕业了，也是庆涛哥资助的。"旁边的侯组委对我说。

"李晓燕那孩子是真好，踏实、平和、吃苦耐劳，没一点虚荣心。我第一次到学校看她，见她铺的那张凉席上有好几个补丁，一顶蚊帐上有好几个窟窿，窟窿没法补，就用尼龙绳系成疙瘩……现在哪个女孩还在学校用这样的东西？还有一次见她，都四五月份了还穿着双棉鞋，一问，说挺几天同学就带回来旧鞋了。这孩子以前无论是学习用品，还是生活用品，总是用人家的旧的。那天，我带她到商场，从头到脚，从生活用品到学习用品全换了一遍，并告诉她以后缺什么尽管说，同时吩咐笑笑，让她经常去一中看望妹妹，缺什么及时给妹妹添补上……"张庆涛越说越激动，口气完全是一个父亲对一个女儿的疼爱与嗔怪，当然还有几分欣赏和褒扬。

后来听镇上的另一个同志说，有一次张庆涛抽空去看望晓燕，正好碰到晓燕的老师。老师以为他是晓燕的父亲，就说："看你吃得这么胖，你闺女在学校却舍不得吃舍不得喝，瘦得都快贫血了……"他听后心里很不是滋味，问晓燕："平时给你的生活费不够吗？"晓燕不好意思地说："不是，主要是我知道挣钱不容易，没舍得花那么多……"他一时哭笑不得。从那以后，他经常让笑笑去监督这个妹妹，叮嘱晓燕每天必须吃两个鸡蛋，还经常给晓燕送奶粉。

如今，晓燕已经大学毕业，并顺利通过省考，成为青岛市黄岛区一所学校的人民教师。

其实，张庆涛帮扶的又何止晓燕和双燕姐妹呢？几年来，他帮扶的人多了，只是他不说罢了。这个平和厚实的中年汉子是个非常低调的人，是个"敏于行而讷于言"的人。即便是对晓燕和双燕的帮扶，如果不是巧合，他也不会说的。采访中，他谈的更多的是绿禾农业综合开发有限公司的现状和目前遇到的困难，以及面对困难今后的打算。

他告诉我，目前公司光蔬菜大棚、育苗温室棚就有200多个，占地1200余亩，还有陆地菜、采摘园等，共计2000多亩。关于大棚种植，他说近几年赔了不少钱。

"赔钱？那你靠什么支撑呢？"我问。

"好在还有煤矿生意、建筑生意以及一个鑫禾木业板厂，那3种生意挣的钱都砸到这里了……"一个"砸"字，让我听出几多苦楚与无奈。原来，张庆涛从进行土地流转到创办今天的绿禾农业综合开发有限公司，里边有不少波折、不少故事。

1971年出生的张庆涛，虽然从小生活在农村，但父亲在县城工作，每每回家，或在餐桌或在灶头，常常说起党的新政策、城市的发展趋势什么的。耳濡目染，他就比一般农村孩子见识多些，对一些形势判断准确些，凡事看得也长远些，所以高中毕业后他便开始做生意。那阵子正是第一批"万元户"当红的20世纪80年代末，有了那批人的带动和激励，加上从小在农村长大，他一起步做的是粮食生意。

虽是初出茅庐，但因为人实诚和气，从不缺斤短两，更不随便压价格，加上政策好，张庆涛二三年下来做得顺风顺水，手里很快有了一些积蓄。到了20世纪90年代初，一些国有或集体企业正进行改革转型、裁减人员等。那个时期谁会分析、判断形势，谁就走在前边，不然就会被淘汰掉。张庆涛在创业方面一直都是走在前边的人，事实也证明了这一点。他说："当时县物资局的几间'五金交电门市'因管理不善，总是赔钱，原来的职工没人干了，我便大胆地盘过来，一干就是 11 年……"

11 年的滚打摸爬和历练，让他从风里走过，从雨里走过，也让他成为一名人人羡慕的成功人士。他说："那 11 年，我生意最红火的时候光货车就有 5 辆……"

是啊，从两间店面做起，到后来搞批发以及开分店，他在县城成为商界的头面人物，而他的成长、成功，他的为人处事，村里人也最清楚。正因为清楚，20 世纪 90 年代末村两委换届时，村里德高望重的老人提议把他列为支部书记候选人。他笑了笑，婉辞了。多年在县城做生意，他早就把家搬到了县城，他的妻子和孩子也都在县城生活、上学，他没有回村里的打算。于是，德高望重的老人再次做他的工作，说："咱村里还不富，还很穷，村里很需要你带着大家一起致富……"

绿禾公司的蔬菜

老人的一句"需要"打动了他。从小生活在村里，他知道村里的状况，更知道村里缺钱的地方很多。例如：教育条件需要改善，道路需要修缮，水利设施多少年都没投资了……更重要的是，还有一部分村民生活在贫困线上，尤其孤寡老人，他们的生活环境让他心酸。所以，那次他虽没回去参与村里的改选，但从那以后，每逢中秋节和春节，他都给村里的孤寡老人、80 岁以上的老人、因病致贫的家庭以资助，让他们感受到来自生活的温暖。张庆涛说："对于这 3 种群体，十几年来我坚持中秋节每家 1 桶油、4 斤月饼；春节 2 斤点心、8 斤猪肉；然后是红包，80 ~ 85 岁的老人发 200 元的红包，85 ~ 90 岁的老人发 500 元的红包，90 ~ 95 岁的老人发 1000 元，95 岁以上的老人发 2000 元，因病致贫的家庭甚至给 5000 元，视情况不同而定。"

对于孤寡老人和因病致贫的家庭，他都是亲自送到那些人手里，而有儿有女的老人，就让老人的孩子去领。张庆涛强调说："他们领的时候，我会说：'老人之所以长寿，还不是因为你们子女孝敬……'这样一说，会有种心理暗示，使那些孝敬的更加孝敬，不孝敬的也慢慢变得孝敬起来。而且，这种方式会使村里尊老爱幼的风气越来越浓……"张庆涛说这些的时候，满脸洋溢着祥和与幸福。从他的幸福里，我感受到他"老吾老以及人之老，幼吾幼以及人之幼"的境界与情怀。

张庆涛还告诉我，因为他自己没考上大学，心里一直有个大学梦，而且走向社会后更加懂得知识的重要性，所以他很希望村里的孩子能成才，能走出去，能顺顺利利地上大学，为国家、为社会添砖加瓦……因此，从那年开始，他每年给村小学 3 万元作为"教学质量奖"。例如：哪班的学生在全镇统考中获第一名，就奖励老师 1000 元；获第二名的，奖励老师 800 元；以此类推。如果是全县统考名次位列前三的，当然获得的奖励更多。这种奖励办法不仅仅用于教师，也用于学生。

后来，他又在村里设立了"贫困学生爱心基金会"——凡是考上大学但家庭有经济困难的孩子，都可以申请"助学金"。这种助学金不收利息，等于借给他们，最长可以等孩子大学毕业后6年还清……

关于"贫困学生爱心基金"的管理方式，张庆涛还分享了一些经验和故事。他说，不管谁申请，都要经过理事会研究。开理事会的时候，所有提出申请的家长和孩子都要到会，会上要说明为什么申请，说明上不起学的原因等。其中有一个家庭因父亲好赌博，弄得家里一贫如洗、债台高筑、夫妻不和。在理事会上，当孩子站在最前面向大家说出原因时，那个父亲的脸腾地红了，头一直耷拉着，有种要钻地缝的羞愧。人都是有自尊心的，也正是有了那次难堪，那个父亲从此改掉恶习，一心一意持家过日子。

张庆涛最后说："那次等于挽救了一个家庭。其实，多年来这种方式不仅帮助了大学生，激励了好多有不良嗜好的人改掉坏习惯，也改善了很多对夫妻的关系……"

自己富了，还能回报村里，于是村里希望他能担任村主任或支书的人越来越多。到2000年时，连乡里的领导也找他谈话，希望他在改选中作为候选人出现。乡领导说："村里很需要你，你一人富了是本事，但带领大家共同致富是胸怀……"乡领导还说："乡里将组织一批人去江苏省江阴市华士镇华西村学习考察，希望你能参加。"

华西村号称"天下第一村"，他听说过，但没去过，既然领导建议他去，他就跟着去了。去了以后，他就被震撼了，回来就同意参与改选，因为华西村党委书记吴仁宝的心胸、魄力和为民情怀感染了他，打动了他。2000年5月，他当选为村主任，又因为当时没村支书，他得主持工作，所以从那时起，他就一直思索着怎样带领村民发家致富。

张庆涛毕竟从小生活在农村，从 8 岁起就跟着母亲到地里打药、锄草，太知道农民的不容易了。正因为能体会其中的艰辛不易，知道农民靠传统作物种植很难致富，他主持工作后，就向华西村学习，想着怎样在土地上做文章，让农民既依靠土地、利用土地，又不拘泥于目前的形式，让村里家家户户都能过上好日子……

于是，他有了"土地流转"的念头。那时候还没人用这个词，中共中央办公厅、国务院办公厅也没出台《关于引导农村土地经营权有序流转发展农业适度规模经营的意见》，但 2003 年他就有了这个计划，并从细节上开始做准备。2004 年当选为村支书后，他便开始操作、实践——他在村里"承包"了 100 多亩地，承包价格是每亩 900 斤小麦。当时小麦亩产一般是 800～1000 斤，他取中间值，可谓公平合理。也许有人会说，他能赚一个秋季的庄稼。其实不然，因为土地有耕种、犁耙、施肥、浇水、打药、除草等费用，有时候秋庄稼的收入还抵不过这些支出。

那他图什么？也许有人会问。

不图其他，就图全村人能改变思想观念，能尽快富起来！而且，作为村支书，作为一村之主，他一直被"华西村精神"和"为村民服务"的理念激励着，鼓舞着。他暗暗下决心，一定要学习华西村。

他说，他的初衷是把土地承包过来，让村民能出去打工再挣一份钱。更重要的是，通过走出去见世面、学技术、开阔视野，等掌握了技术、增长了见识、提高了眼界，时机一成熟，村民就可以回来创业，挣大钱……

他是这样想的，也是按计划进行的。然而，理想往往很丰满，现实却很骨感。当他发动大家出去打工时，多数村民表现得扭扭捏捏、患得患失，前怕狼后怕虎。他说："那时候出去打工的还很少，一些人从没出过远门，不敢出去；一些人是懒，宁愿在家玩，在家搓麻将、打牌，也不出去……"没办法，他就一家一家地做工作，一户一户地给他们讲得失，好不容易说动100多名村民，并花自己的钱租车把他们送出去后，不到半年就回来了2/3。问及原因，有的说受不了人家的管制，有的说牵挂家中这事那事……

受不了管制的，他只能批评劝导。对于牵挂家中这事那事的，为了解决他们的后顾之忧，他先是在村里成立了"劳务队"，后又成立了"大事委员会"。"劳务队"就是谁家有活给谁家干，根据活的轻重每天给每人15~20元的报酬（那时候就这个价格）；"大事委员会"是专门负责喜忧事的。这些举措很得人心。

以前村里谁家有活干不了，就请相好的邻居帮忙，不但要管饭，临走还要送上烟酒点心什么的，麻烦、搭人情不说，也不少花钱。有了"劳务队"后，凡事就简单、方便多了。

"大事委员会"更是想大家之所想。以前村里有个陋习，最爱在喜忧事上说长短，在喜忧事上论排场。例如：谁家喜事到场的人多，就说谁家的人缘好；谁家到的人少，就是这家人缘差。其实，人多人少和家族大小有直接关系。"大事委员会"成立后，就免去了这些七嘴八舌以及其他没必要的烦琐。

村民对这两件事赞成归赞成，欢喜归欢喜，但原来张庆涛承包的100多亩地还是不断有人提出想要回去。究其原因，一是祖祖辈辈在这片土地上生活惯了，内心里对土地无法割舍，害怕一旦租出去就失去了土地；二是对张庆涛不信任，说他还年轻，说他虽然从小生活在农村，但从来没有真正种过地，怕他种不好，怕他兑现不了承诺……

对于这些农民，有时候是讲不清道理的，即便有协议，他们处理的方式也往往让人哭笑不得，往往是说毁约就毁约；何况都是乡里乡亲的，祖祖辈辈都生活在一起，也不值当撕破脸皮。

既然村民们死活要收回去自己种，而且承租的那100多亩地有些也不连着挨着——基本上是这里三五亩，那里七八亩，不方便统一耕种、统一规划，他就同意退还了。

第一次土地流转和劳务输出，就这样憋憋屈屈地失败了。

张庆涛说："我做生意十几年都没这样失败过，我不服！还得干。"他口气里满是坚定与执着。这个坚毅的汉子是个说到做到的人，是个有毅力、迎难而上、不服输的人！

"接下来你是怎么做的？"我问。

张庆涛说："2006至2007年，正赶上国家实施新农村建设，我就利用政策，抢抓机遇，给村里跑建设项目。"

那两年，他一趟又一趟，一次又一次，从报告申请开始，去镇上、去县里、去有关部门，如果谁说他村里条件还不成熟，他就积极创造条件……功夫不负有心人。到2008年，他终于给村里修了一条7米宽、7华里长的水泥路面，接着又给村里安装了路灯，接通了自来水管道，修建了标准化下水道，还家家改了厕所。更重要的是：因原来的学校教室老旧，他和邻村商议，新建了一所标准化小学。

这些，村民都看在眼里，记在心上，尤其这些建设没让村民摊一分钱。在修路、建学校时，张庆涛常常在村里一干就是两个月。两个月里他没黑没白地操心，有次母亲生病，他都没去医院伺候，城里的生意也交给家人打理……

"一般人是做不到这些的。"村里有人说。

"庆涛是个能办事、会办事，也能干成事的人！"也有人如是说。

村民开始对他有了新的定位与评价。

张庆涛说："听到村民的赞扬，我知道时机基本成熟，就趁此实施自己的梦想。"

"接着原来的想法继续干？"我问。

"嗯，是这样。我还想进行土地流转，并想以村委会的名义把全村的土地都转包过来。我向镇领导汇报了这个计划，镇领导很支持，同时派了一个人大主任、两个副镇长和一个写材料的来村里帮忙做工作。我开始也信心十足，先是召集党员、村民代表开了9次会，后又单独给村民做工作……但由于步子迈得太大，我们忙活了3个多月，又失败了。"

"又失败了？"听到这里，我也很惊讶，"有镇上的领导坐镇支持，有他们帮着做工作，先前还开了那么多次会，怎么又失败了？"我不解地问。

"这次失败对我打击也很大，当时我心里'哇凉哇凉'的，甚至想撂挑子不干了。试想，我城里的生意做得好好的，不用这么操心，还挣钱，我何必把精力浪费在这里呢？"

"是啊，有道理。难道你真就不干了？"

"没有，镇领导说凡事贵在坚持，并帮我分析了原因。"

"什么原因呢？"

"主要是村民对土地的爱和依恋。村民就像刚刚学步的孩子，土地就像呵护他们行走的母亲。他们拉住母亲的手不敢放松，害怕一松手会摔跟头，会受伤。另外，前些年有的干部好逞能、摆谱、搞特殊、搞腐败，致使群众有意见，有逆反心理，使干群关系有了鸿沟，村民对干部的信任程度不够了。这些也不是短时间内能挽回的。"

"那怎么办呢？"

"我又自费去了江阴市的华西村，一个人在那里住了好几天，听了不少吴仁宝书记的先进事迹，还买了他的自传认真读，仔细看，慢慢体会……吴书记也作过不少难，碰过不少钉子，受过很多打击，即便他后来搞得那么好，也有说风凉话的……"

"是啊，一人难称百人意，想干事往往是这样。你从他身上又找回了信心？"

"嗯，他是我的榜样，是楷模，我就是想学他，也想趁年轻干一番事业，带领大家共同致富……"

"你的初衷是好的，但和老百姓打交道，就要给他们看得见摸得着的利益。你的失败，我感觉还是因为村民没能看到放手土地后的利益，不愿意冒这个险，毕竟更多家庭赚得起，赔不起。"

"是这样，我也想到了这一点，所以改变了思路。"

"哦，怎么做的呢？"

"我以点带面，先用其他方式致富。"

张庆涛说村里有几个想搞养殖的，他就自己出钱大力支持他们，还带他们到外地考察。先考察的是红头鸭养殖。这种鸭出栏快、销路广，本地、外地都有收的。考察回来，为了让村民相信，为了能带动更多人参与，他与村两委会成员商量，由他们先带头干。于是，他与村委会主任、副主任合伙养了3000只红头鸭，外加10000只麻鸡。令人伤心的是：那年赶上了禽流感，他们一下赔了9万多元……

张庆涛说到这里声音有点打战，眼圈也红红的。他说夜深人静的时候，他偷偷流过几次眼泪。我能体会到他当时的尴尬，也能理解他当时"屋漏偏逢连夜雨"的心情。人常说"男儿有泪不轻弹"，那是未到伤心时。这个坚强的汉子，其实是个性情中人，也是个本真的人。他觉得对不起村委的那两个兄弟，对我说了好几遍愧对兄弟的话。

是啊，他越是想证明给大家看，越是想办点实事、好事，让村民看到希望，就越是碰到沟沟坎坎。这就像唐僧取经，经历了一次又一次困难。

然而，少言寡语的张庆涛是个越挫越勇的人。他自己也说："我有个犟脾气，越是难办的事，越想办成……"

就这样，2014 年他又开始了土地流转。

这次，他总结上两次失败的原因，不再以村委会的名义流转，也不再一次性流转那么多了。他以自己的名义先带动少数村民，与思想进步的村民一起成立合作社，先搞试点，自己先种植蔬菜、蘑菇等农作物，让其他人看到利益后再逐步扩大。

一开始就 5 个人入股，通过做工作，他们流转了三方地，一共 300 多亩。他说，就这 300 多亩地，也费了好大劲呢。例如：一方地中，如果有几家不愿意流转的，一下子就把地分散了，而分散的土地无法用大型机械耕种，也不能用大水泵浇灌，更不能用无人飞机喷药，如此等等，限制了今后的发展。所以，为了方便今后作业，他还得做那几家的工作，甚至帮着他们置换土地……

他们 6 个人先是成立了合作社，一起种黄秋葵、洋葱等，结果因为投资大、产量低、没经验，加上秋葵也不耐放——摘下来放两天就长"锈"，一长"锈"便没了品相，没品相也就没了好价钱……辛辛苦苦、劳劳碌碌一年下来，结果赔了 18 万元。其他 5 个人本来是抱着赚钱的希望参股的，没想到一下子赔了那么多。农村挣个钱不容易，每家积攒个三五万元也不容易，于是那 5 个人提出不干了。

赔了，他也不想落埋怨，于是大家把所有的土地和拖拉机、水泵等一切农用具全折合成钱算给了他，等于让他买了那些设备。他们说："支书啊，你还有其他生意支撑着，十万二十万的对你来说不算啥，压不倒你，对俺们就不行了……能折合给你的，就折合给你吧。"他点点头，表示同意。

有利是大家的，赔了是他自己的！类似这种情况，他经历过好多次了，不差这一次！他的性格也一贯是这样，凡是能自己顶的，就自己顶上去，从不想让别人心里不舒服。

听到这里，我忽然想起没来采访前，别人介绍他时，说他2015年上了中央文明办等推选的"中国好人榜"，2015年被"中国网事·感动山东"授予"感动山东十大网络人物"提名奖，还获得过"山东十佳三农人物"和"全省担当作为好书记"等荣誉称号……如今对他的了解越来越多，我感觉他无愧于那些称号。

一次又一次的失败，让他陷入了痛苦和深深的思考：到底怎样做才能成功？怎样充分利用土地才能赚钱？如果说做土地文章不挣钱，那寿光怎么做得那么好？想到寿光，他又自费去了寿光，并与王乐义深谈。在寿光没见到王乐义的那几天，他还写了日记，让我们通过其中的一篇来感受他的心声。

2018年4月20日晚11点，在寿光宾馆：

农业有那么难干吗？为什么我不求回报地付出，总得不到村民的理解呢？有时候听村民说我这说我那，我不是心凉，是心寒！以前做生意也难，但再难，我没掉过泪，而当支书后，为了带动全村奔小康，我掉过几次泪。我不怕难，但作了难不被理解我难受。让我难受的还有父母几次生病，我都不能及时带老人去医院，不能守护在床前。

我不但愧对父母，也愧对孩子。十几年忙下来，没时间管孩子，致使儿子没有受到很好的高等教育；二闺女眼看着也被我耽误了。她还是个孩子，正是需要父母关心呵护的年龄，可我常常一月一月地见不到她，家长会也没为她开过……因为忙，平时只能让她住校。她偶尔星期天回家，我不是在农村，就是出差……

我付出时间、付出精力、付出钱财，都没事，但付出了不被理解，我心寒，就有委屈的眼泪，加上资金链常常跟不上，有几次我甚至有了轻生的念头。然而，一想到年迈的父母和没成人的孩子，我感觉自己死不起。尤其二闺女，小时候送我出门，最后总好说："爸爸，我等你回来。"她那亲切的话语、期待的眼神，一直温暖着我，把我从低落中拉回来……

张庆涛是个坚持多年写日记的人，我在他办公室看到一大摞日记本。他说你翻翻吧，这些都是近两年写的，不保密。我一点点地翻阅着，见有几页布满泪痕。这个白天常常微笑的汉子，看起来是那么坚强，但每到夜晚，每当自己独处的时候，酸楚的泪水也是一次次在他心底奔涌。

是啊，他本来有其他生意做，也不差钱，可是为了让大家共同致富，他把几年的好时光搭在村里，把生意上的钱砸在地里，的确是一个有大爱、有担当、乐于奉献的好支书，只是失败让村民一次次地不理解他。

村民不理解，但上级领导理解。因为他身上具备一个村支书的优良品质，加上他的执着和坦诚，县里的领导也常常被感动。之后，县委、县政府不但在政策上、经济上对他进行扶持、帮助，还在技术上大力支持他——帮他联系清华大学、山东农业大学、北京博收种子公司等单位的科技人员来开展合作。后来，分管的常务副县长还亲自带他去寿光拜王乐义为师，向王乐义取经。王乐义也亲自来甄庄指导……就这样，日子逐渐好起来，光明慢慢到来了。

王乐义到合作社现场指导工作。

为了更好地流转土地，惠及村民，在接下来的土地流转中，他又召开了多次党员会和村民代表大会，进行充分讨论。最后，他以村委会委员为主，发动一些愿意入股的村民先投资一部分钱，把合作社运转起来。这期间，他承诺：以每亩 1000 斤小麦的价格把土地流转过来，然后村民就可以到外地打工，或者到合作社干活。农民只要愿意干活，就有钱挣，工钱按天按月计都可以。

另外，合作社有了利润后，再将 20% 的红利分给村民，10% 交到村委会，作为村集体收入，剩余部分作为发展基金留在合作社。这种方法一公布，有些 60 岁以上的村民不同意，他们的理由是：自己年龄大了，打工快没有人要了，也没能力到合作社种地。面对这种情况，张庆涛又承诺：每年给这些人 2000 元，即便他们一年不干一天活，也照样发放。如果合作社派给他们力所能及的活，他们也愿意去干，当工时费合计超出 2000 元时，超出部分照样发放；如果派出的活，到头来工资合计不到 2000 元的，仍然按照 2000 元发放……老年人这才没意见。于是，他们印好明白纸，挨门挨户地送，一户不漏地让村民签字、按手印。结果仍有 27.2% 的村民不同意。对于这些不同意的，为了使流转的土地能连成大块，便于耕种，他承诺给他们调整置换现有的土地……

做一件事总会有诸多困难和付出，但只要坚持，只要想着利他、惠民，只要有为民情怀，就一定会被理解，就一定会成功！

现在，张庆涛倾力投入的土地流转事业越来越壮大，越来越红火。2015 年，他成立了山东绿禾农业综合开发有限公司，该公司集科研、开发、生产、加工、农业观光休闲、采摘、种植、销售等于一体，是市级农业龙头生产企业。公司下设郓城县金坡米业有限公司、郓城县润通蔬菜（食用菌）种植专业合作社等几个公司，以及年产 4 万吨的农业部有机肥替代化肥项目暨山东聚福生物科技有限公司等。目前公司资产总额达 8268 万元，固定资产达 5785 万元，销售收入达 11544 万元，净利润高达 791 万元。

采访中，我看到他们公司墙上写着："以造福一方百姓为核心价值观，以精准扶贫为公司己任，以'绿泽万家，禾润百姓'为公司愿景，以'科技发展绿色农业，产业报国'为公司使命，以'科技兴农、厚德载物'为公司经营理念，以'管家式一站式绿色农业服务'为依托……努力打造成省级特色农业开发企业，实现伟大绿禾梦。"

是啊，厚德才能载物。张庆涛在一波三折下能有今天的成绩，是他多次失败后敢于承担换来的，是他一贯坚持"为农民服务，让菜农挣钱"的宗旨换来的，更是他善于思考、永不言败的结果。但愿他今后的路风雨不再，洒满阳光……

你是天边那道虹

"姐，我每走一步都会疼痛。"

那天，我和马翠梅去餐厅吃饭时，她缓慢地迈动双腿，在走廊里对我说。当时我心里"咯噔"一下，疑惑地看着她。

没见马翠梅之前，听朋友说她是残疾人，得拄双拐。我就记下了这些话，等到约好采访那天，便提前一小时出门，为的是我去她那里，不让她多走路。但是，计划没有变化快，那天她厂里临时有点急事，还要到东明县城处理，具体几点结束也说不准，所以我们的见面地点临时改成东明县委宣传部会议室。

在会议室等她的时间里，我还想着她下车时我去楼下接一接，帮她一下。不料她到楼下并没吱声，走出四楼电梯才打电话说到了。我和文联主席张飞（兼宣传部办公室主任）一起出门。张主席介绍给我的是一个穿着时尚、精神饱满、微胖、颇有气场的成功女性，哪有什么双拐？人家手里只提着一个包。

我和马翠梅并肩而行，她的步伐慢慢的，显得稳重而踏实，身体摇摆得也不厉害，并没看出多严重的残疾。我当时以为先前的信息搞错了，还认为她可能以前拄双拐，现在已经治好了。所以，在接下来的座谈中，我并没提她残疾的事，怕伤着她的自尊心，而她自己也没提艰难，只说了现在的发展状况以及公司今后的规划。

"你的腿——是怎么不好？"听她说每走一步都会疼痛，我便试探着问。

"从小的毛病，先天性髋关节脱位。小时候因为姊妹多，父母又都

241

是没文化的农民，一是没钱治疗，二是也没意识到病情的严重性，以至于后来再想治已经晚了。现在我两边的髋臼已经萎缩，无法支撑两个股骨头，股骨头就从髋臼旁边穿过去……"这个时候，她才谈起自己的腿。

我们的骨盆里一边有一个髋臼，两个股骨头正好和髋臼配合，起到支撑上体的作用。如果髋臼小了、坏了或萎缩了，股骨头和髋臼就无法正常工作，摩擦时就会很疼痛，况且她这不是摩擦，而是从旁边斜斜地穿过去，等于股骨头直接顶着肉……

我有些不相信地看着她，无法想象她是怎样的难受！我的心颤了几颤，喉头有些发紧，转过脸去，怕她看到我发红的眼圈。我这个人太感性，常常控制不住自己。

"为什么不拄双拐呢？那样还能减轻一些疼痛。"

"外出有事或者谈业务，我都不拄双拐。我不喜欢那种感觉。"

"可是，你这样太受罪了，也会加重病情的。"

"嗯，现在医生说我的两个股骨头高出髋臼 7.7 厘米。姐，我的个子本来挺高的，你看现在，它们在身体里不能直接上下接触，等于降了 7.7 厘米嘛……"没想到她说得很平静。我上下打量她，如果加上 7.7 厘米，她身高应该在 1.68 米左右。

她仍然慢慢向前走着，看上去那么坚定。这是一个坚强的女人、有毅力的女人！她的每一步都是一种肉体折磨，但她的每一步都走得那么有意义，那么非同凡响！

马翠梅还告诉我，她又叫马海燕："海燕"是她后来起的，现在身边的朋友都喜欢叫她"海燕姐"；"翠梅"是父母起的，是身份证上的名字。但是，我认为：不管是"梅"还是"海燕"，都在她身上张扬着它们的精神。"梅花"不怕天寒地冻，不畏冰袭雪侵，不惧霜刀风剑，不屈不挠，昂首怒放，独具风采！

"海燕"呢？高尔基笔下的海燕从惊涛骇浪中成长起来，是一种不屈不挠的精神，是一种勇往直前的执着，更是一种不畏艰难险阻的勇气。这些都暗合了她这个人以及她的事业。

餐厅门口还有三级台阶，我赶紧去搀扶她，没想到她说："不用，姐，我行，我自己可以的。"这个独立的、越挫越勇的女人，每一步都要自己去克服，每一步都要自己来突破。

我忽然想起她告诉我的，小时候去上学，有些"熊孩子"看见她，故意在旁边学她走路的样子。她每走一步，他们就在后边或旁边学一步，引得其他同学大笑。一开始遇到这种情况，她还掉眼泪，甚至不愿去上学，但一想到老师欣赏的目光，一想到因为成绩好而被老师表扬，她又鼓起勇气，何况更多的同学是善良的，有些女生还主动帮她。后来，她常常对自己说："我要用好成绩来战胜他们！"再后来，她的孩子也上学了。有一天，爱人因事不能送孩子，她主动站出来说送时，孩子说："妈，不用，我自己能行，我靠边走好不好？"她明白：孩子一是疼她，怕她累着；二是怕同学笑话妈妈走路的样子。孩子毕竟还小，承受不了别人的指指点点和议论，承受不了那些世俗的压力。于是，她就挑明了说："孩子，有些事通过努力是可以改变的，有些事是通过努力也无法改变的。妈妈的腿现在是无法医好了，但我会成为一个让你感到骄傲的妈妈，一个健康人也比不了的妈妈……"

她说到做到！如今女儿已经20多岁，儿子也上了中学，每每提到妈妈，他们都一脸骄傲。有时，他们甚至说："俺妈妈虽然腿不好，但比你们健康的妈妈强很多倍呢。"是的，他们的妈妈是比正常人还要强，但孩子骄傲的背后，是妈妈无尽的疼痛与超常的付出。例如：马翠梅学骑自行车和摩托车时，都是趁有月光的晚上。为什么？因为有人说："就她那样，还想学骑车呢？"话语里充满蔑视和嘲笑。她听了很难过。

"我这样怎么就不能学骑车了？"她在心里反问，"难道因为腿有毛病，我就这般被贬低吗？各方面都要被否定吗？那好，我就证明给你们看！"于是，她常常趁夜间学，终于在别人不经意间学成……

如果说马翠梅在娘家的日子虽不富裕，但衣食无忧，那么婚后到了婆家，光景却变得不堪。公公、婆婆原本都是健康人，但过着过着出现了变故：公公喜欢唱戏，曾在地方戏剧团里当演员，长期的锣鼓声响导致其在一次感冒后失聪；婆婆因为拔牙伤到神经，变得精神失常。这样一个家庭，连地都种不好，还要吃药看病，怎么会不穷呢？

马翠梅刚结婚那几年，连菜也买不起，厨房里干净得连个蒜瓣都没有。善良的邻居见她家可怜，改善生活时就常常喊上她。她是个"人敬我一尺，我敬人一丈"的人，虽然不能下地干活，但从小心灵手巧，会用柳条什么的编筐子、篮子。于是，邻居的好她都记在心里，等春天到来，就让丈夫割些柳条，剥了皮，趁着柳条有韧劲编些筐子、篮子什么的送给邻居用。

那几年因为太穷了，马翠梅第一次怀孕，怕养不起，不敢要，要去医院做手术。但是，做手术需要钱啊，爱人就去借，一个下午去了这家去那家，就借到 50 元钱。她家实在太穷了，很多人家不敢借给他们，怕他们还不起。

"没有钱就先停着！"她赌气说。

但是，孩子在肚里一天天长大，一家人愁得饭也吃不下。本来结婚怀孕是件大好事，可是到了他们家，喜不出，忧却长。夜深人静的时候，她辗转反侧，抱怨孩子来得不是时候，想着想着就流下泪来。后来，村里一个搞蔬菜大棚的朋友听说了，把卖菜的几百元钱送给了她。

"人要知恩图报。后来，我手里有了钱，赶上他们盖房子，就主动送过去几万……"马翠梅说。

穷则思变！不能这样一天天过穷日子，得想办法改变！她暗暗发誓要改变现状。怎么改？平原大地种庄稼一年两茬，她家和村里人一样，基本都是种一茬小麦一茬玉米或者大豆，一年下来，除了吃喝也就落个零花钱，所以种这些粮食作物是不能致富的。种经济作物呢？一是没技术，二是没本钱，也做不起来。做小生意呢？家里穷得连本钱也没啊。如果靠借钱做生意，她心里没底，实在是赔不起啊。就这样，日子在她有心无力的状态下向前挨着，挨着挨着，那年冬天出现了转机。

20世纪90年代的初冬，农村要进行挖河、打坝、修堤等水利工程建设。在东明一带，农闲的初冬修堤是免不了的。那时候修堤靠的都是人工，来修建的不仅有当地人，还有许多外地援建者。外地人带着铺盖卷来支援黄河大堤和生产堤的建设，很多生活用品准备不齐或者想不到也是正常的，而中原地带的冬天是很冷的。那年冬天，北风刮得似乎更凛冽，寒冬来得也更凶猛，一些外地人穿着胶鞋干活，把脚都冻出了疮。有疮的脚面一蹬铁锨，疼痛钻心，可这里离集市远，外地人又人生地不熟的，摸不清到哪里买棉袜子。

有一天她路过工地，几个人主动喊住她："大妹子，附近有卖棉袜的吗？能帮我们买几双吗？给你报酬也行。"

"你们真需要的话，我就帮着解决。我去进点货，回来卖给你们怎样？"

"好得很呀，我们要感谢你的！"

可是回家一商量，家里人不让卖：一是心疼她，因为在大堤上走路，高低不平的更难，她的腿会更疼；二是多年来一家人按部就班地过日子，从来没做过什么生意，怕卖不出去赔了。可是，她已经答应了那些河工，人家还等着呢，何况那些长冻疮的脚她也看见了，心里替他们难受呢。

"就是赔钱也得把这事做了。"她说。

就这样，她偷偷到娘家要了 200 元，买来一批袜子，进价 1 元，卖 1.5 元，很快就卖了出去。她拿着赚来的钱，高兴得不得了，心想：生意也不难做啊！于是，她又进了一批，没想到这一批没卖出去，压在了手里。这一是因为外地人本来就少，已经买得差不多了，她没估算准市场需求；二是因为那年确实冷得快，地面要上冻了，上级领导通知提前结束河工，不然建出来的大堤不结实。

一摞袜子摆在那里，穿又穿不完，退又没法退。当然，即使能穿完，他们也舍不得一直放着穿，还压着钱呢！怎么办？只能到集市上去摆摊。那些袜子在家里压着看着是多，一拿到集市上就不算什么了。做买卖讲究"人无我有，人有我全，人全我精"，这些潜在的生意经她一样都不占。她也没钱再进货了，即使有钱也不敢进，只能硬着头皮卖。

到集上卖袜子，她很不适应，因为租不起摊位，即便能租起，就一种袜子，品种也太单一了，根本压不住摊子呀！没办法，她只能多说好话，多赔笑脸，在人家摊位旁边挤点空卖。挤点空卖袜子？想得挺好。要是遇到好心的，人家让一让，给她腾出一点地方来；要是遇到怕争生意的，二话不说就把她撵走了。北风呼啸，天寒地冻，她带着那些袜子赶集，今天在这个角落卖几双，明天在那个角落卖几双，一晌下来两腿疼得她直咬嘴唇。等散了集，即使再饿，她连两毛钱一碗的热汤也舍不得喝……

那次经历让她深感做生意不容易！但是，容易的事大家都会做，就无法致富了呀！正是那次有波折的袜子生意激发了她的斗志，激起了她做生意的欲望，何况在赶集的时候，她看到了别人是怎样赚钱的。她是有心人，也学到了一些东西。

试想：这个世界上哪有什么容易事啊？所谓容易，是有人在替你吃苦，替你砥砺前行。吃了苦能成功的，就是幸运的了！就这样，冬去春来，天渐渐变暖，夏天很快到了。她没本钱，又不能走长路，就在小学门口卖冰糕。毕竟卖冰糕只需要几十元钱的成本，而且可以坐着，还能听到那琅琅的读书声……

马翠梅说："一开始卖冰糕，我连个冰糕箱子也置办不起，就在村代销店要了一个纸箱子……"

别看冰糕箱子不怎么样，却让她一炮打响。同样是卖冰糕，马翠梅和别人不一样的地方是待人亲切，讲义气。买不买的，只要到她摊子前站站，她就微笑着和人打招呼。买的呢，她就老少无欺。有的孩子口渴了，想吃，钱又没拿够，她照样让孩子吃上……就这样，她很快成了"冰糕王"，大家都喜欢到她这里来买，有的甚至宁愿多跑一点路。

几个月下来，冰糕批发站的老板告诉她，她比别人多卖了一倍。卖得多赚钱也就多，一个季节下来，她积攒了一点本钱，也积攒了一些经验。到了不能卖冰糕的冬天，她又开始做大一点的生意——到集上卖鞋。卖了两年鞋，又卖衣服，就像滚雪球，她的生意越滚越大，经验也越来越丰富，眼界更是越来越开阔……

马翠梅说："从卖冰糕开始，爱人和公公都很支持我，对我特别好，尤其是爱人常常说：'我就是你的腿，你想去哪里，我就带你去哪里……'"

一开始，爱人用自行车接送她，后来生意做大了，家里买了汽车，爱人就用汽车接送她。一句"我就是你的腿"，听得我感慨万千。这世上最打动人的就是爱情呀。我忽然想起《你是我的眼》那首歌："……如果我能看得见，就能驾车带你到处遨游，就能惊喜地从背后给你一个拥抱……你是我的眼，带我领略四季的变换……你是我的眼，带我阅读浩瀚的书海，因为你是我的眼，让我看见这世界……"

是啊，妻子的腿有毛病，丈夫就"当她的腿"；妻子缺啥，他就递上啥。这种无声的给予，这种全身心的支持与呵护，就是真爱！也难怪，他们走在一起本就是最好的安排。

马翠梅和丈夫是高中同学。高中的学生处于花样年华，这样的年龄也意味着心思缜密，对外界的事物敏感了，自尊心强了。马翠梅说，到了高中，虽然没有"熊孩子"再学她走路，但有些歧视的眼神和表情，她还是经常能看到。为了不让人笑话，更为了保持少女特有的自尊，阴天下雨的时候，怕自己滑倒，她宁愿饿着也不去买饭。可是，不知从什么时候起，每到这样的天气，总有一份饭菜被悄悄地送到她的课桌上；下晚自习的时候，他经常"偶然"出现在她身边，为的是帮她一把；还有周末回家的日子，他也能在她最需要的时候出现。后来，她还知道，为了让她吃得好点，他曾经省吃俭用卖掉自己的粮票（那时候学校还兴粮票）……就这样，两颗心慢慢走在一起，他们相恋了。婚后，马翠梅曾问丈夫："当初你为什么对我那么好呢？"

丈夫回答："因为家境不好，我也是从小受歧视，那种滋味终生难忘。"

是啊，将心比心，感同身受，他能深刻体会到妻子曾经的尴尬、感慨和内心波动。"同是天涯沦落人"，所以他要疼她、爱她、保护她，给她温暖。

一开始，马翠梅的父母不同意这门亲事，因为感觉对方那么穷，自己的闺女又不能干体力活，等嫁到那里，日子怎么过呀！马翠梅却说：穷没根，只要有志向，能吃苦耐劳，穷日子慢慢就会变富的；何况他健康、结实、心眼好，是个能蹦能跳的人；他们又是真心相爱，和自己相爱的人在一起，喝凉水心里也是甜的。就这样，马翠梅毅然决然地嫁了过去。到目前，两个人风雨同舟将近 30 年，依然恩恩爱爱，相扶相搀。

摆摊卖鞋、卖衣服，风里来雨里去，虽然劳累，虽然遭罪，但是日子一天天好起来，家里的老房子也慢慢翻盖了；更重要的是，她在做生意的过程中结识了一些朋友，后来的手机店就是因一个朋友才开的。

手机店本来是一个朋友的，但天有不测风云，有一天，朋友夫妇出了车祸。两口子在医院清醒后的第一件事，就是把孩子喊到病床边，说："把咱手机店的钥匙都交给你海燕姨，让她帮咱打理几天。"

孩子问："交给俺表姐不行吗？是亲戚多好，她家离得也近。"

夫妇俩摇摇头。

孩子又说："交给俺大伯呢？"

夫妇俩仍然摇摇头。

孩子又说了几个亲戚，夫妇俩都摇摇头。最后，他们告诉孩子："你海燕姨聪明能干，会做生意，更重要的是善良、靠得住。"

一句"靠得住"把什么都表达了出来。就这样，朋友把生意暂时交给了她。她打理的那些日子，把每天的收入、支出一笔一笔都写得清清楚楚，还经常到医院交给朋友看，生意比朋友经营得还要好。再后来，朋友因为急着用钱，就把手机店转给了她。

"有了手机店就不用再赶集摆摊了，从此就风吹不着雨淋不着了。"马翠梅说。

也就是在卖手机的日子里，她偶然看到一个招工广告，是河北保定市和道国际箱包城的。她拿着招工广告出神。河北的和道国际箱包城她早有耳闻，是全国著名的箱包市场，那里做箱包生意挣大钱的比比皆是。她想：本地没有箱包市场，人们进货都要到保定去，而本地会缝纫的人很多，劳动力也不贵，与其让本地人千里迢迢去打工，不如自己当老板来做包卖，让他们在当地打工。这样不仅可填补本地无箱包加工厂的空白，工人也不用远离家乡、远离亲人……

这样反复想着，马翠梅心里涟漪不断。她把自己的想法对爱人一说，爱人不同意。爱人说："别瞎折腾了，咱手机店干得好好的，接着干就是了。你腿不好，咱身体要紧。"她明白：爱人这是疼她、珍惜她，生怕劳累让她过分疼痛。但是，她喜欢那种挑战性的东西，更想做大生意，想试试。于是，她一个人悄悄上路了。她要到保定市去看看，去考察市场。

"那个市场真大，我一下子被震住了！因为震撼，我更坚定了做箱包生意的决心。"马翠梅如是说，两眼有些放光。

我明白，事业型的女人说到兴奋处都是这样子。然而，一个操着外地口音的残疾人，贸然来到和道国际箱包城，站到人家面前问这问那，人家根本不理会。那些冷漠的、充满疑问又充满不屑的眼神虽然没让她打退堂鼓，但两天下来她身体吃不消了，腿疼得两眼噙泪，股骨头顶着的地方已经肿起来……还有，由于上楼下楼总要雇人推着，她带的钱已经快花光了，就剩了一点回家的路费。为了省钱，在箱包城的7天里，她只吃了出门时带的两斤点心……

就这样，第一次考察以失败告终，可是她不甘心，还要去。

有了第一次的经验，第二次去时她让一个亲戚陪着，也考虑到了其他细节，尤其想到上次考察的时候，有一个大姐见她来回转悠不容易，曾主动让她坐下来喝口水。这次她给人家带了些家乡特产，一是为了感恩，二是想从大姐那里学到一些东西。也就是第二次去保定，大姐的母亲接她到自己家里吃饭，闲聊的时候还给她剥瓜子吃。大娘说："孩子，一看你就是个聪明人、能吃苦的人。"

就这样，两家在相互信任的基础上建立了友谊，她也因此了解了一些做包的内情。第二次回来后，为了保险，不至于连手机店也开不成，她先租赁了手机店二楼的几十平方米的房间，招来8个工人，从此走向加工包的征程。

以前，无论卖袜子、冰糕还是鞋、衣服、手机，她干的都是营销业；如今做包卖，大小是个加工业。这是跨行当的改变。加工业不仅要考虑进货渠道、进货价格，还要考虑加工中的质量、款式问题以及工人工资和后来的销售渠道等。哪个环节都是学问，哪个环节水都很深，都不容易；哪个环节出了问题，都会导致赔钱。马翠梅首次做，加上有手机生意占用时间和精力，难免顾此失彼，难免不交"学费"。

"姐，第一年我赔了10多万元。"马翠梅说。

"问题出在哪里呢？"

"一开始改行，很多内在的东西摸不清，进货时人家一听你是外行，肯定要价高。例如：包上的小扣子，本来内行人进价是3分钱，我进就是5分钱或6分钱，还有布料、贴花、拉链等。做包是一条龙，任何一个部件都进价高一点的话，成本一下就高出许多。同样的质量，咱比人家的价格高，当然没人要！何况咱的质量也一般。毕竟才开始干嘛，工人都是本地的，也没出去专门学过，都是摸索着前行。销售环节呢？我上门去推销，人家都不敢合作，怕是二道贩子，因为二道贩子可能有了这次没下次，不能长久供货，做生意都希望长久合作……"

"你不会告诉他们，你也能长期供货，是自产自销吗？"

"当然说了，能不说吗？但是，人家却说：'东明哪有做包的？没听说过。'是啊，咱才开始，大家还都不知道呢，让人了解也需要过程。"

从厂房到机器设备，再到技术、进货、销售等，哪一步她都没有经验，哪一步都得摸索。因为第一年赔了十几万元，不少人笑话她："日子刚好过一点就开始瞎折腾，这下不折腾了吧！"口气里几多含酸沾醋，几多幸灾乐祸！

还有的说："走路那样，还瞎折腾哩！本来就是个农村妇女嘛，还心高妄想当老板呢！"

生活中就是这样，一些人看不得你好！你好了呢，他们就嫉妒羡慕恨；一旦不行了呢，他们就说风凉话，就搞讽刺挖苦那一套。这世上拜高踩低的人实在不少，但谁又能堵住悠悠之口呢？

别人说啥马翠梅都不在乎，重要的是爱人也不让她继续干，断了她的进货款（平时钱都是爱人掌管）。于是，马翠梅对爱人说："干包厂是个大项目，要是让人家亲自教的话，给20万元也没人教啊，咱这才赔了十几万元，我看这'学费'不算贵。请相信我，我能成功！"爱人知道她的犟劲上来了，也知道她是不达目的不罢休的人，只好放手让她再试一年。

箱包车间

第二年，马翠梅聘请了设计师，不但在款式上和市场对接，在做工上也严格要求，尤其是在下料方面，请来了专门的老师。老师来了她才明白，光一个下料就学问大着呢，出入大着呢。同样一匹布，内行人剪裁能多裁出好几个包……

进货、销售环节她也亲自上阵。包做好后，她拿着样品到菏泽大市场一家一家地跑。不管人家怎么说，信任不信任，她先留下一张名片，告诉人家可以随时联系，他们可以送货上门，还告诉人家有空的话到厂里去看看……

第二年，她赔了1万多元。

"这就是成绩，3年之后我肯定能挣钱。"她对爱人说，信心满满。

果然，第三年她挣了几千元，虽然不多，但是3年来一年比一年好，一年比一年接近成功。于是，她一干就是8年。8年来，她吃过的苦、受过的罪、熬过的夜、流过的泪，说也说不完！

马翠梅说："有一次去进货，回来的时候钱包丢了，回家的车票还没有买，我就想搭个顺路车。站在路边招手的时候，有的看我一眼，根本不停；有的虽然停下来，但看我一眼，说了句'骗人的吧？看你穿得比俺还好，怎么会没钱呢？'，就一踩油门走了。"

还有的对她说："挺会编故事的，说不定你的腿都不是真瘸，像你这样的我见得多了。"也是一踩油门走了。

她已经站了多半天，腿疼得不得了，而且一口饭也没吃，一口水也没喝，再这样下去身体会支撑不了的。于是，再有司机停下质疑她的时候，她就说："只要进了菏泽地界，我一个电话就会有人送钱来，到时候给你双倍的。"

对方笑了，那种笑好像听了单口相声，完全认为她是说大话、说瞎话。于是，她赶紧补充："就算我骗你一次，载上我也不多浪费油，你不损失啥，我损失的却是声誉。我是做生意的，讲究诚信！何况我也没骗你。如果骗你，到了菏泽，你愿意怎么羞辱我，就怎么羞辱我！"

"你怎么敢说进了菏泽地界，一个电话就有人送钱呢？"我问她。

"姐呀，这可不是大话，没把握的事我不说，既然说了，就有把握。"

"是吗？现在能这样做的人不多了。"

"我的为人我知道。想当年卖手机那阵子，有一天下雨，我看见一个小儿麻痹致瘫的妹妹想到我走廊里避雨，就早早等在门口帮她开门，然后迎她进屋坐下，给她倒水驱寒。当时那个妹妹眼泪都流了出来，说长这么大从没人这样对待过她，就连丈夫都看不起她……这些年，无论做生意还是交朋友，我都是真诚以待。我的箱包厂招工简章上有一句话：'残疾人优先。'只要能自理，我随时欢迎他们，不为别的，就想让他们通过工作找到一份自信，甚至骄傲……"

"到了菏泽，真验证了吗？"

"一进菏泽地界，我就打了电话，说几点到汽车总站，朋友果然拿着 500 元钱等在那里。这个朋友就是个残疾人，以前怕人笑话，不怎么出门，渐渐得了抑郁症。后来，他母亲给我打电话，问能不能劝劝他，开导开导他。我说没问题。等他来后，我不但劝导他，让他找回了自信，还让他到我厂里来工作……到我厂里后，有空我就给他讲自己的故事……如今他天天乐呵呵的，每月还能挣 3000 多元，女朋友也谈上了。"

我点点头，向她伸了伸大拇指。

她接着说："那个司机一看这样，反而不要钱了。哈哈，这世上还是好人多。"

一路走一路付出，马翠梅在经营自己生意的同时，也注重做人。如今，二级伤残的马翠梅越走路越宽，生意也越做越大。目前她的箱包厂在河北省保定市有专门的批发站，在河南还有一个加工分厂，产品不仅在国内畅销，还出口到加拿大、俄罗斯和非洲等地。我还了解到，她家的箱包花样齐全，有 40 多个款式，以书包、旅行包为主。当然，男女提包也做得相当漂亮。在公司的整体运营中，她主要负责进料和订单，爱人负责发货送货，女儿负责质量……

马翠梅在本地一共有 3 个车间、80 多台机器、100 多个员工，其中包括残疾人 30 多个、贫困户 20 多个，也就是弱势群体占了一半。她告诉我："凡是能自理的残疾人，都可以到我厂里来打工。他们最不济也会缀扣子吧，就是缀扣子一月也能收入 2000 元左右……"

我认为，那些人的收入还在其次，关键是通过工作，他们看到了自身的价值，看到了人生的意义，寻求到了欢乐，也树立起了信心。毕竟马翠梅一路风雨兼程，太知道一个残疾人的不容易了，所以她要伸出援助之手，给那些人以温暖和爱，给那些人指明奋进的方向，让他们的人生之路也铺满阳光。

马翠梅和车间的工人们

在我和她交谈的两个多小时里，马翠梅又接到一单生意，是河南一个开网店的，3 天内要 2000 个包。我问她有没有压力，她说有，但是一定得想方设法做出来。是啊，做生意就是这样，诚信为本，一旦答应就得践行。基于此，她才给自己的厂子起名为"东明县菜园集诚信箱包厂"。

因为订单比较急，她要回去处理一系列事务，我们暂时结束了座谈。

看着她慢慢离去的身影，看着她坚毅的步伐，我突然想起唐朝著名诗人崔道融写的那首《梅花》诗：

数萼初含雪，孤标画本难。

香中别有韵，清极不知寒。

横笛和愁听，斜枝倚病看。

朔风如解意，容易莫摧残。

我理解的这首诗的意思是："初放的梅花啊，花萼中还含着白雪；她是那样美丽和孤傲，我想让她入画，都担心难以画得传神。梅花的香气别有韵致，梅花清雅得都不知道冬的寒冷。她的枝干横斜错落，似愁似病，北风如果能够理解她的心意，就请不要再摧残她了。"

是啊，马翠梅今后的路还很长，她的事业和家庭都在她的双肩上。我想把这首诗送给她，祈祷"北风"别刮到她身上，更希望"北风"能够理解"梅花"的心意，别再去摧残她，只给她香气和力量！只愿她每一步都走得顺畅，每一天都平安开心！

福 禄 绵 延

在中国传统文化里，讲究寓意是非常重要的一部分。例如：院子里栽上柿子树、苹果树，讲究的是"平平安安，事事如意"；画家画公鸡，多题"吉祥图、大吉图"，取的是"鸡——吉"谐音；画牡丹，多题"富贵图"，因为牡丹花大色艳、雍容华贵，是花中之王，也是精神品格的象征，适合挂在中堂。还有很多画家举一反三，画牡丹的同时配上海棠，寓意"富贵满堂"；至于配上石榴、桃子嘛，当然是"多子、多福、多寿"的意思了……所以，人们又常常把葫芦作为"福、禄"的象征，挂在家里，戴在身上，或拿在手里把玩，图个彩头，图个吉利。毕竟人们容易把"葫芦"听成"福禄"，当然也乐意听成"福禄"。

社会发展到 21 世纪的今天，也是中国改革开放 40 多年之际，人们的物质生活已是相当丰富，文化也非常多元化，追求精神生活、讲究文化底蕴和文化品位已成为一种时尚和必然，所以葫芦进入市场也是一种消费趋势。

葫芦种植大棚

这个时期有人开始大量种植葫芦，不仅仅体现了当代人看懂市场、看透市场、与时俱进的思想和种植理念，更体现了时代风尚。

鄄城县董口镇刘鸭子庄有对返乡创业的夫妇叫李昌臣、王爱红，是种植葫芦的大户，也是行家。当地百姓都亲切地称他们"葫芦王"，说他们之前曾在天津租温室大棚种了 8 年葫芦，2017 年年底返乡创业，在董口镇一下租了29个拱棚，大棚里全是葫芦……

29个拱棚让我充满想象，大棚里又全是葫芦更激起了我的好奇。试想：29个温室大棚是什么概念？那就是30多亩地一眼望过去全是大棚，就像一排排威风凛凛的队伍。大棚里那些大小不一、长相各异、品种繁多的观赏性葫芦，怎能不让人心仪呢？想想就感觉壮观得不得了！这种大气象、大"福禄"，我要去感受感受。

怀着好奇，带着兴奋，我于2019年1月份冒着严寒去了他们的大棚。然而，一个个大棚看过去，我看到的不是葫芦，而是花卉和青菜。

"没种葫芦啊？"我禁不住问。

旁边一个比较幽默的年轻人把我带到其中一个大棚内，掀开一畦地上覆盖的薄膜说："这不，葫芦的婴儿时期。"他的话一下子把同去的几个人全逗笑了。我明白自己来得不是时候。这也暴露了我农业知识的匮乏。原来葫芦的生长期是每年的4月份到10月份，目前他们正在育苗，而且已经做好了育床，撒上了种子。年轻人说的就是刚刚发芽的小葫芦苗。

虽说没见到预期的葫芦，我也没白来。在这万里冰封、到处都光秃秃的北方，我不仅感受到大棚的温暖，也在这寒冷苍凉的季节感受到春天般的绿意盎然。这里有十几个大棚培植的是花卉——一盆盆、一行行、一片片摆放整齐的朱顶红、小雏菊、蝴蝶花、吊兰等，让我忘记了外边的严寒和冰霜，以为自己正置身于百花盛开的春天里，尤其小雏菊和蝴蝶花是那样娇嫩鲜艳。

另外，还有十几个大棚里是蔬菜，有韭菜、香葱、芹菜、冰菜、薄荷等。这些蔬菜都种植在方方正正的泡沫盆里，是那样翠绿、葱茏，让人犹如看到幼儿园的孩子们，立时心生无限的喜悦和呵护感。那一棚盆栽的西红柿，小柿子基本长成，就像邻家有女初长成一样，一个个一簇簇，或红得娇艳欲滴，或绿得冰莹透彻。它们昂扬地挂在枝头，是那样生机勃勃，充满生命的坚韧和张力，让人喜不自胜。

从大棚里出来，我有一点疑问，因为这里不管是蔬菜还是花卉，都种植在盆内。于是，我问李昌臣："为什么都栽在盆内，而不是直接种在地里呢？"

李昌臣告诉我：一是要让地休养生息，多年来每年10月份收了葫芦后，都要把土地深耕一遍，再撒上肥料，为的是第二年葫芦能长得更好；二是不想浪费大棚，所以就种上了青菜和花卉。这样种植出的产品容易出售，尤其春节前，送到城市的大商场或花卉市场，几天就被一抢而空。李昌臣最后说："客户一盆盆买回家，放在阳台上不仅能绿化环境，一时吃不了还可以继续养着，特别是韭菜和香葱，可以长期在家里种，让城里人能找到田园乐趣……"

我为他的经济头脑点赞。这个看上去沉默寡言的人，做起生意来心里是那样有数，不仅能体悟大众的心理、拿捏市场需要，还会从消费的角度去思考。在当今社会，这样的人更容易把生意做得越来越红火。

李昌臣的妻子王爱红是个爽快人，常常连说带笑的，让人感觉很亲切、很容易接触。这时，她在一边说："种这一茬蔬菜和花卉，我们的租赁费、肥料钱、大棚的修缮费、工时费等基本都有了，再种葫芦就是净赚的了，而且咱这边大棚的租赁费低。"语气里充满对生活的热爱和对未来的憧憬与信心。

"咱这边租赁费是多少？"我问。

"同样的大棚，在天津租每年每个是8000元，本地才3000元。工时费差别也很大：在天津，男工一天约150元，女工约100元；在家乡，男工一般50元，女工40元。"

"看来还是本乡本土的好做生意。"我说。

"那当然，其实我们早就想回来了。之所以前几年没回来，主要是因为咱这边经济相对落后，怕回来种植葫芦没人要。不想婆婆突然得了脑梗，本家二哥便去天津看望她。提起葫芦种植，二哥说近两年家里发展可快了，人们的消费意识、对精神层面的追求以及对美好生活的向往一点都不比外边差，种葫芦一样能挣大钱。更重要的是：政府对返乡创业人员有优惠政策，想租地、租大棚什么的，镇政府会帮助协调对接……"

"回来后，感觉果真是这样吗？"

"感觉比二哥说得还好。而且，现在通过互联网，葫芦哪里都能销，我们原来的客户照样联系着，确实比在天津挣得多……"

"在天津也没少挣吧？"

听我这样说，他们两口子开心地笑了。王爱红一边笑一边说："也挣了一些钱，但那边消费高，啥都比家乡贵得多，何况还有几个孩子上学，哪个孩子一年也得三万五万的……"

"那倒是，当初为什么出去呢？为什么没在家乡创业？难道就为了开眼界、学本领、挣大钱？"

我这样一问，王爱红又哈哈笑了。聪慧但不失真诚的她很坦率地说："很不好意思，老实说有两个原因：一呢，我们是'超生游击队'，那时已经有了两个闺女，还想生个儿子；二呢，家里人口太多，光靠几亩薄地生活，日子实在拮据。所以，我们想出去闯闯，希望多挣几个钱……"

"你们家里人口较多吗？"我对她说的大家庭比较感兴趣，因为近20年来，中国的大家庭比较少，多是三口之家，五口人就算多的。

"那时我们家十口人呢，你说算不算多？"

"是吗？十口之家确实是大家庭。"我一边感慨一边疑惑。当今社会，孩子结婚后喜欢出去单过，而且改革开放后计划生育抓得紧，一个家庭里本来孩子就不多，如果再和老人分开过，基本都是小家庭，很少听说谁家有十口人。

"是不是你们孩子多，又和老人没分家？"

"主要是我二叔家的 3 个孩子又过来了。"

噢，原来他们是两家合成一家。

本来李昌臣就兄妹两个，父母又和乐勤快，一家人日子虽不富裕，但在村里比上不足比下有余，和和美美的，也非常安逸。天有不测风云，在李昌臣 10 多岁的时候，他的父亲突然病逝，寡母拉扯着他和妹妹生活，其艰辛自不必多说。好在一家人老实善良，备受村人认可，李昌臣 20 岁刚过就娶上了媳妇，第二年又添了人口，让母亲深感欣慰，一家人的小日子在希望中越过越有劲。

谁知家族不幸，李昌臣的二叔又中年离世。二叔去世后，二婶改嫁，他们的 3 个儿子就由李昌臣这边抚养。王爱红强调说："二叔去世时，那 3 个孩子大的才 13 岁，老二 8 岁，小的 5 岁，加上我接连生了 3 个闺女，上学的上学，喝奶粉的喝奶粉，花销大，收入少，坚持从土里刨食的话，日子更是窘迫不堪……"回顾以往，她一脸沉重。

我点头认可，同时感叹他们的善良。多拉扯 3 个孩子谈何容易？

"刚到天津的时候，你们就租大棚种葫芦？"我问。

"不是，一开始就我们两口子去的天津。昌臣收废品，我去天津一家花圃种植基地打工。当时生儿子的念头占了上风，致富的事也就是摸着石头过河，走一步看一步。"她说得倒实在。

接下来谈起他们的致富路，两人异口同声地说："主要是遇到贵人了。"这个贵人就是花圃种植基地的一个老专家。他曾是一所农业大学的教授，退休后和儿子一起做花圃种植。王爱红干活卖力实在，从不拈轻怕重，也从不怕脏怕累，而且心灵手巧又爱学好问。她常常跟在老教授身后问这问那，对方一说，她就会了，还能举一反三。所以，老教授很看好她，乐意抽空教给她一些种植、培育、修剪、嫁接等育花技术。这为她今后搞种植大棚奠定了基础。现在，育苗也好，花卉种植也好，王爱红自己都能干，不用买苗，还能在大棚里多种一季花卉，让他们节省了不少钱。所以，他们夫妇很感激老教授，把老教授看作一生的贵人。

有一颗感恩之心，就是一个人的可贵之处。只有知恩图报的人，才多有贵人相助。能得到贵人相助，首先自己得善良，善良才能积福，才能遇到贵人。

说起今天的成就，王爱红夫妇说："我们一路走来没有波折，没有大风大浪、大苦大难，算是很顺利的。"

我听了为之一振。试想：两个人从鲁西南去天津闯荡，

大棚里的葫芦

在人生地不熟的大城市，从打工、收废品开始，到今天有车有房，到陆陆续续把兄弟们、孩子们都带到天津上学、发展，中间能不作难？作了难而不感觉难，或者作了难根本没体会到难，是一种坚韧和豁达，是一种乐观主义精神的体现，更是一种自信和气势！犹如毛泽东在《水调歌头·游泳》中写的："不管风吹浪打，胜似闲庭信步。"

他们的成功，除了源于乐观豁达，还源于诚实、可靠和心胸宽广。

其他的不说，单是善待自己的 3 个叔伯兄弟，把他们当成自己的孩子，拉扯他们长大成人，供养他们上学，再帮助他们结婚生子，就已经难能可贵了，非一般人能做到。

提起这事，王爱红很自豪地说："俺那 3 个兄弟虽然都没考上大学，但现在在天津混得很好，有车有房的；更重要的是，他们把我看成'娘'，凡事乐意与我商量，有好吃的也不忘我……"

"主要是你对他们也好。"我说。

"我总是把他们当成孩子。他们每次来，吃饱喝足后，临走我再到大棚里摘些菜，让他们捎着……"

俗话说："老嫂比母。"这在她身上得到很好的诠释。很显然，他们之间的相处方式，就是父母与孩子之间的那种融洽与放松，那种默契、信任以及包容、呵护。

"他们哥仨现在都做什么呢？"我有点好奇地问。

"老大在不锈钢厂跑业务，老二在天津有自己的发屋，老三跑大车。3 个人都吃苦耐劳，是过日子的好手……"王爱红开心又满足地说，眼中盈满亲情。

为了弥补我没在大棚里见到葫芦的遗憾，他们夫妇把我带到董口镇的门市上。

门市就在镇政府东边临街处。一进门，琳琅满目的葫芦映入眼帘——无论是三面墙上，还是房间的麻袋里、桌子上，都是大小不一、形状各异的葫芦。说到形状各异，大家可能会有疑问：不就是亚腰葫芦吗，还怎么各异？怎么变化？是的，没见到之前，我也以为葫芦只有上面小下面大这一种形状呢。后来才知道，亚腰葫芦也分好多种，有花皮观赏型的、长筒状的、棒状的、壶状的等。这些葫芦大的将近 100 厘米高，小的就 5~6 厘米高，重量从十几克到几千克不等……

提起葫芦的品种，王爱红说："年年更换，年年有新品种，就像穿衣一样，要与时俱进才行，毕竟大家的审美在不断发生变化。"

"你们这里有多少个品种？"我看着拥拥簇簇、令人眼花缭乱的葫芦问。

"今年种了8个品种，有本掌、小苹果、八宝、蚂蚁肚……"

说起"小苹果"和"蚂蚁肚"，我拿起来看了看，是按照"象形"起的名字。"小苹果"看上去比较小巧、俊秀，非亚腰葫芦，而是一种小巧的圆圆的别致的葫芦，别致在葫芦上面的"颈"长得比较奇特，基本个个有造型，摆在那里比较养眼。例如：有的整体看像在水里漫游的小鹅、小鸭。"蚂蚁肚"则属于亚腰葫芦，上下两个小葫芦从单面看极像蚂蚁的肚子，有点扁圆。

王爱红说："也有长'瞎'的葫芦。凡是长得不好的，都需要后期加工——做成茶杯、茶叶罐、储存罐等。"她还说，因为后天的再加工，这些长"瞎"的葫芦反而能卖个好价。

她不说我倒没在意，她这样一说，我便看到茶几上有两个半成品，是他们夫妇还未做好的茶具。当然，品相好的葫芦也有进行二次加工的，这些基本是由艺术家收购，回去在上面画牡丹、山水、侍女图等，也有进行葫芦雕刻的……二次加工的葫芦，进价也许只有几元，加工后就能达到千元，甚至几千元。江苏有一个客户前几天就对他们说，自己加工的一个葫芦卖了9000元。

"无论长好、长差都能卖出去，不会报废了，对不对？"我说。

"是这样，葫芦没有保质期，放得越久越值钱。黄色的葫芦被那些文人雅士、收藏家把玩得久了，就会产生一种糖皮色，加上包浆的温润，非常珍贵。"

"如此，这一麻袋一麻袋的，也就不急于卖出去了？"我试探着问。

"也不是，我们作为种植基地，还是早出手好，讲究的是资金周转，何况葫芦怕潮湿，尤其一开始打皮没打好的，或者晒的时候没晒透的，有时候会长霉点。不过，我们从来没有卖不完的时候，都是下架几个月就没货了。这不，前天菏泽的杨湖酒厂就定了几麻袋，说是做成酒壶……"王爱红说得很自豪，同时让丈夫拿过来几个带霉点的，又拿了几个雕刻好的和画有牡丹的，一一展示给我看。

"带霉点的是不是就废了？"我有几分担心，毕竟种植葫芦不容易。

"也不能算废了，画家还可以妙手补拙，只不过价钱便宜得多，毕竟这样的保质期有限，咱不能欺骗客户……"话语间又露出了他们的真诚。

提起葫芦打皮和前期晾晒，他们说这里边都有技巧。第一年在老家种植时，因为技术人员还未培养起来，葫芦摘下来打皮时出现不少差错：打得厚薄刚刚好的，晒出来的颜色黄里透红，非常好看；打不均匀的，晒干后颜色就不均匀，皮薄的地方泛白色，看上去像牛皮癣。他们拿出来几个长"白癣"的葫芦，说白癣处就是把皮打薄了，这样的只能通过艺术加工补拙，但价钱会大打折扣。

"不打皮不行吗？"我小时候在农村也见过瓢葫芦，但不知道有打皮这一环节。

"不打皮晒不出来黄色，外皮还容易腐烂、发霉，那样葫芦就废了，所以必须打皮。"

"一个一个打皮也挺麻烦的吧？这些大大小小的都得过一遍手吗？"我看着成千上万的葫芦，想象不出打皮时的场面。

"光打皮机我家就有 20 台呢，如果学会了，打起来很快，一个人一小时能打几十个呢。我们基本上把人分成 3 组，形成流水线作业，有摘的，有打皮的，有晾晒的……"

"那个时节需要不少人吧？"

"2018 年最忙的时候招了 30 多个人,贫困户优先……"

"20 多个大棚,平时需要多少人帮忙?"

"十六七个人。坦率地讲,葫芦种植起来比较省事,不需要经常打药、除草、施肥,比其他庄稼省心。即使生长期为了'造型'需要缀绳,也不用天天缀,根据生长时段来进行就可以,所以十几个人就够了。"

"这样说来,费用也不大。"

"不算大,但要注意防旱防涝。2018 年因为一场大雨,大棚淹了,我们损失了 20 多万元。正常情况下,这些大棚能收入 50 多万元。"

"看来灌排设施还是要齐全的。"

"是啊,毕竟第一年在家乡种,许多工作没到位。不过,做生意就是这样,有赔有赚,不管怎么说我们还是赚的,从来没赔过……"他们满脸洋溢着幸福和乐观。

"在天津也没赔过吗?"

"没有。只要没有地震啦,洪水啦等天灾,种葫芦就不会赔,管理起来也不太麻烦。2018 年主要是灌排设施没跟上。希望我们能带动一批人来种植……"

"不怕市场竞争吗?"

"不怕。大家好我们才更好,何况种得越多,吸引的全国各地客户就越多,一旦形成大市场,到时候甚至可以出口……"他们夫妇笑着说。其豁达、自信和宽广的心胸再一次显现出来。

是啊,他们如果能带动一大批人种植葫芦,种植户再带动周边一些人就业,并本着"贫困户、残疾人优先"的初衷,那就真是这一带人的"福禄"了,更是他们自己的福泽。但愿这一天很快到来,我为他们祈祷!

万木葱茏又逢春

2018 年 12 月小寒前的一天，浅淡的天空和暖暖的阳光给人干净美好的感觉，但这天气温达零下 9℃，是鲁西南大地入冬以来最冷的一天。我穿着棉裤和厚厚的羽绒服行走在鄄城县箕山镇箕山村的大街上，仍然感觉寒风直透脊骨。令人欣喜的是，返乡创业人员赵希贵的金手指户外家具加工厂却一片热闹景象。

我到的时候，正赶上分货，一辆长长的货车停在院子里，下面围了许多叽叽喳喳的领货人。虽然组长喊着"一、二、三、四……"，不停地按照顺序分派着，但领完货的人并不走，仍然聚集在货车周围。

厂长赵希贵告诉我："他们都想多领点，多干点，所以等着盼着能多分点。因为编织很容易学，即便不在车间，带回家也照样干，不少中老年妇女挣着这份钱，还不耽误接送孩子、干其他家务。"

后来，我还看到车间墙上贴着工资单：某某干了多少天，领了多少件，工资是多少，清清楚楚，一目了然。上边最多的是一月 3400 多元；最少的，干了 15 天，领了 1200 多元。赵希贵说："每月 15 号准时发工资，家里有急事的可以预支。"又说："别小看这些钱，它们不仅仅能增加家庭收入，让百姓手头宽裕些，还促进了家庭团结和睦，减少了婆媳摩擦和儿女矛盾……"

我对这话很感兴趣，让他细讲讲。他说："您想呀，干起活来就没工夫吵架了呀！像婆婆给儿媳帮忙照看孩子的，儿媳因为每月有了两三千元的工资，很愿意拿出几百元来孝敬婆婆，平时给她买身衣服啦，买些点心啦什么的；婆婆呢，原本认为看孙子是天经地义的，如今还能得到儿媳的尊重和孝敬，感觉又有了一份意想不到的回报。一家人岂不和乐融融、越来越和睦？"这倒是大实话，我点头认同。

金手指户外家具加工厂就在村子东头，是镇上协调的1000多平方米的扶贫车间。赵希贵的办公室就在这个厂房的右边，是从厂房东边辟出来的一小间。办公室很简陋，也有点杂乱，虽是寒冬，但取暖设施并不完善，看来赵厂长是一个质朴的、吃苦耐劳的人，是一个不显摆、不讲究生活细节的人。好在办公桌紧靠窗子，窗玻璃倒还干净，阳光正好直

金手指户外家具加工厂车间

直地射进来，使办公室多了几分温暖和明亮。

听镇政府的宣传委员说，像这样一个大车间，每年有3万元的租金收入，这些租金年终由村委统一分给贫困户。

赵希贵目前的藤编加工已经辐射到65个村庄，有8个扶贫车间、45个加工点，带动周边就业人员2000多人，其中贫困户、残疾人占了40%。他天天派3辆货车把待加工品分送到各个扶贫车间和加工点，每个车间都有装卸工、分线工、编织工等；每个村子为一个片，每片有一个片长，片长负责进货、出货、对账等，最后汇总到厂长这里。

赵希贵强调："因为生意好，总是供不应求，所以大家天天忙到深夜……"

"哦，看来你的加工厂已经形成相当的规模了！"我赞叹道。

"呵呵，我们的销售面除了本地，还有浙江、江苏、上海等。今年光交税已经交了 100 多万元了……"赵希贵笑着说，笑声里满含成功的喜悦和对未来的信心。

"你是怎样与这个行当结缘的？"

"唉，说来话长。"他叹了一口气，脸上顿时增添了几分沉重和忧郁。看来他有一段灰暗期。

"对不起，让你伤心了，要不咱聊点别的吧。"我想岔开话题。

"其实也没啥，都是过去的事了。不过现在回想起来，那些经历都已经转化为我的精神财富……"

这个面色红润、身材魁梧的中年汉子出生在呼伦贝尔大草原上。辽阔的草原和丰厚的水土滋养着他，让他身上既有山东汉子的实在、爽快，又有草原人的开阔、不拘小节。他瞬间转忧为笑，恰好传递了这一点。

"是这样的——"他稍一停顿，自己讲开了。

我坐在洒满阳光的藤椅上，开始听他东一句西一句地讲述着自己的过往。在这个过程中，他不停地抽烟，时不时地接着电话，处理着业务。烟雾缭绕中，我看出了他内心的苦涩与坚韧，还有那种千帆过后的坦然与豁达。我想：在基层，在这个干枯的冬日，在这冷寂的黄河岸边，他把自己的车间经营得如此生机盎然，真不容易！

赵希贵的祖祖辈辈都生活在鄄城箕山镇。20 世纪 50 年代中后期，由于家乡比较贫穷，加上人多地少，人们一年到头从土里刨食连肚皮都填不饱（那时一个村分成几个队，天天由队长召集，集体到地里干活）。穷则思变。赵希贵的父亲高中毕业后，听亲戚说东北地广人稀，可以自己开垦耕种土地，便暗暗下了闯关东的决心。闯关东谈何容易？然而，对于一个充满憧憬的不到 20 岁的热血青年来说，闯关东再不容易也比在家挨饿强。于是，他的父亲带着一份希望，带着几多憧憬，带着满满的信心、决心以及山东人固有的坚韧上了路，一路辗转到内蒙古呼伦贝尔大草原，在那里驻足、生活。

赵希贵的父母在大草原上生活了将近30年，生下男男女女6个孩子。虽然草原上的生活比家乡好些，但那个年代还未改革开放，家里要供养几个孩子上学、吃喝，日子也十分窘迫。因为穷，要先顾嘴。赵希贵第一次参加高考差分数线1.5分而落榜。他本想复课，但父母虽没明确反对，眼神和面色却露出难意。他是个懂事的孩子，作为家里的男孩，知道要为父母分忧，要帮助父亲把家撑起来……于是，他不再提复课，而是开始出去谋生，补贴家用。好在他高中毕业时已进入20世纪90年代，山东老家因为改革开放，实行了土地承包，生活日渐好起来……

在改革开放春风的吹拂下，家乡的发展已比呼伦贝尔前进了一大步。于是，在1992年，他们一家又从呼伦贝尔回到鄄城箕山镇老家。

兄弟姐妹都大了，家里的责任田用不了那么多人，他开始出来跟着亲戚做铝合金生意，一开始当学徒，每个月100多元的工资。

"别小看那100多元，在那个年代已经不算少了，那时候一般工作人员的月工资也就这么多。"赵希贵说。

这倒是事实。那个时候物价低，"万元户"还不多，他每月拿回家100多元，给家里带来了几多生机和希望，也让他们这个刚回故乡的大家庭感受到改革开放的好处。

因为聪明又特别能吃苦，他从学徒到自己单独干，七八年下来也挣了一些钱，在村里属于先富起来的那一批人。到了2000年左右，因为通货膨胀等因素，铝合金生意一度下滑，行情十分不稳，生意很不好做，他开始转做木材加工生意——制作琴板、礼品盒、酒盒、包装盒等，几年下来也是风生水起。令人意想不到的是，2006年，妻子查出了子宫癌。为了给妻子治病，他把生意上的事交给朋友，自己一心一意带着妻子在省城治疗。

常言道："福无双至，祸不单行。"那一年，他经历了人生中最大的坎坷和打击：他的大儿子刚上初三，正是中考的关键时刻；二儿子比大儿子小 5 岁，正上小学。可以说，两个孩子还不懂事，他真真正正的是上有老下有小，中间有病妻。然而，太阳每天东升西落，日子再不济也要过下去！

那段时间，他带着妻子在外治病，孩子只好交给年迈的父母照看。生意呢？则完完全全托付给了朋友。

一边是给妻子做手术、化疗、检查，来来回回从家里到省城跑了无数趟，一边是对老人与两个幼子的牵挂。他没有分身术，时间和心思无法用在生意上，赔赚只能抱着侥幸心理，听之任之。

时间很快在奔波中过去。经过将近一年的治疗，妻子的病情不但没有好转，反而严重了，医生说癌细胞已经扩散到淋巴上。医生告诉他："别看了，回家吧，回家后让病人好好休息，好吃好喝……"医生的意思他很明白。

赵希贵说："那一刻，我的眼泪一下就流了出来。我拉着医师王主任的手说：'两个儿子还小，不能没有妈！妻子与我结婚时，我们一家刚从呼伦贝尔草原回来，脚跟还没站稳，日子比较穷。她跟我吃了太多苦，作了太多难，无论花多少钱都要给她治。我不放弃，求求您也别放弃，千万别放弃……'"

王主任安慰他，劝他，让他冷静。他听不进去，来来回回还是那几句话，还是强调自己不放弃，求医生也别放弃！王主任被感动了，说："你是我这些年见到的第二个有情有义的男人。别哭了，也别说了，我请你出去吃饭，咱谈谈。"那天是王主任请他吃的饭，饭后王主任答应再给他妻子做一次手术，但需要30万元人民币。

30万元，他不在乎，再多他也不在乎，只要妻子的病能治好！于是，他匆匆回来准备钱。也就是这一次，生意上的事彻底暴露了，也彻底打击了他。他被朋友坑了，公司的钱已经被转走，不但如此，账上还有100多万元的亏空……

亏空100多万元啊，而且"亏空"得一点痕迹都没有，连告都没法告，何况他是法人代表，朋友只是跟着他干……

他说："那一刻，我的脑子里一片空白，以为自己在做梦。"

之后，他像丢了魂一样回到父母那里，蒙头在床上躺了三天三夜。到了第四天，父亲来到床前，拍拍他，带着几分严厉说："你就这样不吃不喝地一直躺下去？"

赵希贵翻了翻眼皮，没吱声。

"不就是100多万吗？就把你打趴下了？当初我闯关东时，零下30多度的天气就穿3条裤子过冬，那是啥滋味？不都挺过来了！何况你的妻子还在医院等着，你的俩儿子也眼巴巴地等着你站起来……"父亲毕竟也是经历过苦难的，对人生、对社会、对生活都有自己的看法和思考。赵希贵听了，慢慢坐起来。是啊，一家老小还指望着他呢。他是男人，是家里的靠山，不能倒下，得站起来！

"父亲见我起床，赶紧向母亲使了个眼色。母亲端过来一碗面条，里边有两个荷包蛋。我看了一眼，没吃。吃不下，感觉胃里满满的。母亲再三劝我，最后我只喝了一碗红糖水。"赵希贵一边眯着眼抽烟，一边对我说这些话，满脸凝重和忧戚，看来还沉浸在往事里。

"还给孩子他妈继续治病吗？"见他喝完糖水，父亲问。

"治，怎么不治？砸锅卖铁也治！她跟我这些年不容易。"3天来，赵希贵第一次开口说话。

"好，这才像我的儿子！如果你要说不治的话，我会一脚踹你出去的。"父亲竟然笑了一下。

"我出去透透气，一会儿就回来。"赵希贵当时这样对父母说。

"我骑上摩托车，离开村子，直接来到黄河岸边。在一段没人的大堤上，我对着黄河哭了一阵，喊了一阵，抽掉一包烟，然后感觉心里舒服了，胃里也有空了，于是回到家里吃了一大碗面，重新回到生活中，重新面对一切……"

"没钱了，还有那么大的窟窿，你怎么给妻子治病？"我问。

"是啊，那个时候借一点钱都不容易，没谁敢借，怕还不上。咱也理解，毕竟谁挣点钱都不容易。没办法，我硬着头皮借了两天，只借到500元，离30万元差得太多了。最后，父母把兄弟姐妹都叫到一起，给凑了17万元。"

"那也不够呀。"我说。

"是的，也只有这些了。我带在身上去了医院，想求求大夫。"

因为几天没到医院，当他再次走到妻子身边时，聪明的妻子已经感觉到了什么，说什么也不治了。妻子说："你要再坚持，我就先去死。"

"见妻子这样说，我想了想，从了她。"

于是，夫妻两个放弃治疗，回到家里来。

人们常说："救急不救穷。"既然不治了，考虑到兄弟姊妹也都拖家带口，有老有小的，不容易，回来他就把钱还回去了。

日子要过，饭要吃，账要还，又没有本钱，怎么办？于是，他开始卖面条，用母亲给的几百元钱当本钱，天天开着三轮车走街串巷吆喝着卖。妻子可能感觉自己时日不多，反而想开了，不但珍惜夫妻缘分，人也日渐开朗起来，饭也慢慢吃得多了，还天天跟着他风里来雨里去地卖面条。

夫妻俩就这样把苦日子当成好日子过，天天乐呵呵的，把每天都看成在一起的最后一天，天天恩爱无比。转眼几个月过去，妻子不但没趴下，反而面色越来越红润。再去医院检查检查吧，结果连王主任都不相信自己的眼睛——妻子竟然好了，癌细胞没了！因为不相信，王主任免费给她检查了一遍，最后惊讶地说："真是奇迹，真是奇迹。"

夫妻俩高高兴兴地从省城回来。既然上天这样眷顾，日子更要开心地过。为了还账，他们计划由妻子在家照顾孩子、负责责任田，他出去打工。于是，2008年他又踏上了打工的征程。

一个中年人，既没什么文凭，又没有专业技术，打工也挣不了几个钱。靠打工，也仅够一家四口的日常开销，想还账不容易！可是，要账的电话几乎天天响起，上门要账的也不少，他得想办法。

想挣大钱，还得做生意。想做生意，一是要看准项目、看准市场，二是要懂技术。于是，他一边打工一边考察、琢磨、思考。这期间，原来生意上的一个老客户——天津鑫山户外家具公司的老板听说了他的经历，就打电话说："你来我这里吧，我给你高工资。"但是，他不想让朋友可怜自己，要在哪里摔倒就从哪里爬起来，要重新开始，所以他去了同样

金手指户外家具加工厂车间一角

是做户外家具的浙江嘉兴锡顿金属制品公司。

一开始，他跟着老师从当学徒开始。老师告诉他3个月不拿工资，

只管吃住，他说行，结果两个月就学会了。老师和老板看他灵活，能干又能吃苦，就让他当组长。当组长期间，他每天发货、收货、记工，一个月下来一点错也没出。这让老板很惊讶，因为开公司几年来，月月出错是正常的。这次没出错，老板反而感觉不正常。

老板找他谈话，问他是怎么做到的。他告诉老板，以前的很多错是不正常的。老板听了一愣，让他细讲讲。

他说，以前那些错，有的是忙中出乱造成的，有的是因为马虎，有的却是有意而为之……老板说："停下，停下，你解释解释，'有意而为之'是什么意思？"他就告诉老板，以前的组长难免有共同出来的朋友或老乡，有时候专门记错账，肯定是为了多给某某记。试想啊：因为故意把张三的记到李四账上，李四因为被多记了肯定不吱声，但会私下里贿赂组长，而被少记的张三肯定要找领导，最后坑的还是公司……

老板听到最后，说："以前每月都有找我的，说少给记了多少多少，原来猫腻在这里。"

他点点头，没再多说。第二天，他就荣升为主管。

他升为主管，就意味着原来的主管被替代了，那人心里肯定不舒服！而且，短短时间内，他从学徒升为组长，再升为主管，已经让很多人不服气，何况在那个公司就他自己是单独出来打工的，没有朋友，也没有同学、老乡。于是，不服气的，羡慕嫉妒恨的，合起伙来排挤他、整治他。赵希贵说，那段时间就连打饭的师傅也看人下菜碟，每次到了他，都是稀汤寡水的。虽然这让他很窝火，但毕竟是小事，他有口难言，只能打掉牙齿肚里吞。

即便这样隐忍着，该出的事仍然出来了。有一天，本来是其他人发错了货，给公司造成了严重损失，但几个人合起伙来说他粗心，说他头天点错了数，才导致发错的，主要是他的责任。有句话叫："好人死在证人手里。"那一刻，他百口莫辩，何况有几个证人同时站出来！他被公司扣了2000多元的工资。扣钱还是小事，更重要的是他有种孤立无援的感觉。

"有一阵子我都不想干了，心里太憋屈了，可是一想到自己的家庭情况，还得干下去。"赵希贵说。

心宽，不记仇，是他最大的优点。他仍然与那些人搭班子做伙计，吃住在同一个宿舍楼。也就是那个冬天，原来的主管正上夜班，他的孩子突然犯了急性阑尾炎……听到哭声，赵希贵二话不说就起床穿衣，然后帮忙送到医院，跑前跑后忙了大半夜。原主管很受感动，然后向他道了歉……

"最后，老板了解了前因后果，知道那次我是被冤枉的，又奖给我5000元。"赵希贵说到这里满脸阳光。这个时候让他舒心的不是奖金，而是得到了公正公平的对待。

是啊，一个人不管在哪里干，干什么，首先是做人。正因为赵希贵厚道，能吃苦，人也聪明，他和老板的关系越来越好。后来，老板让他脱离车间，跟着自己一起跑业务、谈生意。这样除了工资还有提成，他的收入一下子高了许多，也经历了一些事，认识了一些人。那两年，他还了10多万元的账，加上母亲省吃俭用帮助还的3万元，要账的见他不是赖账人，也不一个劲儿催了。但是，他说："人要脸，树要皮。人家越不催，越给我面子，我越要做好，越要尽快还。"

靠打工还账，终究不是办法。要想尽快还完账，就得自己做生意。跟着老板又干了一年，他向老板说出了自己的想法：妻子到底身体还弱，孩子又小，他不能老是漂泊在外，想在家乡开个分厂。他说家乡的工时费比较便宜，家乡人又勤快能吃苦，政策也好，关键是家乡人善于搞编织，以前老百姓家里的不少工具——筐子、篮子、畚箕、粮食囤、席子、苇箔等，都是自己用柳条、芦苇、高粱秸等编织的。老板听后很感兴趣，亲自到箕山来考察。

赵希贵说："老板在这里考察期间，我把父母用的一些竹篮、背筐和邻居家的粮食囤等老家什拿出来，让他了解这里人的编织史和心灵手巧，还领他到黄河岸边转了转，把这里的生活环境、编织环境、发展空间等一一展示给他……"临走，老板很满意，同意他在家乡做藤编生意，也愿意与他长期合作。

听到这里，我告诉赵希贵，箕山的这个"箕"字本身就是竹字头，就指用竹篾、柳条等编制成的一种工具。例如："簸箕""箕帚"都是形容祖先用来开拓事业的基础工具，后来"箕裘"还指祖先的事业与遗产，所以这里是编织品的发源地之一。他在家乡发展藤编户外家具加工，正好暗合了地域文化，也算传承和发扬……

一开始干，他仅在箕山镇街上租了两间门面房，除了家里人，其他就七八个人。时间是试金石，后来大家见他实在，不摆谱，不拖欠工资，对员工宽厚善良，很愿意跟着他工作。

例如：我刚到车间时，正好碰到一对中年夫妇领货，夫妻俩拉了一三轮车半成品正高高兴兴地想回家。我问："你们回去做吗？"

他们答："回去做，家里还有两个孙子呢，得接送上下学。"

后来，他们又说离家十几里地呢，得赶紧回去。

我说："这么远，来回挺不容易的。"

他们答："近的村庄也有搞这个的，但不如跟着赵老板舒心。他对人和气，能替人着想，所以我们宁愿多跑一些路也到这里来……"

后来，其他员工也告诉我：七八年来，凡是中午或晚上不愿意回家的，都可以留下来免费吃饭，赵老板一家吃啥大家就吃啥。

夏天，赵老板还会常常买些冰棍，一人一根地发下去。有时候买西瓜，人少的时候大家围在一起吃，说说笑笑的，既拉近了彼此的距离，又缓解了疲劳；人多的时候分组，六七个人一组，一组两个大西瓜。他们一边吃一边与赵希贵开玩笑，喊他"三八五〇部队最高首长"——"三八"就是妇女的意思，"五〇"指50岁以上的人。这里搞藤编的，基本上是这样的群体。

后来，我在赵希贵面前提起管饭、管西瓜的事，他说："去年我光买西瓜就花了2000多元呢。像这样的冬天，中午饭一般是萝卜粉条或白菜豆腐，一人一份，馒头随便吃，每天都有二三十人留下来。"

"这样下去，天长日久不赔钱吗?"

"不赔。他们不来回折腾，少占了路上的时间，就能多干活。如果每人每天多编两个的话，一个按照5毛钱算，他们一人一天就多帮我挣了1元钱。其实每人多干的不止两个，这是双赢的事。"不愧是多年风风雨雨过来的，不愧从年轻时就在生意场上历练，他不但为人实诚，生意经念得也好。

因为他的善待，大家干劲十足，人气日渐旺盛，生意也就越做越好，钱也就越挣越多，他原来所欠的账早就还上了。座谈时，赵希贵还几次提到："我出去打工受过欺负，知道打工的不容易，感同身受。如今我是老板了，一定对他们好。"这是他最真实、最朴素的想法和做法。

生意做得好，还在于他的挣钱理念——薄利多销，有钱大家共同赚，有羹大家分着喝。例如：他推行一种激励机制，以25件为一个单位，能每天干25件的，按3元一件算，超过25件的就按3.5元一件算。于是，大家都争先恐后地想着超越 25 件。人多力量大，大家都想着赶超，又提高了编货量。

值得一提的是，他对村里的困难户和残疾人也多了一份关照。对于残疾人，可以送货上门，只要他们愿意干，货少的时候首先分给他们，其他事上也多有照顾。

目前，箕山镇已经成为藤编特色小镇，将近一万人在做藤编加工生意，做得比较好的老板有十几个。赵希贵虽然不是做得最早的人，却是发展最快、声誉最好的。能做到这样，必然有他的内因，而最大的内因我认为就是老实做人和讲诚信。

听说 2017 年"全国扶贫车间现场会"就是在这里召开的。现在一有考察，镇上一般会安排到他这里。那天，我到车间的时间大约是上午 9 点半，甘肃的考察团刚刚离开。我还在车间里与他聊着，市扶贫办主任又带着其他市的考察团来了。近两年，一拨拨一批批来考察的，可以说络绎不绝。

赵希贵告诉我：吃水不忘挖井人，他和自己曾经的老板，也就是浙江嘉兴锡顿金属制品公司的老板，一直坚守着曾经的承诺——有货先给对方，哪怕价格低点。这种承诺也是支撑他们生意和友谊的信条。前几年，仅浙江嘉兴锡顿金属制品公司每年就有 5 万多张订单。2018 年，该公司的订单已经达到 10 万多张，订单金额合计达 400 多万元，加上其他地方的订单，他这里的年销售额合计达 1080 万元……

我临走时，赵希贵信心满满地说："我计划明年进一步扩大规模，进行就地调集包装箱出口，有关事宜正在洽谈中……"

看着车间内忙忙碌碌的工人，看着拉货、送货的车辆穿梭不断，我认为他一定会成功，一定会做得更大更强！祝愿他今后的路越走越宽广!

最后，我问起他妻子的身体状况。他说："很好，天天在家看孙子，享受天伦之乐。"我甚感欣慰。唐代著名诗人刘禹锡曾在《酬乐天扬州初逢席上见赠》中写道："沉舟侧畔千帆过，病树前头万木春。"这句诗正好应了他们夫妻俩的经历。多年来，他们相濡以沫，一路相扶相搀，可以说在苦水中泡过，在盐水中浸过，在清水中冲刷过……

我感觉他们现在是"万木葱茏又逢春"。试想：生意做得风生水起，政策又这么好，政府还这么鼓励和关照，不正应了"万木逢春"这句话吗？但愿他们今后更加繁花似锦！

站在大地上思考

农历腊月二十三小年那天（阳历 2019 年 1 月 28 日），乡村的年味已经十分浓郁，集市上人头攒动，都是开心置办年货的人，大街上偶尔有耐不住性子的孩子背着大人偷偷燃放几响爆竹或烟花。马头镇创业园内的东明县益康源食品有限公司却还没有放年假，车间里仍然是机器声隆隆，特别是富硒面粉车间，工人们正在忙碌有序地进行着流水线作业，车间外有两辆大车正等着装货……

公司的一个副经理告诉我，富硒面粉加工厂从建起来到现在，几年来一直是供不应求，如今临近年关，上门等货的就更多了……

旁边一个员工接着说："目前公司旗下一共有 8 家企业，已是我们本地颇有名气的集团公司，其中富硒挂面车间年生产 21000 多吨还供不应求……"

我一边听，一边默默地看时间。我们几个从面粉车间到挂面车间，不停地走，不停地看，半个小时过去了还没有走完，公司的规模果然名不虚传。

总经理马国兴原本是一个地地道道的农民。二十几年来，他是怎样风雨兼程、泥里水里闯过来，才使公司拥有今天的规模、今天的成就呢？我很想尽快见到这个创始人。但是，公司的人说，他一早就带着年货到村里慰问贫困户了。逢年过节想着村里的老弱病残，想着乡里乡亲，想着回报社会，是马国兴总经理多年来坚持的一项善举。

大约 11 点，公司办公室的人告诉我："马总回来了，正在会议室里等您。"

没见马总经理之前，我想象着他一定有几分严厉和高冷；及至见了面，我发现他是那么平和敦厚、低调内敛，说话轻声慢语、不急不躁的。

衣着朴素的马总经理坐在我对面，整个人看上去仍不失农民的本真。这使我忽然想起清康熙年间高以永知县曾写过的一副对联："得一官不荣，失一官不辱，勿说一官无用，地方全靠一官；吃百姓之饭，穿百姓之衣，莫道百姓可欺，自己也是百姓。"我感觉这副充满哲理和张力又富有劝导性的彰显荣辱观的对联很适合马国兴。

我说："你从一个黄河滩区的农民白手起家，一步步发展到今天总资产超过 1.5 亿元的集团公司的老总，一路滚打摸爬，一定作过很多难、吃过很多苦，有过不少非常人所能承受的压力与经历吧？"

他淡然一笑，十分平静地说："也没你想象的那么苦那么难。我主要是赶上了好时代、好政策，是踩着改革开放的鼓点向前走的，而且每个发展阶段都有各级领导的大力支持和无私帮助。更重要的是：我从来不想着一口吃成胖子，20 多年来都是滚雪球似的发展，倒也没难得要死要活过……"最后他竟幽默了一下。

俗话说："人生不如意者十有八九。"这样一个从无到有、从小到大、占地面积 120 多亩、建筑面积 3 万多平方米、光一套瑞士进口的挂面生产流水线设备就投资 3300 多万元的企业摆在这里，一路走来怎么可能一帆风顺呢？只不过他不说罢了！只不过他总是把困难踩在脚下！

生活中总有一部分人，即便在前进中一路磕磕绊绊、坎坎坷坷、困难重重，看到的也总是希望和光明，想到的也总是办法和策略，从来都是忽略困难。当然，也有一部分人，在前进中总是强调困难，放大困难，纠结于困难，最后被困难吓倒。

"一路走来触动你内心的事一定很多，能不能说说最让你难忘的几件事？"

"可以。像我们镇上的南郭屯村有一家贫困户，户主叫郭银生。郭银生的父亲患癌症多年，于 2016 年去世；女儿患有重症肌无力，每年都得在郑州住院半年多；他媳妇还患有乳腺癌，要定期检查……这是一个多灾多难的家庭，几年来因病致贫，举债十几万元，一家人的精神压力都很大。有一次，我去给他们送医疗费，郭银生那愁苦的面容和哀怨无助的眼神，让我常常想起，难以忘记……"马总忧伤地说。

那一刻，我能体会到他的那份善意和爱心。接下来，他又说："生活中谁最难啊？我认为生活在底层的人最难，贫困户最难！他们才是真正的弱势群体……"

马总果然是个有悲悯情怀的人，有大爱的人。也正是因为他的这份善良宽厚，加上他的踏实执着、吃苦耐劳，他才有了今天的事业、今天的成就、今天的成功。

　　马国兴出生在黄河岸边一个普普通通的农民家庭，兄弟姐妹六人。那时候，一家人靠土里刨食，即便是勤俭节约，也只能艰难度日、解决温饱。马国兴说："那年月，我只有过年的时候才能穿身新衣服，吃点儿白馒头，平时总是穿哥哥们剩下的，甚至连上学的书包也是母亲用碎布块一针一线缝出来的……"

马国兴的企业一角

　　这话我信。虽然我是20世纪70年代生人，父母也都有工作，但因从小跟着奶奶在农村生活，我十分了解当时农村的生活状况。我都上小学了，每逢母亲给我做件新衣服，奶奶总有情绪，总会唠唠叨叨几天："新三年，旧三年，缝缝补补又三年。哪能经常给小孩子置办新衣服？日子要精打细算，不能这样挥霍……"记忆中，奶奶的棉袄、棉被多打有补丁，邻居家孩子的衣服也常常打着补丁。有的人家就连吃饭的碗烂了也舍不得扔，要等到锔盆锔碗的来了锔上再用。他们即便过年的时候也难得有一件新棉袄，顶多是做一件新裼子罩在破棉袄外边。像奶奶对门的小四儿，比我大5岁，因兄弟姐妹多，要上高中了还没有一条真正属于自己的裤子。他们兄弟四人，每到夏天都是光着脚走路……

因为家里穷，又因为疼惜父母，马国兴初中毕业后就在家帮父母干活，贴补家用。到了18岁那年，他又去参军。马国兴说："我之所以参军，一是有保家卫国情怀，二是想见见世面，开阔一下眼界和心胸，回来当一个更合格的农民，当一个新时代的农民……"他说得很坦诚。不得不承认，他这种想法最接近根本，最接地气，也最利于行动，因为不管什么时候，土地都是生命之源、食物之源。

就这样，在部队的3年里，他因艰苦朴素、踏实能干，很快入了党；1984年退伍后，他于当年的11月被推选为马头镇柳园村党支部书记。在当村支部书记的几年里，他日思夜想的都是怎样利用土地让粮食更能满足餐桌需要和身体需要，怎样带领大家致富。但是，麦子种了一茬又一茬，一年又一年，他们辛勤耕耘，从春到秋，从秋到冬，总是收效甚微，达不到预期的结果。

"种子是产量、质量的根本，要提高效益，应该从提升种子质量做起。"他想。

有了这种想法后，他一直在寻找机会。正好有次到镇上开会时，他听说原来马头镇的种子站因经营不善要倒闭。于是，他顾不得回家商量，直接找到种子站，他并在当天义无反顾地承包下来。这一年是1993年。

有了自己的种子站，他一开始也是进人家的种子，然后卖给农民。这样一段时间下来，他又想：进人家的种子，质量好孬一是靠人家介绍，二是通过村民种植来发现，而种植后的结果又受土壤、旱涝、管理以及施肥等各种因素影响，种子的好孬自己终究不好掌握。

"那时我常常琢磨，能不能在自己的土地上培育优良品种？能不能找专家培育适合这片土地的优良品种？"马国兴说。

他是有了想法就要践行的人。于是，在一个农闲季节，他直接去了山东省农科院。

"一开始，我直接去找专家、教授，敲开人家的门，想详细说一说自己的想法。结果，人家上上下下打量我，表现得很冷漠，有的只说忙，转身就走，根本不听……"

我能想象到他独自从黄河滩区到省城的情景，也能理解专家面对一个找上门来的陌生农民，在不了解底细的情况下内心所持有的那种戒备。

然而，马国兴从不轻言放弃！对方有戒备是吧，没关系，他敞开了说，人家问啥他说啥，而且一次不行两次。既然到省城了，第一天没有什么进展，他干脆住下来，第二天继续去找那些专家。

有道是一回生二回熟，第二天他再去，对方笑着说："你怎么又来了？"

"我还想请教。"

"好吧，进来吧。"对方多了几分善意，并把他让进自己的办公室。他抓住机会，真诚地说明来意，最后说："希望您能到我们那片土地上看一看，到黄河岸边走一走。您要去了，我亲自到黄河里逮鲤鱼招待您……"

专家被他的真诚打动，告诉他可以带一些自己地里的粮食种子和土样，先送到实验室来。他听了很高兴，回家后的第二天就去黄河里逮鲤鱼，第三天就背着土样、种子和几条黄河鲤鱼去了济南。

当他再次站在专家办公室门口时，专家一下子愣住了，接着热情地说：“你真是个执着的人，是个能办成事的人，是个了不起的人……”接下来，专家还向他介绍了两个同事。

就这样，他与省农科院的专家们认识了。以后的几年里，他经常去拜访、请教。在专家们的指导下，他慢慢有了自己的小麦优质品种。为了推广这些品种，他一开始采取谁家买优质种子，等麦子收割时，就给谁家免除每亩 10 元的收割费，或者买 10 斤种子送 2 斤的方式……有了这些优惠，他的种子站可谓门庭若市。

质量好，又能想着优惠大家，肯定越做越好，但他并没放慢脚步。接下来，他又带领周边的农民为山东省农科院繁育优质小麦新品种，并于 2007 年在当地建立了优质小麦种植基地。

因为他的敢想敢干，又因为他的言必信、行必果，多年来他一直得到专家的认可和指导。更因为他能换位思考，在种植的许多细节上能替农民着想，所以参与优质小麦种植的农户越来越多，队伍越来越壮大。后来，不仅仅是马头镇的农民，就连外乡镇的一些农户也主动参与进来……

农户多了，为了规范种植、统一管理、固定地块、有序经营，2008年他组织成立了东明县麦丰小麦种植专业合作社。当时入社的社员就有 1800 户、7000 多人，合计有耕地 2.3 万亩。面对这些农户，他充满感激也充满骄傲，于是进一步向贫困户社员推行了优惠办法：一是免费播种；二是免费供应每亩 20 斤的小麦良种；三是合作社给社员统一缴纳小麦保险；四是供应农资按照进价结算；五是社员家里如果遇到重大疾病、事故的，每年可享受2000 元的“救急资金”；六是高价回收社员的小麦。

据不完全统计，多年来他回收的小麦，每斤比一般小麦的市场价格高出 0.3 元左右。梁坊村的支部书记孙振厂告诉我："梁坊村属于贫困村。2013 年，村里所有农户都加入了麦丰小麦种植专业合作社。2014年，全村种植富硒小麦 1500 亩，24 户精准扶贫户全部脱贫致富，走出了'一村一品'的新路子。2015 年，合作社共收购贫困农户种子粮 180万斤、优质小麦 56 万斤。由于采用育种良法及特殊的叶面肥喷洒法，小麦每亩可增产 150 斤，加上提供的免费服务，贫困农户每亩实际可增加收入 440 元左右，较大地提高了贫困农户的生活水平，达到了'三高一低'的效果——高产量、高品质、高产品附加值和低投入，尤其种植富硒小麦后，农民进一步提高了收入。一般家庭每亩每年可增收 550元，每年每户平均增收 6000 元左右，彻底实现了农民增收、企业增效的目的。"

虽然优质小麦的回收价格比一般市场价格高，但马国兴也考虑到农民不可能把所有收成全卖了，因为他们首先要留够自己吃的、用的，剩余的部分才会卖，而且这些小麦比一般小麦营养丰富，他们不可能不留一些。面对这种情况，马国兴又动起了脑筋：那些优质的变成商品粮的小麦，与其让农民自发地去打面、换面吃，不如重新找个面粉加工单位进行合作，把这些商品粮统筹起来，专门生产高档专用面粉，供应给大家。这样既省去了一些农民的麻烦，减少了他们的工时费等，又可以培植新的经济增长点，延长产业链，扩大利润空间，增加当地的就业人数……

这样想着，筹划着，他又开始行动了。

一天，他带着合作社培育的优质小麦来到菏泽华瑞食品有限公司，告诉华瑞的有关领导，自己有合作意愿。华瑞食品有限公司是菏泽市一个讲品牌、讲质量的面粉加工龙头企业，凡事严谨有序。相关负责人告诉他："合作可以，但我们不能光听你自己说，还要对小麦样品进行一系列的化验。化验结果合格的话，我们再商量研究合作的事；如果不合格，其他一切免谈。"

他听后信心十足地答："没问题，你们想怎么化验就怎么化验。"

经过一系列的检验，他合作社生产的小麦的蛋白质含量比普通小麦高出 15%～20%。华瑞的人很高兴，频频向马国兴伸出大拇指。因为小麦的过硬品质，华瑞食品有限公司很爽快地答应了这次合作，并专门为他设立了一个优质小麦收储粮库。就这样，优质小麦开始源源不断地从东明马头镇运往华瑞公司，一批又一批优质面粉逐渐走向市场，走进千家万户……

爱思考、爱动脑筋向来是成功的一大前提。一天又一天，一月又一月，一年又一年，看着进进出出的货车和白花花的面粉，马国兴在高兴的同时又开始思考：这样一趟趟地拉到菏泽，几年下来光运输费就是一大笔。如果在本地建设一个面粉加工厂，不但能节省运输费，节约面粉的成本，还能带动当地新的经济增长点，解决不少农民就业问题……

这样想着，思考着，他的心又不平静起来。一天，他终于忍不住又去找华瑞公司的老总，告诉对方自己想在老家的生产基地进行面粉深加工。华瑞老总一听笑了，说："我就知道早晚有一天你会这样说、这样做的。好吧，你是个能办大事的人，也是个很好的合作伙伴，我们愿意继续合作，愿意在你们那里建设一个面粉加工厂，但是得开会研究一下细节。请静候佳音。"

果然，没几天华瑞老总就打来电话，说他们领导班子一致通过，下一步就可以商议合作细节了。

经过多方面的努力、协调，一年后，在马头镇创业园，一家年产12.6万吨的专用面粉加工企业投产了。马国兴终于实现了集农产品生产、加工、销售于一体的"一条龙"服务的产业梦想。他也终于完成了从一个农民到企业家的蜕变。他的路越走越宽，越走越畅通！

可以说，他的每一步都走得平稳、踏实、有力，每一步都是一个新台阶，每个台阶之于当地的农村、农民来说，之于农业的发展来说，都有引导和引领作用。

也就是在这个发展阶段，他偶尔从上大学的女儿那里听到，硒是人体必需且无法自身合成的微量元素，具有提高人体免疫力的作用。目前，中国营养学会推荐，成人每日要摄入50～250微克的硒……

说者无意，听者有心。女儿的话让他为之一振。他想：自己这么多年来致力于优良品种的培育，带领大家致富当然是一方面，但终极目的不就是改善人们的餐桌需要和身体需要吗？既然硒对人体这么重要，人又无法自身合成，那么通过小麦种植能不能完成呢？这个念头一旦冒出，他立马激动起来，为此一连几天睡不好觉。为了弄清这个问题，他又去济南找专家，把自己的想法仔仔细细地叙述了一遍。专家听后很高兴，告诉他："我们早已经开始实验了。多次实验结果证明：在小麦的生长期，通过叶面喷洒硒水的方式，小麦硒含量可以达到要求……"

这信息让他非常高兴。既然这样，他当时就下了决心，一定要在自己的基地内探索种植富硒小麦。

之后，他邀请专家到马头镇现场考察，请求他们进一步指导，并划拨出一块实验田。经过一系列的努力，新品种于 2011 年实验成功。

虽然实验成功了，但让老百姓去接受一个新事物总有个过程。为了促进合作社社员进一步播种富硒小麦，他又在原来合作社 6 条优惠政策的基础上加了一条："凡是种植者，免费提供硒肥及部分其他农药。"

在优越条件的驱使下，富硒小麦基地的种植面积不断增大。几年来，更多的优质小麦逐渐流向市场。为了使社员种植优质小麦的利益最大化，马国兴又琢磨起研发生产富硒面粉、富硒挂面等富硒农产品的事。好在有了前些年的成功经验和资金积累，他再操作起来可以说轻车熟路。经过一年的考察、准备，2016 年他开始筹建富硒面粉、挂面生产车间和生产线，并于 2017 年投入使用。

首次加工后，他把面粉样品送到济南。经过省富硒委检验，他生产的富硒面粉每公斤硒含量高达 226 微克，而普通小麦粉硒含量每公斤只有 26 微克；他的面粉蛋白质含量也比普通小麦面粉高出 15% ~ 20%。更令人欣喜的是：基地的小麦采取富硒技术措施后，不但提高了品质，还达到了 8% ~ 10% 的增产效果。一般农户通过种植富硒小麦，每年增收 400 元/亩以上，贫困户社员每年增收 550 元/亩以上。这样每年每户平均增收 6000 元左右。

采访那天，麦丰合作社的两个负责同志带我到富硒小麦实验田看了看。他们告诉我，那一亩小麦只用了 8 斤种子，但长势一点儿也不比其他地方差。要知道，一般的小麦一亩地要播种 22 ~ 25 斤。虽然他们是人工栽种的，相对于机器播种慢点，费些工时，但即便换成机器播种，这个品种也比一般小麦种节省好几斤种子。

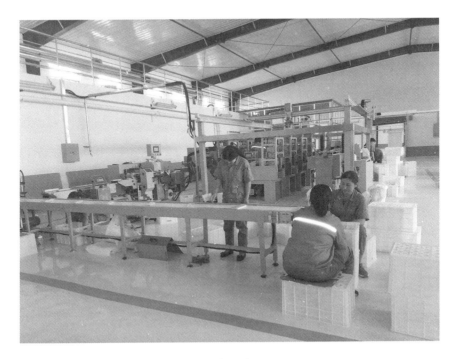

富硒挂面车间

在多年的努力下，在一步一个脚印的奋斗中，他终于实现了普通面粉向富硒面粉的过渡，实现了普通挂面向富硒挂面的过渡以及传统农业向特色农业转型的重大变革。他的这种过渡、变革，不仅增加了农产品的附加值，扩大了利润空间，还实现了"东明麦丰人，深耕鲁西南，倾情打造从地头到餐桌全产业链富硒农产品旗舰品牌——'益康源'富硒面粉、富硒挂面"的奋斗目标，开辟了东明县发展富硒产业、助力脱贫攻坚的特色道路……

值得一提的是：在创业过程中，初中毕业的马国兴切实感受到知识的重要，感觉到"书到用时方恨少"的尴尬。所以，从承包种子站开始，他就常常挤时间自学。很多个晚上，他与两个孩子一起学习……几年学下来，他先拿到了中专毕业证，后又拿到大专毕业证。工作中，他常常对手下的人说："要活到老学到老。"还说："学无止境，知识就是金钱，知识胜过金钱……"正因为他对知识有正确认识，在创业过程中，他首先想到的就是找专家、找教授，就是与山东省农科院合作，与其他科研单位加强联系，坚持走"科技兴农、科教兴邦"的道路。

2014年7月，在马国兴的努力下，麦丰合作社与山东省农科院作物研究所联合成立了山东省农业科学院菏泽市东明县麦丰小麦种植博士工作站，后于2016年5月成立了富硒功能农业院士工作站试验基地。其中，东明县麦丰小麦种植博士工作站是山东省农科院在鲁西南产粮县设立的第一个博士工作站。

这期间，马国兴还依托山东省农科院作物研究所在人才、技术、成果等方面的优势，立足东明，对接小麦专业合作社，开展了一系列适宜菏泽生态气候的小麦新品种筛选、配套技术研究、示范推广、技术培训等，通过"两深一浅"高产简化高效栽培新技术的推广，辐射带动周边农业生产节本增效种植模式的提升。2017年3月，合作社与山东省农科院农产品研究所签订了科技合作协议，计划对生产富硒面粉产生的麦麸、麦胚芽进行精深加工，以促进副产品的再利用……

虽然马国兴已经是一个成功者，是一个令人羡慕的企业家，但他从来不以企业家自居，身上也没一点儿飞扬跋扈或自高自大的气息。平日里，无论是对待下属管理者，还是车间的一般员工，他都像一个宽厚的大哥一样和悦、包容。

他公司办公室一个30多岁的员工说："我从15岁就跟着马总干，多年来从没见他对谁严厉过，也没见他发怒、发威过。他总说人都有自尊心，凡事要靠自觉，所以公司多年来都是人性化管理、宽松化管理……"

不仅如此，马国兴还常常说："我就是一个农民，最知道农民的不容易。如今我有能力了，就要多为农民办点事。"他平时话语不多，但每有言，言必信，行必果。例如：他为了进一步改善贫困村农田水利基础设施条件，提高农民种植效益，就结合合作社基地贫困村

富硒产品

实际，去积极争取农业综合开发土地整理项目。在他一次次的努力协调下，在各级领导的支持下，经过近一年的努力，他共争取到 571 万元项目资金。有了这些资金，他对 4 个贫困村的 2.8 万亩地进行了改造，同时修建了沟渠路、桥涵闸、水电井等配套基础设施，为作物高产、农民增收打下了坚实的基础。

2016 年 7 月，他又争取到国家、省、市农业综合开发项目资金 2800 万元，对牛皮店、柳园、牛八屯、邵庄、李龙庄等行政村土地进行了 10000 多亩的高标准农田建设改造，确保了农田旱能浇、涝能排，高产稳产。

不仅如此，在小麦播种、喷洒富硒肥、去杂、收割、收购、仓储、加工等环节，马国兴还为有劳动能力的贫困户人员优先提供劳动就业岗

位；对无劳动能力的贫困户，实行"土地托管"模式——在小麦供种、施肥、旋耕、病虫草害统防统治、富硒技术实施等环节上，提供机械化作业服务。社会上"土地托管"费用一般在每亩300元左右，而马国兴的收费不超过150元……

生活中有很多人说了不做，马国兴却是个做了也不怎么说的人。多年来，他从不张扬，更不炫耀自己，就连获得"山东省富硒农产品产业化开发科技创新奖"和施行种种感恩乡亲、回报社会的善举，如果不是公司的员工对我说，他也会三缄其口，更别说他曾被授予"山东十大最具影响力合作社领军人物""山东十大'三农'榜样"等荣誉称号和菏泽市五一劳动奖章了。

有道是成功后的掌声和鲜花基本相似，但成功者身上的魅力各有不同。我认为马国兴总经理的成功，在于他的低调内敛、宽厚善良。愿他身上的这些闪光点和正能量在以后的生活中更加熠熠发光。

后　记

　　2019 年阳春三月的一个深夜，弯弯的月亮静静地挂在天边，漫天的星斗和近处的路灯比赛似的闪烁着，好像都在争着为晚归的行人送去一束光……

　　已经记不清有多少个类似的夜晚，我在电脑前一坐就是很久，久到腰椎和肩颈都疼得不得了……如今，终于敲出"后记"二字，心情也随之放松了许多。

　　从一开始采访，我就很紧张，心有压力，生怕完不成这项艰巨的任务，毕竟黄河滩区大迁建是百年大计，是精准扶贫的一个关键而重要的环节，是国家实施的一项前无古人的民生工程，何况中间我曾因身体差点支撑不下去。如今能顺利完成，怎不叫我如释重负呢？

　　2018 年 7 月，黄河滩区大迁建正如火如荼地进行着，东明长兴集乡已经有一个村台基本完成。在市作协组织的一次采风中，我第一次看到了村台，一下子就为那种阔大浩瀚所震撼，当时就想：一定还要再来，写写村台的"前世今生"……也就在这时，史长华主席（当时他还没调走）对我说："作家要充满感情地抒写人民、讴歌时代，如今滩区有这么一个重大题材，工程这么震撼和激动人心，给你一个深入生活的机会怎样？"我不由自主地笑了。史主席与我的想法可谓不谋而合。

一个作家，只有深入基层、深入生活，拜人民群众为师，才能更好地"为时代画像，为时代立传，为时代明德"，何况习总书记提出的"精准扶贫"和几年来采取的一系列利民、惠民政策，不仅让国人折服，也受到世界的关注与赞誉。作为一个作家，我有义务去跟踪采访，有义务去记录抒写这段反映滩区人民迈向美好生活的历史和党的伟大成就，有义务去再现在精准扶贫和乡村振兴过程中涌现出的一系列新变化、新气象、新故事以及人民群众的新风貌。这是时代责任、历史责任，也是情感责任，我要担当起来……

就这样，我带着单位的介绍信，只身一人开始了长达 9 个多月的采访、记录、整理、书写。

如果说起初我是在责任和义务的驱使下进行采访的，那么随着采访的深入，我就被亲历亲闻的一些人和事感动了：基层党员干部和第一书记们的吃苦耐劳精神、敬业精神、奉献精神，新时代农民的思想、见识、胆略、心胸和耄耋老人的淡定、沉着以及他们对黄河的依恋与畏惧之情，还有乡里乡亲对我的种种善意、种种关照……都让我生发了一种骄傲感、幸福感、使命感。

在采访的关键时期，或许因为一直处在紧张和亢奋中，或许因为太劳累，2018 年 10 月，有几天我先是背疼得去了 3 次医院，接着在一天半夜又突然出现心悸，心脏"突突突"地狂跳了一阵子，犹如被贼兵追赶。之前我从没有出现过这种状况，也不知道心脏出了啥问题，还以为做了噩梦——虽然自己并不记得做了什么梦。因为是在夜里，等心脏慢慢平复了，我也就又睡了。接下来的两个星期，症状越来越严重，一个星期六的下午，我先是心慌了几个小时，到中央电视台晚间《新闻联播》时开始出现呕吐症状。家人赶快给市立医院心内科专家打电话咨询，专家说："抓紧时间到医院，得住院……"

我不相信自己得了心脏病，感觉这病离我很远很远，于是又给另一个心内科朋友打电话，回复和上边基本一致："赶快去医院做全面检查……"

在医院里，医生告诉我："你这是累着了，加上压力大，精神紧张，以后别写了，也别去采访了……"我笑了笑，没作声，心想：怎么可能半途而废呢？我怎么可能放弃呢？采访的日子虽然苦，虽然累，虽然有夏季在滩区汗湿衣衫后脏兮兮无处换洗的尴尬，有傍晚从县城回来的路上车坏了久等师傅来修的惆怅，但更有狂风骤雨把我阻隔在滩区时热心大嫂给我送西瓜的温暖，有乡镇的姐妹们在我中暑时轮流为我凉敷的情谊……何况我能在这个"世纪大记事"中亲历亲闻一些多彩多姿的人和事，让我有一种庄严感、使命感、神圣感！单位的领导都非常重视，给了我莫大的关心、帮助和支持。田继雷主席自上任后，常常亲自给县区宣传部、文联打电话，帮我对接单位，帮我解决问题、推进工作；在书稿基本完成后，他又亲自关心指导出版事宜，很多细节上也是亲自去跑，去跟有关单位协调、洽谈……我清楚，这种协调和洽谈有时候要去好多次，一趟趟的，搭时间不算，还要搭情面……

孙建东副主席不愧是山东著名画家，在排版、设计方面提前给予我很多好的意见和建议，又因为他经常外出写生，知道采访、写作的辛苦，时时如兄长般叮嘱我注意身体……

李耀亮副主席是主动提出让我采访第三批省派第一书记的，虽然他作为市派第一书记，在县里同样有可圈可点的事迹，但他几次对我强调："不要写我，好好采访省派第一书记就行，人家这两年做了很多事，付出了很多……"就是他这种不谈自己却替别人着想的风格激励着我，敦促我一口气采访了 27 个省派第一书记……

在郓城北四集采访时，李副主席还几次帮我出谋划策，甚至亲自带我前去。也就是在一起去乡镇的路上，我发现他几乎变成郓城的"活地图"——哪条路通向哪个乡镇比较近，哪个乡镇有几个村庄，哪个村庄的基础设施建设情况和农民生活情况如何等，他都一清二楚……我明白，这是他不顾辛劳深入调研的结果，是他心系农村、农民，一心一意为百姓谋福利的结果。

还有其他几个同事也常常如亲人般关心我，给我温暖和呵护，使我感觉单位就是家，就是我坚实的后盾：在我遇到障碍时，为我开路；在我遇到困难时，帮我解忧；在我身体出现毛病时，给我鼓劲，给我安慰……这些都是我继续采访的力量源泉。

此外，这本书能顺利完成，我还要感谢市委、市政府、市人大和市政协的一些领导，感谢省作协、市作协、县区的领导和朋友们，是他们无私的帮助和指导让我在写作过程中少走了很多弯路，让我在谋篇布局中多了一些考量……

还有生活、社会因素的完美契合，以及大自然的春花秋月、四季兴替和草木的一岁一枯荣，不但赋予我灵感和审美情趣，还赋予我很多人生况味和思考；不仅成就了这本书，还将继续丰满和滋养我今后的人生路……